À PROPOS DE L'AUTEUR

Après avoir travaillé comme professeur de fitness et développeur informatique, Gayle Callen a trouvé sa voie dans l'écriture de romances. Figurant régulièrement dans les meilleures ventes de *USA Today*, elle a écrit plus de vingt romans pour HarperCollins, qui lui ont valu des récompenses telles que un Holt Medallion, un Laurel Wreath Award, un Booksellers' Best Award, et qui ont été traduits dans plus de onze langues. Mère de trois enfants, habile de ses mains, chanteuse du dimanche, amatrice du grand air, Gayle vit à New York avec son chien Uma et son mari et héros, Jim. Elle écrit également de la romance contemporaine sous le nom d'Emma Cane.

[illegible]

[illegible]

[illegible]

Un captif au donjon

Collection : VICTORIA

Titre original :
SECRETS OF THE KNIGHT

HARPERCOLLINS FRANCE
83-85, boulevard Vincent-Auriol, 75646 PARIS CEDEX 13
Service Lectrices — Tél. : 01 45 82 47 47

www.harlequin.fr

ISBN 978-2-2804-2877-4 — ISSN 2493-013X

GAYLE CALLEN

Un captif au donjon

Traduit de l'anglais (États-Unis) par
Catherine Berthet

Victoria

HARLEQUIN

Prologue

Angleterre, 1480

Dans la grande salle du château de Bannaster, lieu de résidence de Nicholas, vicomte de Bannaster, Diana Winslow aidait à servir le repas du soir. Le fait d'être la première femme membre de la Ligue de l'Épée ne lui apportait aucune gloire. Dans l'esprit des Anglais, la Ligue n'était qu'un mythe dont rien ne prouvait l'existence. Sauf pour quelques êtres reconnaissants dont la vie avait changé grâce à l'aide des Hommes de l'Épée. Diana avait voulu se battre pour la justice comme ces guerriers de l'ombre. Elle savait que si quelqu'un parlait un jour des exploits qu'elle avait accomplis, ce serait à voix basse, avec l'incrédulité réservée aux légendes. En revanche, elle n'avait jamais imaginé que sa première mission se révélerait aussi difficile !

Depuis trois semaines, elle se faisait passer pour une servante et s'efforçait de gagner la confiance des autres domestiques. Leur vicomte était connu pour abuser de ses servantes. Il refusait de reconnaître ses bâtards et terrorisait les femmes les plus vulnérables de son personnel. L'une d'entre elles, accablée par le déshonneur, s'était récemment ôté la vie.

Pourtant, personne n'osait se rendre à la cour royale de justice du comté pour demander de l'aide. Le vicomte les avait tous persuadés qu'aucune loi ne pouvait l'atteindre. La mission de Diana était de leur faire comprendre que, s'ils se liguaient entre eux, ils pouvaient obliger Bannaster à changer de comportement, car il serait tenu responsable de ses actes. La Ligue n'agissait jamais au grand jour. Ses membres conservaient leur identité secrète et usaient de leurs compétences pour venir en aide aux victimes.

Diana faisait circuler de table en table un plateau de tranches d'agneau rôti. Les chevaliers, les soldats et les voyageurs se bousculaient pour attraper les meilleurs morceaux, manquant chaque fois renverser son plateau. Ils ne faisaient pas attention à elle, car elle n'était qu'une servante sans attraits. Elle cachait son seul atout, de longs cheveux blonds, sous une guimpe enroulée autour de sa tête et de son cou. L'espace d'un instant, elle fut tentée de brandir sa dague pour se faire respecter mais maîtrisa ses impulsions.

Ses pensées s'orientèrent vers Mary Gairdner, une servante, et elle se demanda où elle était passée. Mary avait déjà été entraînée de force dans le lit du vicomte, et sa jeune cousine était sur le point d'entrer au service de la famille. Mary ne voulait pas que celle-ci soit maltraitée comme elle l'avait été et était prête à aider Diana. Il y avait tant d'autres femmes à convaincre ! Elles ne lui ressemblaient pas toutes, elle qui avait passé son enfance à s'entraîner à cheval avec les chevaliers de son père et se considérait comme l'égale d'un homme.

Mary était censée se trouver dans la grande salle, pour aider les autres servantes et les valets à servir le repas. Où était-elle passée ? Diana fut parcourue d'un frisson d'appréhension. L'atmosphère du château était oppressante.

Elle jeta un coup d'œil à la table principale, en espérant y voir le vicomte, mais celui-ci n'était pas encore arrivé. Assis seul à table, ignoré par les autres convives, se trouvait Thomas Bannaster, son frère cadet. Il avait dix-huit ans, à peine un an de plus que Diana. Destiné à la prêtrise, il passait le plus clair de son temps avec le prêtre de la paroisse, se préparant à une vie de devoirs religieux. Elle ne le voyait pas souvent mais, chaque fois qu'elle le croisait, son regard était irrésistiblement attiré par lui, ce qui la plongeait dans la confusion et l'embarras. Il n'était pas aussi grand que son frère, ni aussi bien découplé, car il n'était pas autorisé à s'exercer au maniement des armes avec les écuyers et les chevaliers. Il avait des cheveux foncés, ondulés, et les yeux les plus sombres qu'elle ait jamais vus. Son visage, encore empreint de la finesse de la jeunesse, était d'une grande beauté, avec des pommettes saillantes et un menton volontaire. Quelque chose dans son allure laissait penser qu'il ne devait pas passer toutes ses journées en prières et agenouillé.

Mary lui avait confié qu'il n'avait guère envie de devenir prêtre. Ce n'était d'ailleurs un secret pour personne. Deux ans plus tôt, au décès de leurs parents, emportés par la peste, Thomas s'était cru libre, puisqu'il devenait l'héritier de son frère aîné, le nouveau vicomte. Cependant, avait ajouté froidement Mary, ce dernier avait décrété que sa vie appartenait tout de même à l'église. Il se marierait bientôt, et ses enfants seraient ses héritiers. Mary se rappelait encore la brève expression de désespoir qui était passée dans les yeux de Thomas, avant qu'il ne se résigne à se soumettre à son devoir.

Pouvait-il devenir son allié ? se demanda Diana. Un homme de Dieu ne pouvait admettre que les femmes de la maisonnée soient tyrannisées par le maître. Quand les deux hommes qui occupaient encore la grande table furent partis, et que messire Thomas demeura seul, elle s'approcha avec son plateau, pour déposer de la viande dans son assiette. Il leva la tête, leurs regards se croisèrent, et elle éprouva de nouveau ce sentiment étrange, comme si leurs esprits étaient reliés. Pourtant, elle ne l'avait jamais vu avant son arrivée au château. Les joues du jeune homme s'empourprèrent, et il se détourna.

— Messire, dit-elle à voix basse, avez-vous pu parler à votre frère ?

Il hocha la tête, tout en évitant son regard.

— Oui, mais je n'ai pas obtenu le résultat que vous souhaitiez.

Il s'exprimait d'une voix profonde et rauque, qui contrastait avec sa jeunesse. Ses ouailles n'auraient jamais de problème pour écouter ses sermons.

Diana se rendit compte qu'elle avait à peine prêté attention à sa réponse. Pourquoi avait-elle tant de mal à se concentrer, quand elle était près de lui ?

— Votre frère n'a pas voulu vous écouter ?

— Cela ne me regarde pas, selon lui, répondit-il en pinçant les lèvres. Il prétend qu'il en parlera un jour avec moi, quand je pourrai l'entendre en confession. Cependant, je vais essayer d'aborder de nouveau le sujet. Un tel comportement enfreint les commandements de Dieu.

— Vous pourriez lui suggérer d'imaginer ce qu'il ressentirait, si quelqu'un rudoyait sa sœur ou sa mère ?

— Mon frère voit le monde tel qu'il est, reprit-il avec amertume. Il ne pense pas à ce qui pourrait être.

— Je vous remercie de l'aide que vous pourrez nous apporter, messire Thomas, dit-elle en s'inclinant.

Elle n'avait pas escompté que le vicomte écoute les conseils de son jeune frère, un prêtre novice. Cependant, elle éprouvait tout de même une profonde contrariété.

Et où donc était Mary ?

Diana regarda de nouveau le fauteuil massif et orné du vicomte, qui reflétait la haute opinion qu'il avait de lui-même. Son malaise se transforma en frayeur. Elle aurait voulu partir à la recherche de son amie, mais elle ne pouvait pas quitter son service. Le cuisinier, qui se tenait près de la porte menant aux cuisines, surveillait attentivement les allées et venues des domestiques. Elle continua donc de servir, circulant entre les longues tables à tréteaux, présentant son plateau, tout en gardant son attention fixée sur les nouveaux arrivants.

Enfin, le cuisinier finit par quitter le hall. Diana en profita pour se faufiler dans le couloir dallé, échappant à la chaleur et à la lumière. Peu à peu, les bruits de la salle s'atténuèrent, et elle n'entendit plus que sa respiration saccadée, tandis qu'elle courait dans la lueur dispensée par les torches. Elle s'engagea dans l'escalier en colimaçon, croisa des gardes et des domestiques qu'elle salua avec assurance et se félicita d'avoir gardé un plateau recouvert d'un linge, ce qui pouvait laisser penser qu'elle avait une mission à accomplir pour une personne importante.

Quand elle atteignit la porte du vicomte, elle posa son plateau et colla l'oreille à la porte. Soudain, celle-ci s'ouvrit, et Diana perdit l'équilibre. Elle se redressa juste à temps pour laisser le passage à Mary. Elle entendit ses sanglots, vit sa tête baissée et le regard apeuré qu'elle lui lança avant de prendre ses jambes à son cou.

Puis la haute silhouette du vicomte s'encadra sur le seuil, et il regarda par-dessus la tête de Diana en criant :

— Reviens immédiatement ! Comment oses-tu me désobéir ?

Diana fit un pas en arrière et se plaqua contre le mur de pierre, en espérant qu'il l'ignorerait. Mary était en sécurité, c'était tout ce qui comptait.

Mais les yeux noirs de Bannaster tombèrent sur elle, exprimant un tel intérêt qu'elle en éprouva une soudaine nausée.

Elle était une Femme de la Ligue de l'Épée et elle combattait justement ce genre de tyrans. Aussi, elle comptait bien lui résister.

Il l'attrapa par la guimpe, tirant douloureusement sur sa chevelure, et l'attira dans la chambre. Lorsqu'il la relâcha, elle trébucha et évita de justesse de tomber à genoux, ce qui l'aurait rendue encore plus vulnérable. La guimpe se déroula, révélant sa longue tresse blonde.

— Ah…, murmura Bannaster, se campant derrière elle.

Diana se crispa, prête à se défendre. Puis elle se rappela qu'elle était censée être une servante. Elle fit donc semblant de se soumettre, tandis qu'il tirait sur le ruban de sa tresse, laissant ses boucles se répandre sur ses épaules.

Puis il lui agrippa le bras et l'attira contre lui. Diana leva les yeux vers lui, incapable de réprimer le tremblement de ses lèvres.

— Avec de tels cheveux, tu es une vraie beauté ! Tes yeux sont gris comme un ciel d'orage. Tu dois être fougueuse dans un lit.

Diana tenta de se dégager.

— Non, monseigneur, lâchez-moi. Je ne suis pas le genre de femme qui… qui…

— Qui couche avec un homme ? s'exclama-t-il dans un grand rire. Toutes les femmes le font. Enlève tes vêtements, et montre-moi que tu as plus d'appas que la servante à la triste mine que tu viens de remplacer.

Elle sentit les lames des deux dagues qu'elle avait glissées dans sa ceinture. Elle avait une grande envie de s'en servir, ne serait-ce que pour effrayer le vicomte et s'échapper. Bonté divine ! Elle savait qu'elle se mettait en danger en venant ici, mais la situation prenait un tour inattendu. Elle se retrouvait dans la même situation que les femmes qu'elle s'efforçait de protéger !

Bannaster lui agrippa la taille et la poussa brutalement sur le lit. Instinctivement, elle roula sur elle-même et se remit sur ses pieds de l'autre côté, rejetant ses cheveux en arrière.

Souriant, le vicomte se dirigea vers elle en tendant la main.

— Tu es vive, à ce que je vois.

Il était ivre, et trop sûr de lui. Il s'élança vers elle, mais elle se déroba et courut à la porte. Cependant, elle avait surestimé la maladresse de son adversaire, car il parvint à lui agripper les cheveux et la tira en arrière. Elle se retrouva au sol, allongée sur le dos, la respiration coupée.

En un instant, il fut sur elle. Elle l'avait cru amolli par le vice et une vie oisive. Elle se trompait. Bannaster avait un corps de guerrier, de noble qui se croyait invincible. Elle leva un genou, qu'il bloqua aussitôt, tout en lui tirant les cheveux en arrière, l'obligeant à se cambrer. Sa bouche chaude et humide se posa dans son cou, et elle crut étouffer lorsqu'il la mordit. Elle voulut le frapper du plat de la main, mais il l'évita, lui attrapa les poignets et l'obligea à écarter les bras.

— Quelqu'un t'a appris à te défendre, on dirait, dit-il, avant d'essayer de prendre sa bouche.

Diana secoua la tête d'avant en arrière pour lui échapper. En vain. Tout ce qu'elle gagna, ce fut une gifle si violente que la chambre se mit à tournoyer autour d'elle. Un bourdonnement envahit ses oreilles.

Seigneur, il ne fallait pas qu'elle s'évanouisse ! Ce monstre n'en aurait cure, et il en profiterait pour la déflorer. Elle se débattit alors de toutes ses forces, en lui donnant des coups de tête. Du sang jaillit de son nez, et il recula brusquement.

— Chienne !

En une seconde, elle roula sur elle-même, et se redressa, tenant sa dague d'une main. Souriant malgré son visage ensanglanté, le vicomte se jeta sur elle et l'attrapa par la taille. Elle tomba à la renverse, sa tête heurta un coffre contre le mur, mais elle ne lâcha pas la poignée de son arme. Avec une force incroyable, le vicomte lui saisit un poignet, et de l'autre main lui releva ses jupes, se plaçant entre ses jambes pour la maintenir immobile. Diana enfonça les talons dans le sol pour le soulever et le faire basculer, en gardant les doigts crispés sur sa dague. Elle obtint le résultat inverse à celui qu'elle espérait, car l'homme se mit à grogner, comme en extase.

Le sang lui battait aux tempes, son cœur s'emballa, sa respiration avait du mal à recouvrer un rythme normal. Bannaster parvenait à repousser chacun de ses gestes, et elle se sentait prise au piège comme un animal. Désespérée, elle agit dans un pur instinct de survie.

Tirant la deuxième dague de sa ceinture, elle lui en enfonça la lame entre les côtes.

— Par tous les diables ! cria-t-il en relevant la tête. Tom…

Quelqu'un le souleva à cet instant et le fit rouler sur le dos. Diana se dégagea et se retrouva à quatre pattes, les cheveux devant les yeux. Elle ramena sa capuche sur la tête pour se cacher et ne pas voir ce qu'elle venait de faire. Le frère du vicomte se tenait maintenant au-dessus d'elle.

Agenouillée, horrifiée, l'esprit confus, elle ne put détacher les yeux du vicomte. Son corps s'était affaissé, et une expression de stupéfaction imprégnait ses traits. Puis son visage bascula, et la lumière disparut de son regard.

Elle venait de tuer un pair du royaume.

Elle n'entendait plus rien, en dehors du sang qui battait à ses oreilles. Une femme normale se serait évanouie ou aurait crié. Elle réfléchissait à ce qu'elle devait faire. Messire Thomas allait la relever, appeler les gardes, la condamner aux flammes de l'enfer.

Elle risqua un coup d'œil dans sa direction et vit qu'il contemplait le corps avec stupeur.

— Partez ! dit-il brusquement, sans la regarder.

Diana resta bouche bée. Puis elle se ressaisit et parvint à chuchoter :

— Je ne voulais pas… Il…

Il ferma les yeux, avec une grimace de souffrance.

— Je sais ce qu'il faisait et je ne vous adresse aucun reproche. Il est fautif. Prenez votre dague et partez, avant que quelqu'un d'autre ne vous voie. Ne parlez de cela à personne. Quittez le château dès que vous le pourrez.

Diana se pencha pour dissimuler ses traits sous son capuchon. Tout à la fois confuse, reconnaissante et coupable, elle ramena sa guimpe sur ses cheveux, ramassa les deux dagues et essuya les lames sur une chemise posée dans un fauteuil. Le frère de Lord Bannaster, devenu le nouveau vicomte, n'esquissa pas un geste. Inspirant profondément, elle écouta à la porte, fit tourner la poignée et regarda à l'extérieur. Le corridor était désert. Elle ramassa le plateau, le cala sous son bras, et traversa le long couloir à pas de loup, tout en refaisant sa tresse. Elle ne regagna pas la grande salle, craignant qu'il y ait du sang sur ses vêtements, ou que son visage porte encore la trace du coup qu'elle avait reçu.

À l'abri dans la petite chambre qu'elle partageait avec trois autres servantes, elle enfila sa chemise de nuit. Elle ne songeait même pas à s'enfuir, car elle aurait alors l'air coupable. Non, elle allait rester jusqu'à ce que le corps du vicomte soit découvert. Mary lui avait déjà confié vouloir quitter le château avec elle. Comme elle était née ici, elle n'aurait aucun mal à convaincre les gardes que ses parents avaient besoin d'elle au village. Elles s'échapperaient ainsi ensemble et ne seraient pas suspectées. Qui voudrait croire qu'une femme avait réussi à maîtriser et tuer le vicomte ?

Allongée sur sa paillasse dans l'obscurité, Diana se mit à trembler comme une feuille. Elle essaya de se persuader que ces tremblements irrépressibles étaient dus au fait d'avoir frôlé la mort. En réalité, elle avait pris la vie d'un homme, ce soir. Elle avait commis un péché que Dieu ne lui pardonnerait peut-être jamais. D'autant plus qu'elle ne pouvait prendre le risque de se confesser à un prêtre.

Bien sûr, elle n'avait agi que pour se protéger. Cependant, elle se sentait coupable… de ne pas éprouver davantage de remords.

Et le nouveau vicomte ? Il était fort peu probable qu'il ait vu son visage. Néanmoins, il savait que son frère avait été tué par l'une des servantes du château. Pour l'instant, il était sous le choc, mais il pouvait changer d'avis et décider de ne plus la protéger.

Que deviendrait-elle, alors ?

Chapitre 1

Yorkshire, six ans plus tard

L'hiver était particulièrement rude. Parti de Londres quelques semaines plus tôt, Tom Bannaster faisait route vers le nord avec un petit groupe de compagnons affrontant, avec lui, le froid mordant. Seule la perspective de rencontrer celle qui serait peut-être sa future épouse le poussait à continuer ce voyage.

Son cousin, le roi Henri, lui avait fortement suggéré d'accomplir cette expédition, afin de faire la connaissance de cette femme. Cette seule idée suffisait à mettre Tom mal à l'aise. Cependant, il était un loyal sujet de la couronne. Au cours des six années précédentes, qui avaient vu passer quatre rois différents, il avait toujours su emprunter la bonne voie. Non sans trébucher quelquefois. Quand un homme devait remettre en cause toutes les leçons reçues depuis son enfance pour apprendre à vivre différemment, quelques erreurs étaient inévitables.

Ce fut avec plaisir que ses compagnons de voyage virent apparaître la ville de Richmond, après avoir traversé la lande aride, au sommet des Pennines. Tom avait emmené trois hommes d'armes avec lui, et ceux-ci échangèrent des sourires en apercevant les lumières de la ville qui se reflétaient au loin sur la Swale, au milieu d'une campagne enneigée.

L'auberge qu'ils choisirent dominait un vieux pont de pierre enjambant la rivière. Les occupants de la taverne étaient joyeux, une immense cheminée ancienne réchauffait la salle, et la bière coulait à flots.

Tout en mordant dans sa tourte à la viande, Tom pensait à la femme qu'il allait bientôt rencontrer. Cicely Winslow, sœur d'un baron, avait la réputation d'être d'une grande beauté. Le fait que le roi lui ait suggéré cette union l'étonnait un peu. Son cousin n'ignorait pas qu'il ne savait pas s'y prendre avec les femmes. Par tous les diables ! Avec l'éducation qu'il avait reçue, il lui avait fallu longtemps pour comprendre comment il convenait de traiter une femme. Aussi avait-il commis quelques bévues stupides au cours de l'année écoulée.

Il avala une gorgée de bière en dissimulant une grimace. Il avait cru pouvoir persuader Lady Elizabeth Hutton, fille du comte d'Alderley, de l'épouser. Ils auraient ainsi uni deux grandes maisons du Gloucestershire après l'accession au trône de son cousin. Mais la situation s'était détériorée. Il avait cru bon de garder la jeune femme prisonnière dans sa chambre de la tour du château d'Alderley en attendant de pouvoir s'entretenir avec le roi. Elizabeth l'avait berné. Peut-être aurait-il dû alors se débarrasser de Milburn, son intendant, qui lui avait conseillé ce plan ridicule ? Mais Tom se sentait tout aussi responsable que lui, puisqu'il avait approuvé cette idée.

À présent, il se demandait si ses multiples gaffes ne l'avaient pas condamné à courtiser la fille d'un baron dans une lointaine région du nord. Cependant... Il avait pu restaurer quelque peu sa réputation en aidant le roi, l'été précédent, à régler une délicate affaire de traîtres à la Couronne. Il était donc possible que Cicely Winslow soit une sorte de récompense. Une belle femme dont il obtiendrait facilement la main. Il voulait des héritiers, des enfants à aimer, qu'il pourrait traiter mieux qu'il ne l'avait été lui-même. Il avait cru ne jamais avoir d'épouse et d'enfants, aussi la perspective d'agréables soirées en famille le stimulait. Bien qu'il ait renoncé à la prêtrise six ans plus tôt et qu'il lui soit arrivé de temps en temps de passer une nuit avec une femme, sa nouvelle vie lui paraissait vide. Il voulait... se sentir proche de quelqu'un. Se savoir aimé, et aimer en retour.

Il pensait être enfin prêt à oublier le passé. Au bout de six ans, les soupçons avaient fini par se dissiper, même s'ils n'avaient pas complètement disparu. Au début, toutefois, il n'en avait pas été de même. Après tout, il était celui qui avait le plus à gagner de la disparition de son frère, bien qu'il n'existe aucune preuve qu'il ait commis le crime. Il lui avait fallu plusieurs années après la mort de Nicholas, pour prouver qu'il était un chef respectable, et gagner l'affection de son peuple.

À la cour du roi, en revanche, l'ambiance était différente. Il y aurait toujours des hommes pour croire qu'il avait tué son frère par cupidité et par ambition. Pendant longtemps, leurs soupçons l'avaient obligé à faire semblant de chercher le meurtrier de Nicholas. Bien que les servantes aient été aussi suspectées que lui, aucune n'avait été désignée coupable. Lui-même n'avait pas vu le visage de la fille, car il avait les yeux fixés sur le corps de son frère, et elle avait dissimulé ses traits sous son capuchon.

Le roi pensait peut-être qu'un bon mariage le ferait accepter à la cour. Cependant, il était difficile de persuader une noble qu'il n'était pas tel que les rumeurs le décrivaient. Cicely Winslow serait peut-être plus indulgente que les dames de la cour.

À moins qu'elle ne cherche simplement un moyen d'échapper à cette région glaciale du Yorkshire. Tom avala une deuxième pinte de bière et sentit enfin la chaleur se répandre dans ses membres gelés. Il tapa du pied en cadence pour accompagner le luth d'un client et sourit en voyant plusieurs femmes se mettre à danser. La foule devint bruyante et poussa des cris de joie lorsque les danseuses ondulèrent des hanches au rythme de la musique. Leurs corsages serrés soulignaient la rondeur de leurs seins, et Tom les enveloppa d'un regard appréciateur.

Après avoir passé tant d'années sans regarder une femme, il contemplait à présent avec avidité leurs formes appétissantes. L'une d'elles vint s'asseoir sur ses genoux. Il avait bu juste assez de bière pour accepter la proposition qu'elle lui fit à mi-voix. Sans hésiter, il sortit de la salle avec elle et gagna la chambre qu'il avait réservée à l'aubergiste.

Quand la porte se fut refermée derrière eux, il voulut la prendre dans ses bras. Mais la donzelle se déroba en riant et posa un gobelet de bière sur une petite table.

— Encore un peu de bière, milord ? Il fait froid.

Avec un sourire plein de promesses, elle rejeta ses boucles auburn en arrière.

— Je vais te réchauffer, répondit-il en souriant.

Il tendit les bras vers elle. Une fois de plus, elle esquiva, prit une gorgée de bière et lui tendit le gobelet. Tom but longuement. L'alcool lui réchauffa le ventre. Un maigre feu brûlait dans l'âtre, et un vent violent secouait les volets.

La femme saisit le gobelet et lui agrippa les mains pour l'aider à se lever. Il vacilla, surpris, tandis que la chambre se mettait à tourner autour de lui.

— Je n'ai pas bu à ce point, marmonna-t-il, vaguement étonné.

Elle l'attira vers le lit et le poussa sur le matelas. Il fit mine de se rasseoir pour la prendre dans ses bras, mais elle recula en souriant et commença à dénouer les lacets de son corsage. Il se détendit et s'appuya sur les coudes pour la regarder.

Puis l'obscurité envahit la chambre, et il n'eut plus conscience de rien.

La première chose qui l'éveilla, ce fut le froid pénétrant qui le faisait trembler. Il roula sur le côté en poussant un grognement de détresse. Pourtant, il était certain que ses compagnons et lui avaient fait étape dans une auberge, la veille. Le feu s'était-il éteint ?

La mémoire lui revint peu à peu, et il se crispa. Oui, il était bien arrivé à Richmond et avait pris une chambre dans une auberge confortable. Il souleva lentement les paupières, et rencontra une profonde obscurité, qu'une torche fixée au mur ne parvenait pas à dissiper. Des souris couraient sur le sol autour de lui.

Lentement, il porta une main à sa taille. Sa dague

et son épée avaient disparu. De plus en plus inquiet, il leva la tête, mais ne put distinguer que des murs de pierre, et une porte massive percée d'une lucarne munie de barreaux. Sur sa gauche, le mur était tout près, et il s'aperçut qu'il était allongé sur une palette de bois accrochée à la pierre.

Il s'assit et passa les jambes sur le côté, faisant cliqueter une lourde chaîne attachée à sa cheville. Quelqu'un l'avait emprisonné et enchaîné. Il ressentit un bref instant de panique et parvint à se maîtriser. Il n'était plus l'enfant apeuré que ses parents avaient condamné à une vie de solitude.

Il se leva et fit quelques pas. La chaîne se tendit bien avant qu'il ait atteint la porte. Il examina le bracelet de métal qui le retenait et constata qu'il était ancien mais solide. L'autre extrémité de la chaîne était fixée dans le mur. Il tira dessus de toutes ses forces mais ne réussit même pas à faire bouger le clou qui la maintenait. Elle était juste assez longue pour lui permettre d'atteindre un trou creusé dans la roche, faisant office de cabinets d'aisance. Il n'y avait pas de fenêtre, ce qui laissait supposer qu'il se trouvait dans un cachot.

— Il y a quelqu'un ? hurla-t-il.

L'écho de sa voix se répercuta dans le silence.

Personne ne répondit. Il regretta de ne pas avoir au moins un compagnon de captivité, qui aurait pu répondre à certaines de ses questions. Apparemment, il était le seul prisonnier.

Il fit quelques pas sur place, essayant de se rappeler tous les événements du soir précédent. Tout s'était bien passé, jusqu'à ce qu'il monte dans sa chambre avec cette femme. Elle lui avait donné quelque chose à boire.

Mais, bon sang, n'avait-elle pas bu également ? Il aurait pu le jurer. Si elle avait voulu le voler, cela aurait été assez facile, une fois qu'il était inconscient. Toutefois, sa bague de vicomte n'avait pas quitté son doigt, et sa bourse emplie de pièces d'or était toujours attachée à sa ceinture. Pourquoi donc le gardait-on prisonnier ?

Il ne voyait pas d'explication. Privé de la lumière du jour, il ne pouvait dire combien d'heures s'étaient écoulées depuis son enlèvement. Il s'assit sur la paillasse, mais il faisait trop froid pour demeurer immobile, malgré les couvertures. Celles-ci étaient propres et épaisses, remarqua-t-il, perplexe. Si personne ne venait le voir rapidement, il mourrait sans doute de froid. Ou de faim, si sa solitude se prolongeait. Afin de détourner ses pensées de ces funestes prédictions, il fit le tour des murs en appuyant les mains sur les pierres, dans l'espoir de découvrir une faille.

Soudain, il entendit le claquement d'une porte au loin, dans un couloir. À travers la grille, il vit une lueur approcher. Il attendit sans bouger près de la paillasse, en espérant que son ravisseur ignore la longueur de sa chaîne. S'il s'approchait suffisamment…

Il vit une ombre bouger derrière la grille, entendit la clé dans la serrure. Un temps infini s'écoula, avant que la clé ne tourne. Solidement campé sur ses pieds, il se prépara à faire un bond en avant.

La porte s'ouvrit vers l'extérieur, et il découvrit la mince silhouette d'une femme portant une lanterne d'une main, un plateau de l'autre. Ce n'était pas celle qui l'avait drogué. Celle-ci était plus grande, avec un port de tête altier. Elle portait une robe simple, de couleur foncée, qui révélait un corps menu. Cependant, même sans rondeurs, elle était séduisante. Ses cheveux d'un blond très clair étaient maintenus par un petit bonnet de feutre aux bords relevés. Son visage mince avait une expression hésitante, et ses yeux gris le dévisagèrent avec défiance.

— Qui êtes-vous ? demanda-t-il. Qui m'a enfermé ici ? Je suis le vicomte de Bannaster, cousin du roi, et…

— Je sais qui vous êtes, messire, dit-elle d'un ton égal. Mais je ne sais rien de plus. Je dois prendre soin de vous en attendant que mon maître décide ce qu'il veut faire de vous.

— Qui est votre maître ?

Elle finit par baisser les yeux.

— Je ne peux le dire, messire.

— Pourquoi suis-je ici ?

— Je l'ignore.

— Où sommes-nous ?

— Je ne peux le dire, répéta-t-elle.

— Est-ce qu'il réclame une rançon ?

Agacé, furieux, il voulut se précipiter vers elle. Elle ne broncha pas, et la chaîne arrêta Tom dans son élan.

— Je veux des réponses, bon sang !

Elle accrocha la lanterne à un clou dans le mur, près de la porte.

— Vous en recevrez quand nous pourrons vous en donner. Cette situation ne devrait pas durer.

— Suis-je censé vous croire ? lâcha-t-il avec mépris.

Elle se contenta d'incliner la tête.

— Où sont mes hommes ? Pourquoi ne sont-ils pas ici, avec moi ?

— Ils n'ont pas été emmenés, messire.

— Ils pensent donc que je me suis évanoui dans la nature ?

— Ainsi que votre cheval.

— Doivent-ils croire que je les ai abandonnés ? s'exclama-t-il, outré.

Pour toute réponse, la femme haussa les épaules.

— Ils me retrouveront.

Elle ne dit mot.

Pour la première fois, il se demanda si tout cela avait quelque chose à voir avec la mort de son frère, ou avec le fait qu'il ait sottement voulu emprisonner Lady Elizabeth. Un frisson d'appréhension lui parcourut le dos. Quelqu'un cherchait peut-être à le punir, pensant qu'il avait échappé à la loi ? Pourtant, cette femme semblait croire qu'il ne resterait pas longtemps enfermé. À moins qu'on ne lui ait menti, pour obtenir son aide.

— Voulez-vous manger ? proposa-t-elle.

La pensée de la nourriture fit gargouiller son estomac. Il serra les mâchoires, ne désirant montrer aucune faiblesse. Cette femme aurait mérité qu'il lui lance son plateau à la tête, refusant de manger tant qu'il n'aurait pas obtenu d'explication. Mais ces gens tenaient sa vie entre leurs mains, et s'il ne se nourrissait pas, il mourrait dans ce cachot.

— Qu'avez-vous mis dans la boisson, cette fois ? demanda-t-il, sarcastique.

Elle inclina la tête de côté, désarçonnée.

— Je… ne comprends pas ce que vous voulez dire, messire. Je vous ai apporté du vin.

— Buvez-en.

— Je vous demande pardon, messire ?

— J'ai déjà été drogué une fois sur ordre de votre maître, et cela ne se reproduira pas. Je veux vous voir manger et boire ce que vous avez apporté.

— Très bien, messire.

À sa grande surprise, elle s'agenouilla gracieusement en face de lui, posa le plateau sur le sol et souleva le linge posé sur les plats. Il découvrit une large tranche de pain couverte de ragoût de viande et de légumes. À côté, étaient posées une miche de pain et une gourde de vin. Son estomac émit de nouveaux gargouillis, et elle leva les yeux. Son visage était toujours aussi impassible, mais il crut voir une lueur briller dans ses yeux. Comme si elle avait eu envie de rire. Ce regard trahissait l'esprit aiguisé d'une femme qui n'était sûrement pas une simple servante.

Tom fronça les sourcils. Comment pouvait-elle être amusée, alors qu'il était détenu contre son gré ? Elle baissa les paupières et grignota quelques bouchées de ragoût.

— Le pain, maintenant ! ordonna-t-il.

Elle rompit la miche et en prit un morceau.

— Vous devez avoir soif, ajouta-t-il, narquois.

Elle porta la gourde à ses lèvres, et but une longue gorgée de vin. Une goutte coula sur sa joue, et Tom la regarda rouler dans son cou. Poussant un grognement, il ferma les yeux. Il avait passé une trop grande partie de sa vie à éviter les femmes et il avait l'impression qu'il ne pourrait jamais rattraper ce temps perdu. Il avait irrésistiblement envie de toucher cette jeune servante. Il y avait chez elle quelque chose de mystérieux… une profondeur qui se cachait derrière la passivité de son regard.

Il se passa la main dans les cheveux et se détourna. Il ne voulait pas devenir comme son frère qui considérait que les servantes étaient à sa disposition.

— Êtes-vous satisfait, messire ?

Elle s'était relevée et le regardait d'un air grave.

— Laissez le plateau.

Elle tourna les talons et reprit la lanterne. Désespéré à l'idée de se retrouver seul, il prononça les premiers mots qui lui passèrent par la tête.

— Vous prenez la lanterne, mais vous laissez la torche ? Je suis étonné. Je pourrais provoquer un incendie pour alerter les gens du dehors.

Elle marqua une pause et se retourna vers lui, les mains croisées, l'air parfaitement calme.

— Vous le pourriez. Mais personne ne s'en apercevrait. Ce cachot est situé à l'arrière du château, et seul mon maître et moi savons que vous y êtes enfermé. Vous mourriez asphyxié avant ma prochaine visite, qui n'aura lieu que demain.

— Cela signifie que je n'ai droit qu'à un repas par jour ?

— J'exécute les ordres de mon maître.

Il aurait donné cher pour voir cet homme, mais il ne pouvait rien faire, sinon proférer des menaces.

— Plus longtemps je resterai prisonnier ici, plus les conséquences seront lourdes pour lui.

— Je suis sûre qu'il en est conscient, admit-elle en hochant la tête. Bonne journée, messire.

Attrapant la lanterne, elle sortit de la cellule et passa un long moment à verrouiller la porte. Porte qu'il ne pouvait atteindre, puisque ses chaînes l'en empêchaient. Une colère intense s'empara de lui, et il fut à deux doigts de lancer le plateau contre le battant. Mais cela ne servirait qu'à l'affamer davantage ; il serait alors trop faible pour tenter de s'échapper, si une occasion se présentait.

***

Diana Winslow gagna l'extrémité du couloir et regarda l'escalier qui menait à la cour intérieure. La lanterne se balançait dans sa main tremblante. Elle souffla la chandelle et s'assit sur une marche, dans le noir. Il n'y avait pas de garde. Personne ici, en dehors de Mary et de Joan, ne savait qu'un vicomte était enfermé dans le donjon abandonné.

Couvrant son visage de ses mains, elle tendit l'oreille. Elle n'entendit rien, à l'exception du tintement de la cuillère contre le plateau.

Seigneur, qu'avait-elle fait ?

La panique s'était emparée d'elle, voilà tout. En entendant sa sœur Cicely annoncer fièrement que le vicomte de Bannaster allait venir lui faire sa cour, elle avait été trop abasourdie pour s'agacer de son petit sourire de supériorité. Bannaster allait venir au château ? Cette pensée l'avait obsédée. Puis des questions avaient surgi dans son esprit. Pourquoi venait-il ? Avait-il fini par découvrir son identité ?

Alors, elle s'était confiée à Mary et Joan, qui avaient compris ses craintes. Depuis six ans, ces dernières étaient heureuses d'être à son service. Et maintenant elles redoutaient elles aussi de voir le passé les rattraper. Si toutes deux étaient soupçonnées à cause d'elle de la mort de l'ancien vicomte, elle ne se le pardonnerait jamais.

Lorsque Bannaster s'était engagé dans le vallon, il avait envoyé un message pour prévenir de son arrivée. Diana savait qu'il ferait une étape à Richmond ce soir-là, car la route dans les collines était trop dangereuse pour l'emprunter à la nuit tombée. Les auberges étant peu nombreuses, elles n'eurent donc aucun mal à le trouver. Diana ne pouvait prendre le risque d'être reconnue, aussi Mary lui avait-elle proposé de se faire passer pour une femme aux mœurs faciles. Elle avait attiré Bannaster dans sa chambre et lui avait fait boire la bière qu'elles avaient trafiquée. Ensuite, à elles trois, elles l'avaient transporté dans l'escalier de service et déposé dans la voiture qui les attendait dans la cour.

Bannaster ne pouvait avoir entendu parler de Cicely par hasard, alors qu'il vivait dans le Gloucestershire et passait le plus clair de son temps à Londres. Kirkby Keep était un château délabré, sis dans les collines sauvages du Yorkshire, loin de toute civilisation. Diana y avait été envoyée en exil, plusieurs années plus tôt, par son frère Archie. Cicely l'y avait rejointe lorsque Archie, grâce à ses intrigues à la cour, avait pris une épouse, et que celle-ci avait été jalouse de la beauté de Cicely. C'est ainsi que sa sœur et elle, qui ne s'étaient jamais bien entendues, étaient obligées de vivre dans ce petit château négligé par leur frère, en attendant qu'il veuille bien leur adresser des partis convenables. Ce qui n'arrivait pas souvent.

L'idée que Bannaster ait choisi de courtiser Cicely de préférence à toutes les femmes disponibles à la cour, à peine huit jours avant Noël, paraissait si saugrenue, que Diana ne pouvait en tirer qu'une seule conclusion. Il était las de voir tous les soupçons concernant la mort de son frère se concentrer sur lui. Six ans plus tôt, quand elle s'était rendu compte qu'il allait être accusé du meurtre, elle avait voulu retourner au château pour se dénoncer. Un Homme de l'Épée, qui était son contact, le lui avait interdit. Il avait réussi à la convaincre que Bannaster serait protégé par son nouveau statut de vicomte, et par le fait qu'il n'existait aucune preuve contre lui. De fait, il n'avait pas été accusé, mais les soupçons avaient pesé sur lui. Il avait donc souffert par sa faute.

Mais… Il ne l'avait pas reconnue. Elle avait pris soin de changer son apparence, en cachant ses cheveux sous un bonnet plutôt que sous une guimpe. Et elle ne portait plus ses vêtements de servante.

Quand elle était entrée dans le cachot, elle s'était tenue sur ses gardes, s'attendant à être traitée de meurtrière. Toutefois, Tom n'avait rien dit ; il s'était contenté de poser des questions auxquelles elle ne pouvait pas répondre. Ils ne s'étaient rencontrés que rarement au château de Bannaster, et elle ne lui avait adressé la parole que trois ou quatre fois. C'était à peine si leurs regards s'étaient croisés. Il ne l'avait donc pas reconnue, mais il était tout de même possible qu'il soit à sa recherche, ou à celle de Mary.

À moins que tout cela ne soit qu'un hasard, et qu'une fois de plus elle ait agi de manière trop impulsive. Elle luttait sans cesse contre cette faiblesse en étudiant la doctrine de la Ligue, bien qu'on ne lui ait plus demandé son aide depuis six ans. On lui avait reproché son impétuosité, et ses supérieurs voulaient pouvoir l'évaluer avant de la placer de nouveau dans une situation dangereuse. Elle attendait. Sa vie avait repris un cours normal et, avec le calme qui l'entourait, ses erreurs passées revenaient la hanter.

Était-il possible que Bannaster ne soit là que pour sa sœur ?

Eh bien, elle devait empêcher cette union à tout prix ! Elle avait tué le frère de cet homme ! Elle devait avertir la Ligue et leur demander de l'aide. Il ne fallait pas que, par ses actes, elle mette en danger leur mission, qui était de venir en aide aux plus démunis. Si elle ignorait où se trouvait le siège de la Ligue, elle savait en revanche comment leur faire parvenir un message.

Elle se leva avec lassitude et monta l'escalier qui débouchait sur la cour intérieure du château. Le cachot se trouvait sous l'une des tours d'angle, munie d'un escalier séparé. Préoccupée, elle traversa la cour, saluant au passage les servantes de la laiterie, les valets d'écurie et le veneur dans le chenil. La neige crissait sous ses pas, et elle ne sentait plus ses pieds gelés.

Des brèches figuraient en deux endroits différents dans le mur d'enceinte, résultat d'une ancienne bataille. Aussi était-il devenu inutile de baisser la herse pour se protéger des intrus. Des soldats organisaient des patrouilles à tour de rôle pendant la nuit, mais Diana ne voyait pas ce qu'elle aurait pu faire de plus pour assurer la sécurité des habitants du château. Par chance, celui-ci se trouvait à l'écart des grandes routes. Quels brigands prendraient le risque de s'aventurer dans les vallons afin de leur voler les quelques biens qu'ils possédaient ?

Les domestiques s'étaient toujours montrés bienveillants envers elle, mais Diana ne s'était jamais sentie chez elle ici. Elle avait grandi dans la plaine, près de York, dans le château qu'Archie occupait à présent avec son épouse, quand ils ne séjournaient pas à Londres. Son frère pouvait l'envoyer vivre où il voulait, au gré de son humeur. Elle trouvait cela irritant et humiliant. Certes, elle n'était pas la seule femme à devoir supporter ce genre de traitement, mais elle appartenait à la Ligue de l'Épée, elle avait appris à maîtriser une situation, à agir, et même à attaquer, lorsque cela devenait nécessaire.

En réalité, elle était prisonnière, tout comme le vicomte de Bannaster en ce moment même. Elle dirigeait la maisonnée, mais elle n'avait pas le droit de la quitter. De plus, elle devait supporter l'arrogance de Cicely qui se savait belle et qui était aussi frustrée qu'elle à l'idée de perdre sa jeunesse.

L'après-midi était bien entamé, et les tables à tréteaux de la grande salle avaient été débarrassées des restes du repas. Le vieux château était plein de courants d'air. Des tapisseries usées jusqu'à la trame offraient une piètre défense contre le vent glacial qui s'insinuait à travers les fentes dans les murs et semblait pénétrer au cœur même des pierres. Par chance, plusieurs fenêtres garnies de verre teinté laissaient entrer la lumière. Un ancêtre avait fait autrefois de grandes dépenses pour un aussi modeste château, et Diana lui en était reconnaissante, car les pâles rayons du soleil qui pénétraient dans la grande salle lui apportaient un semblant de chaleur.

Elle gravit l'escalier en soupirant et entra dans sa chambre avant que sa sœur n'ait pu la voir. Elle ne voulait pas entendre son bavardage excité à l'idée de la visite du vicomte. D'autant plus qu'elle savait que ce dernier n'arriverait pas de sitôt.

Sa chambre était son refuge, hors du monde. Elle y avait fait suspendre aux murs ses tapisseries préférées pour se garantir du froid. Son lit à baldaquin, garni de coussins et d'édredons, était confortable. C'était la chambre d'une jeune femme ordinaire. Toutefois, un coffre, rangé dans un coin discret, contenait ses armes. Ses dagues, ses épées et l'arc qu'elle savait manier avec adresse. Cicely l'avait narguée toute sa vie, aussi était-elle fière d'être devenue si différente de sa sœur.

Son habileté avait attiré sur elle l'attention de la Ligue et l'avait menée à la situation actuelle. C'est-à-dire celle où elle retenait secrètement un homme prisonnier dans le cachot du château.

Le vicomte ressemblait peu au jeune homme de dix-huit ans dont elle avait gardé le souvenir. En devenant chevalier, il s'était développé. Son torse, ses bras et ses épaules étaient plus musclés qu'autrefois. Son cou était large et solide, ses traits affirmés. Il avait perdu sa pâleur, son air malheureux. Il semblait plein de vie. Son allure était celle d'un homme qui avait trouvé sa place. Ses yeux bruns, qu'elle avait un jour trouvés sombres, étaient pleins d'autorité et de colère. Pourtant, il avait dû vivre avec les conséquences de ses actes, tout comme elle. Elle avait perdu sa place au sein de la Ligue, tandis que Tom Bannaster avait perdu la confiance de son peuple. Elle s'était tenue au courant de ce qui lui arrivait et elle savait qu'il n'était pas pris au sérieux à la cour, malgré la protection de son cousin le roi.

Pourtant… Il ne serait jamais puni pour le crime qu'elle avait commis. Elle s'installa dans un fauteuil devant la cheminée en soupirant. Il avait hérité du titre de vicomte et avait l'habitude d'obtenir tout ce qu'il voulait. Il ne devait donc pas apprécier d'être retenu prisonnier. Mais elle n'avait pas le choix.

Jamais un homme n'avait disposé d'aussi peu de temps que lui pour devenir chevalier après avoir renoncé à la prêtrise. Il avait pourtant réussi, même si après cela il avait pris des décisions désastreuses. Comment pouvait-il se plaindre d'être retenu prisonnier, alors qu'il avait fait subir le même traitement à une femme ? Il y avait longtemps qu'il avait renoncé à ses douces manières de prêtre.

Diana frissonna en croisant les bras. Elle allait demander aux servantes de faire du feu dans la chambre.

Puis elle songea à Bannaster, et au froid glacial du cachot. Elle avait décidé de l'éviter ; elle devait néanmoins lui rendre visite encore une fois.

Chapitre 2

La soirée était déjà bien avancée lorsque Diana put enfin s'éclipser. Joan avait déjà préparé un plateau qu'elle avait déposé dans sa chambre, pour le prisonnier. Diana emprunta un escalier dérobé menant à une petite porte qui ouvrait sur le jardin d'agrément des dames et permettait de passer dans la cour intérieure. Elle n'avait pas de torche. Portant un sac de toile sur son épaule et le plateau à la main, elle avançait à pas prudents. Un capuchon dissimulait ses cheveux blonds. Parvenue près de la tour, elle respira plus librement et ouvrit la porte du donjon, en évitant de déranger les toiles d'araignée.

Elle descendit rapidement les marches dans l'obscurité et se dirigea vers la tache claire que formait la grille dans la porte du cachot. Déposant son fardeau sur une petite table, elle prit la clé à sa ceinture. Le léger bruit à l'intérieur de la cellule cessa aussitôt. Les mâchoires serrées, elle fit tourner la clé dans la serrure rouillée. Une fois la porte ouverte, elle vit Bannaster debout au milieu de la pièce, la chaîne enroulée autour des pieds. Il était pâle et furieux. Le cachot était encore plus glacial que lors de sa première visite. Il allait geler pendant la nuit, elle avait bien fait de venir. Elle prit son sac et le plateau et s'agenouilla pour tout déballer.

Il se rua vers elle, et elle cligna à peine les yeux lorsqu'il s'arrêta à quelques pas, retenu par la chaîne.

— Vous n'avez pas peur, dit-il froidement.

— Je n'ai rien à craindre.

Elle n'aurait pas dû prononcer ces mots, trop intrépides pour une servante. Il se renfrogna, et elle vit qu'elle l'avait offensé.

— Quand je serai libre, vous connaîtrez le goût de la peur !

Elle fut sur le point de lui demander si ces paroles étaient dignes d'un homme qui s'était autrefois destiné à la prêtrise. Mais il aurait compris qu'elle en savait beaucoup trop sur lui pour être une simple servante. Ses vêtements étaient encore intacts, comme s'il n'avait pas tenté de s'échapper. Le bracelet qui lui emprisonnait la cheville lui laissait peu de marge de manœuvre.

— Vous n'obtiendrez rien en me menaçant, messire. Je crains quelqu'un d'autre plus que vous.

Ma propre conscience.

— Qui est votre maître ?

Sans répondre, elle ôta le tissu qui couvrait le plateau. Joan avait préparé des morceaux de bœuf et de mouton qu'elle avait posés sur une large tranche de pain. Il y avait aussi un plat de carottes et de haricots assaisonnés de verjus, ainsi qu'une gourde de vin. Avant d'ajouter une cuillère sur le plateau, elle chercha des yeux celui qu'elle avait apporté plus tôt et vit que la cuillère avait disparu.

— Mon maître m'a dit de ne pas vous donner de cuillère, si vous aviez caché la première.

Il se mit à faire quelques pas, ignorant le repas qu'elle venait de poser devant lui.

— Combien de temps comptez-vous me garder ici ? Mes hommes vont s'inquiéter.

— Je suis contente que vous en soyez certain, messire.

— Qu'est-ce que cela signifie ?

Elle avait du mal à contrôler ses paroles. Pourquoi lui faisait-il cet effet ? Elle tira calmement du sac le brasero et le charbon qu'elle y avait placés.

— Vous avez porté tout cela sur votre dos, en même temps que le plateau ?

Sa colère semblait s'être un peu apaisée. Il la dévisageait à présent. Elle garda les yeux fixés sur son travail.

— Je ne voulais pas que vous souffriez du froid, messire. Vous pourrez allumer le feu à l'aide de la torche. Il y a un petit trou dans le plafond pour permettre à la fumée de s'échapper.

— La torche va bientôt s'éteindre.

— Il y en a d'autres là-dedans, répondit-elle en poussant le sac vers lui.

— Et vous m'avez signalé un moyen de m'évader.

Elle regarda au-dessus de sa tête et vit que l'obscurité dissimulait la hauteur du plafond.

— Même si vous parveniez à l'atteindre, le trou n'est pas assez large pour permettre à un homme de s'y glisser. De toute façon, il n'aboutit pas à l'extérieur.

Avec un grognement, il s'assit en tailleur, face à elle. Elle fut si surprise qu'elle ne songea pas à détourner les yeux. À sa grande consternation, une sensation étrange et inconnue l'envahit. Elle se sentit prête à relever tous les défis qu'il lui lancerait.

Cependant, elle ne devait pas oublier qu'elle n'était qu'une servante, songea-t-elle en maîtrisant ses émotions.

— Pourquoi suis-je ici ? demanda-t-il de nouveau.

Diana secoua la tête, avec un air d'impuissance.

— Votre visage m'est familier, ajouta-t-il.

Son estomac se contracta, mais elle s'était entraînée à ne manifester aucune réaction.

— Êtes-vous déjà venu dans cette région du Yorkshire, messire ? Car je ne l'ai jamais quittée.

— Vous êtes née ici ?

Elle acquiesça d'un hochement de tête, nullement gênée par ce mensonge.

— Votre maître aussi ?

Elle fit mine de se lever, sans répondre.

— Attendez !

— Oui, messire ? dit-elle, impassible.

— Vous n'avez pas goûté la nourriture.

Avec un soupir, elle s'accroupit et prit une bouchée de chaque plat. Silencieux, il surveillait ses moindres gestes. Son regard était si intense, qu'elle eut l'impression qu'il lui touchait les lèvres. Après avoir bu une petite gorgée de vin, elle se releva. Elle avait hâte de sortir. Serait-elle devenue lâche ?

— Comment puis-je être sûr que le poison n'agira pas lentement ?

— Vous ne pouvez en avoir la certitude. Mon maître ne vous veut point de mal, car vous êtes déjà à sa merci.

Elle vit qu'il se raidissait.

— Je vous apporterai un autre plateau demain matin, dit-elle en se redressant.

— Combien de temps cela va-t-il durer ? s'exclama-t-il, furieux. Il ne peut vouloir me briser, puisqu'il me donne de la nourriture, du vin et du feu !

— Ce n'est peut-être pas son intention.

— Alors que veut-il ?

Il se tenait en face d'elle, les poings sur les hanches, intimidant. Six ans plus tôt, il donnait une impression totalement différente. À présent, sa silhouette semblait remplir tout l'espace.

Qu'avait-elle imaginé ? Elle avait été aveuglée par la panique, en songeant que cet homme avait souffert à sa place. Cependant, il ne semblait pas avoir été éprouvé.

Malgré le temps hivernal, elle devrait envoyer un message à la Ligue, dès le lendemain. Elle ne pouvait venir le voir chaque jour sans réponse à son propre dilemme.

— Bonne nuit, messire.

— Bonne nuit ? répéta-t-il, hébété. Je ne peux même pas faire la différence entre le jour et la nuit !

— Écoutez les cloches de l'église, suggéra-t-elle en lui tournant le dos.

— Revenez tout de suite ! cria-t-il, alors qu'elle refermait la porte.

Elle gravit l'escalier obscur en toute hâte, contente de pouvoir lui échapper.

Tom alla aussi loin que le lui permettait la chaîne, sentant le bracelet de fer s'enfoncer dans sa chair. L'écho désespéré de sa voix se répercuta dans le cachot. Il détestait plus que tout le froid et la solitude. Cela lui rappelait les heures qu'il avait passées, agenouillé sur les dalles de l'église, à réciter des prières, avec l'impression que son corps ne se réchaufferait jamais. La vie s'était écoulée entre les quatre murs de sa petite église, devenue sa prison.

Il se passa la main sur le visage, et un rire amer lui échappa. Son mystérieux ravisseur n'aurait pas besoin de le priver d'eau et de nourriture pour briser sa volonté, car son propre esprit travaillait contre lui. Il s'assit sur la paillasse, ramassa une pierre et frappa le fermoir du bracelet de fer. Celui-ci semblait bien trop solide pour se briser, mais au moins faisait-il quelque chose qui pourrait l'aider à s'évader.

Il ne cessait de penser à la servante, probablement parce qu'elle représentait son seul lien avec le monde. Il songeait à la grâce de ses mouvements, à son regard qui demeurait sans expression… comme un rideau tiré sur ses pensées. Cette femme en savait plus qu'elle ne voulait bien le dire.

Diana s'éveilla avant l'aube. Quand Mary arriva, elle s'était déjà lavée dans la bassine d'eau froide et avait revêtu ses vêtements de tous les jours. Mary était une rousse plantureuse qui attirait toujours le regard des hommes. Si elle avait été noble, elle n'aurait eu aucun mal à trouver un mari. Mais elle n'était qu'une servante et, comme elle avait été agressée par le défunt vicomte, elle évitait désormais tous les hommes. Diana avait pensé que le fait de lui offrir un toit protecteur l'aiderait à guérir et, effectivement, Mary semblait très heureuse à Kirkby Keep. Diana, qui n'avait jamais éprouvé le désir de connaître le joug du mariage, pensait que Mary devait agir comme il lui plaisait. Joan, cependant, l'autre servante du château de Bannaster, à présent courtisée par le veneur, voulait l'aider à trouver un époux.

Mary referma la porte derrière elle et vint prestement auprès de Diana.

— Je ne vous ai pas vue hier soir, milady. Êtes-vous retournée auprès du prisonnier ?

— Je ne pouvais le laisser mourir de froid, répondit Diana en soupirant. Je lui ai apporté un brasero et des torches.

— Il pourrait se faire du mal.

— Non, il n'est pas assez fou pour cela. Et il a trop envie de connaître les réponses à ses questions.

— Ne seriez-vous pas comme lui, si vous aviez été capturée de la même façon ?

Diana se rembrunit, consciente que Mary avait raison.

— Tu insinues que nous avons eu tort d'agir ainsi ?

— Non, pas du tout ! Il fallait que nous sachions quelle était la raison de sa venue. Mais qu'allons-nous faire, à présent ?

— Nous allons envoyer un message à la Ligue. Et je vais descendre voir comment il a passé la nuit.

— S'il ressemble à son frère, il doit être furieux, commenta Mary avec un frémissement.

Sur le point de la réconforter, Diana se rappela qu'elle n'aimait pas qu'on lui rappelle sa vulnérabilité d'autrefois.

— Oui, il est furieux, mais il n'est pas comme son frère.

Mary inclina la tête de côté et la considéra avec curiosité.

— Comment le savez-vous ? Surtout après ce que nous avons appris ? J'ai vécu dans le même château que lui, seulement, j'ignorais ce qu'il pensait. Il se tenait à l'écart, comme sa famille l'y obligeait.

— Il n'y a pas la même cruauté dans ses yeux.

— Et cela vous suffit ? s'exclama Mary, en ouvrant de grands yeux incrédules.

— Non, bien sûr, mais je te promets d'être prudente. Parviendrai-je à éviter ma sœur, ce matin ? ajouta Diana en soupirant.

— Non, elle est déjà réveillée. Et trop excitée à l'idée de recevoir un prétendant pour dormir toute la matinée, comme à l'accoutumée.

Diana gagna la porte, la mine sombre.

— Je devrai donc endurer sa joie délirante.

— Je vais préparer un plateau pour votre invité et je le laisserai ici.

— Merci, Mary, répondit Diana avec un sourire las.

— J'ai l'impression que vous n'avez pas beaucoup dormi, vous non plus.

Elle secoua la tête.

— Je ne m'étais pas rendu compte que mes actes auraient… de telles répercussions.

— Il n'est pas trop tard pour changer d'avis, milady. Nous pouvons le droguer de nouveau, lui bander les yeux, et le remettre en liberté.

— Et lorsqu'il viendra au château pour rencontrer Cicely, comment ferai-je pour me cacher ?

— Oh…

— De plus, il exige que je goûte les plats et la boisson, donc je souffrirais comme lui des effets de la potion.

— C'est un malin.

— J'espère l'être plus que lui. Je parviendrai à rétablir la situation.

Sceptique, Mary tint sa langue, et elles se séparèrent dans le couloir. Diana descendit pour assister à la messe dans la chapelle du château, située dans le mur d'enceinte, après quoi elle se rendit dans la grande salle pour déjeuner. Sa sœur traversa la cour derrière elle en fredonnant.

Cicely, sa cadette d'une année, était une vraie beauté, nul ne pouvait le nier. Diana observa les yeux bleu clair de sa sœur, son visage en forme de cœur et ses boucles blondes. Comme elle n'était pas mariée, elle portait les cheveux lâchés sur les épaules, à la manière des jeunes filles. Ce qui paraissait fort peu commode à Diana qui travaillait dur toute la journée. Mais pour Cicely, les autres n'existaient que pour la servir. Elle était petite et avait des formes délicates. Diana était plus grande qu'elle, et plus robuste. Leur père avait tellement adoré Cicely qu'elle trouvait normal d'avoir un traitement à part. Sous son doux sourire, elle cachait un égoïsme féroce.

— Quel dommage qu'on ne soit pas en été ! dit-elle en rattrapant Diana dans l'escalier. Nous aurions décoré le château de fleurs, en l'honneur de Lord Bannaster.

— Je ne pense pas que les hommes aiment autant les fleurs que les femmes, rétorqua Diana, partagée entre l'amusement et l'agacement.

Cicely leva le nez d'un air mutin.

— Comme si tu connaissais les hommes !

Diana arqua les sourcils.

— Ou, du moins, les prétendants, reprit Cicely d'un ton moqueur. Quand on se bat avec eux dans la boue, on ne peut s'attendre à être traitée comme une femme.

— C'est vrai.

Elles prirent place à la longue table, et Cicely sembla l'observer.

— Tu ne regrettes pas de t'être entraînée avec les garçons ? Père ne t'a autorisée à le faire que pour contrarier Archie.

— Qui s'est empressé de se venger, quand il est devenu baron à son tour.

— Ton exil ne date pas d'hier.

Diana secoua la tête, décidant de ne pas ignorer la question de sa sœur.

— Quand tu t'intéressais à la broderie, je ne pensais qu'à lancer un poignard. Lorsque tu apprenais à coudre, j'apprenais à pêcher.

— Il aurait mieux valu que tu sois un garçon… au lieu de rester entre les deux.

— C'est ce que je pensais autrefois, mais je n'en suis plus si sûre.

— Parce que nous avons de si nombreux prétendants ? rétorqua Cicely, sans cacher son amertume.

Diana haussa les épaules avec désinvolture.

— Je ne veux plus penser à Archie ! déclara Cicely en recouvrant soudain sa bonne humeur. Aujourd'hui, j'aurai un soupirant. Un vicomte !

Ce devait être au moins la centième fois qu'elle faisait allusion au titre de Bannaster.

— Quand il me verra, il voudra à tout prix me faire sortir de ce château lugubre et me protéger. J'en suis sûre !

Diana fut à deux doigts de lui faire remarquer que le vicomte comprendrait, en voyant leur demeure mal entretenue, qu'il n'obtiendrait pas de dot. Mais elle ne put prononcer ces paroles à haute voix, même si Cicely le méritait.

D'une certaine façon, elle espérait que sa sœur finirait par se marier un jour ou l'autre. Alors, elle pourrait vivre en paix, sans avoir à subir ses caprices et ses esclandres. Cependant, Cicely ne pouvait épouser Lord Bannaster. Car le terrible secret qui liait leurs familles éclaterait au grand jour, et le vicomte risquait de reporter sa colère sur son épouse.

Et si elle n'avait plus Cicely pour la distraire, ne risquait-elle point de sombrer dans l'amertume, parce que la Ligue ne faisait plus appel à elle ?

Cicely se pencha vers elle.

— J'espère que tu porteras ta plus jolie robe aujourd'hui, et que tu ne traîneras pas à l'écurie avec les chevaux.

— Tu n'as pas peur que je te souffle ton prétendant ? rétorqua Diana, sarcastique.

Cicely se contenta de rire, et Diana dut admettre qu'elle ressentait une pointe de dépit, malgré sa résignation. Non, elle ne pourrait jamais enlever un homme à sa sœur. Il y avait bien longtemps qu'elle avait accepté son manque de beauté.

Néanmoins, Cicely avait réussi à percer ses défenses et à lui couper l'appétit.

— Je te verrai au repas de midi, dit-elle en se levant.

— Demande aux domestiques de balayer le sol.

Cicely lui laissait le soin de diriger les servantes et de veiller à la propreté du château. Diana ignora sa demande et en éprouva un pincement de culpabilité. Mais sa sœur méritait d'être remise à sa place.

***

Tom entendit les pas dans le couloir et se reprocha aussitôt les sentiments de soulagement et d'impatience qui l'envahirent. Il avait passé des heures à essayer de briser le bracelet à sa cheville, sans résultat, en dehors de quelques éraflures sur le métal. Ensuite, il avait marché en rond jusqu'à l'épuisement et avait fini par se jeter sur sa paillasse, en se recroquevillant sous les couvertures. Le cachot était trop grand pour le peu de chaleur dispensée par le brasero. Aussi, en se réveillant, avait-il passé un moment à bouger pour réchauffer ses muscles ankylosés.

Il se tint sur ses gardes en attendant que la femme entre dans sa cellule ; cette fois encore, elle était seule. Elle apportait un plateau, un seau d'eau et un autre sac. Tandis qu'elle posait le tout près de la porte, hors de sa portée, il en profita pour mieux l'observer. Sa robe était simple, mais pas aussi ordinaire que celle d'une servante. Soit elle travaillait dans une maison très riche, soit elle n'était pas une domestique. Se pouvait-il qu'elle soit la maîtresse de son mystérieux ravisseur ? Dans ce cas, une maîtresse s'abaisserait-elle à s'occuper d'un prisonnier ? Cela semblait peu vraisemblable. Son langage était raffiné, mais la femme de chambre d'une dame de la noblesse pouvait s'exprimer ainsi.

— Comment dois-je vous appeler ?

Elle le regarda, comme si son calme la décontenançait.

— Je ne suis pas autorisée à vous dévoiler mon nom, dit-elle, après une légère hésitation.

— Votre maître semble très autoritaire, maîtresse, ajouta-t-il, narquois. Mais, puisque je suis son prisonnier, je ne devrais pas m'en étonner. Ses servantes elles-mêmes ne peuvent révéler leur nom.

Elle fit la moue et garda le silence.

Il n'avait pas le choix, il devait essayer de gagner sa confiance afin qu'elle se sente à l'aise avec lui, et ne plus essayer de se jeter sur elle, comme un animal. Il fallait faire appel à ses qualités de femme, à sa pitié, à son sentiment de culpabilité.

Quand elle déposa le plateau sur le sol et le poussa vers lui, il sourit et le repoussa.

— Maîtresse, vous savez bien que je ne fais pas confiance à votre maître.

Agenouillée sur le sol, elle leva les yeux vers lui. Son regard était à la fois sombre et lumineux.

— S'il n'y avait que vous, je vous croirais sur parole. Mais je ne peux pas.

Elle souleva le linge qui couvrait le plateau en soupirant. Des pommes, des morceaux de fromage et un pot de beurre étaient posés à côté d'une miche de pain et d'une gourde.

— Exigez-vous que je morde dans chaque pomme ?

— Vous devriez peut-être les partager avec moi, tout simplement.

Il étala une couverture sur le sol et s'assit en tailleur, en face d'elle.

— Voulez-vous également une couverture ?

La voyant hésiter, il en prit une sur la paillasse et la lui lança. Elle la plaça sur le sol et s'y assit, ramenant gracieusement les jambes sur le côté.

— Je fais cela uniquement parce que vous insistez, déclara-t-elle d'un ton guindé.

— Naturellement. Vous ne voudriez pas que je meure de faim.

Elle mordit dans une pomme, arqua les sourcils et la lui lança. Il l'attrapa au vol et mordit l'endroit qui portait la marque de ses dents. Elle fronça les sourcils, l'air étonné.

Il comprit qu'elle n'avait pas saisi l'allusion sexuelle. Elle n'était donc pas la maîtresse de son ravisseur. Tandis qu'il mâchait sa pomme, elle rompit la miche de pain, étala du beurre sur la mie, prit un morceau de fromage, et poussa le plateau vers lui.

— Vous avez faim, de bon matin ? demanda-t-il d'un ton détaché.

— Je n'ai pas eu le temps de déjeuner.

— Votre maître vous fait trop travailler.

— La vie d'une femme consiste à travailler, messire. N'avez-vous pas vu votre mère occupée aux diverses tâches qui incombent aux femmes ? À moins que vous ne soyez sorti de terre, comme un légume ?

Il éclata de rire et manqua s'étouffer avec une bouchée de pain.

— Je saurai dorénavant que vous avez le sens de l'humour, finit-il par dire en souriant.

— Vous êtes trop agréable aujourd'hui, messire, répondit-elle en l'observant.

— À quoi bon être autrement ? Ma mauvaise humeur me priverait de votre compagnie.

— Je ne peux vous tenir compagnie.

— Je ne m'attends pas à ce que vous restiez, répondit-il en repoussant le plateau. Vous avez oublié de goûter à la bière.

Avec un soupir, elle en avala une longue gorgée

puis poussa de nouveau le plateau vers lui. Pendant quelques minutes, ils mangèrent en silence. Loin de garder les yeux docilement baissés, elle le dévisageait avec attention.

— Vous vous demandez toujours comment était ma mère ? C'était peut-être une horrible personne, qui m'a élevé d'une terrible façon. Après tout, si votre maître qui est un sage m'a fait prisonnier c'est que j'ai dû commettre une faute.

— Je ne sais pas.

— Ou bien j'ai fait une chose pour laquelle on va me demander de l'argent.

— Non, il n'est pas question d'argent, messire.

— Ah, ah, ce n'est donc pas une rançon, qu'il veut ?

Elle rougit, et il remarqua que sa peau n'était pas aussi pâle que celle d'une dame. Il avait donc bien affaire à une servante, habituée à travailler au soleil.

— J'ai trop parlé, murmura-t-elle, en cessant de manger sa pomme.

— Tout ce que vous m'avez révélé, c'est que je n'ai pas été enlevé pour de l'argent. Étant donné la façon dont je suis traité, je m'en doutais. Donc, il s'agit d'une question personnelle entre votre maître et moi.

Elle ne dit rien, se contentant de faire tourner la pomme entre ses doigts. Il était allé trop loin, il risquait de l'alarmer.

Lorsqu'elle se leva, il tenta de la retenir.

— Attendez ! Vous ne m'avez pas dit pourquoi vous apportiez de l'eau.

Elle souleva le seau puis le fit glisser vers lui.

— Pour vous laver.

— J'apprécie cette attention. Vient-elle de vous, ou de votre maître ?

Elle se détourna en silence, mais il eut le temps de voir une rougeur se répandre dans son cou. Pendant qu'elle sortait des linges et un pot de savon de son sac, il ôta son gilet de cuir. Elle jeta les objets vers lui, l'un après l'autre, sans le regarder et sans voir qu'il se déshabillait. Il parvint à attirer son attention en lançant le pot de savon. Poussant une exclamation étouffée, elle tendit les mains en avant, comme pour l'attraper.

C'est alors qu'elle le vit, seulement vêtu de sa chemise et de son caleçon de laine. Il fit passer sa chemise par-dessus sa tête, et attendit sa réaction, en espérant l'atteindre au plus profond de sa féminité.

Chapitre 3

Lorsqu'elle le vit torse nu, Diana sentit ses joues s'enflammer. Quelle arrogance ! Mais peut-être avait-il une intention précise ? Il voulait la troubler et l'humilier, pour la pousser à en révéler davantage.

— Messire, je ne suis pas le genre de servante qui acceptera de vous laver.

— Je n'y ai jamais songé, répliqua-t-il en souriant. Je vous assure que je suis capable de le faire moi-même.

Il versa du savon sur un morceau de tissu qu'il passa sur son torse.

Un torse qu'il avait fort beau. Ayant été élevée sur les terrains de joutes, Diana avait vu plus d'un homme se dénuder jusqu'à la taille pour se laver, après une épuisante journée d'entraînement. Mais les circonstances étaient cette fois différentes. Ils se trouvaient seuls, dans une pièce obscure, à peine éclairée par la flamme d'une torche et envahie par la fumée du brasero. Les ombres jouaient sur son corps, mettant en relief des muscles bien dessinés qui témoignaient de son application à pratiquer les arts de la chevalerie. Une toison noire formait une flèche sur son abdomen, attirant le regard vers le bas de son ventre. Un étroit caleçon de laine soulignait une partie de son corps qui aurait normalement dû être cachée par une coquille. Ses cuisses massives étaient celles d'un cavalier.

Le seul fait de le regarder fit surgir en elle une chaleur inhabituelle. Elle devait absolument partir et bannir cet homme de ses pensées.

— Je vous laisse, annonça-t-elle avec une feinte indifférence.

— Je ne veux pas vous chasser, maîtresse.

Elle regretta de ne pas lui avoir donné un faux nom, car il insistait sur ce titre de façon déplaisante. Sans qu'elle s'en rende compte, il avait pris le contrôle de la situation pendant cette visite, et elle devait rétablir l'ordre des choses.

Elle alla prendre deux sacs de selle dans le couloir et revint les déposer près de la porte. Bannaster se figea, et son sourire s'effaça.

— Ce sont mes bagages.

— En effet.

— Donnez-les-moi. S'il vous plaît.

Elle s'aperçut qu'il faisait un effort pour ne pas élever la voix. Elle venait de lui rappeler qu'il n'était pas en position de force. La culpabilité se mêla aux sentiments plus confus qu'il faisait naître dans son cœur.

— Mon maître veut que je m'assure qu'ils ne contiennent rien que vous pourriez utiliser comme une arme.

— Il se fie à vous pour fouiller mes sacs ? répliqua-t-il, narquois.

Elle lui jeta un coup d'œil. L'eau savonneuse coulait sur son torse et imprégnait la taille de son caleçon.

— Oui, messire.

— Il n'a pas cru bon de les fouiller lui-même ?

Encore une erreur de sa part. Elle s'était laissé déborder par sa colère. Pourquoi avait-elle eu envie de l'agacer en fouillant ses bagages sous ses yeux, alors qu'elle les avait déjà vidés la veille ? Elle y avait découvert des vêtements luxueux, dignes de la cour du roi. Il avait dû venir directement de Londres. Elle le revit des années plus tôt, vêtu de la soutane noire des novices.

— J'ignore s'il l'a fait ou non. Je serai plus tranquille si je les examine encore une fois, avant de vous les donner.

Avec des mouvements vifs, il rinça le linge et ôta le savon sur sa poitrine. Ne faisait-il pas trop froid pour rester à moitié nu ? Elle lui tourna le dos et sortit plusieurs chemises, des pourpoints, des gilets, des bas de soie blanche et d'autres rayés. Elle laissa les coquilles au fond du sac.

— Soyez délicate en manipulant les sous-vêtements, dit-il, amusé. Ils sont fragiles.

Elle s'abstint de le regarder, consciente d'avoir rougi jusqu'à la racine des cheveux. Dans l'un des sacs, elle trouva une bourse contenant des pièces, une pierre à briquet pour faire du feu pendant le voyage, et un beau recueil de poésies.

— C'est un cadeau, dit-il d'un ton sec.

Destiné à Cicely ? Un mauvais point pour lui, car Cicely ne s'intéressait pas aux arts. Sa sœur préférait les bijoux.

Mais cela n'avait pas d'importance, puisqu'elle ne laisserait pas Bannaster s'approcher d'elle.

— Puis-je récupérer ce qui m'appartient ?

Elle remit tout dans les sacs, qu'elle fit glisser vers lui. Il les jeta sur sa paillasse.

— Vos vêtements ne sont pas très adaptés aux circonstances, fit-elle observer.

— Mais ils plaisent aux dames.

— Il a donc fallu que vous veniez dans cette région reculée, en plein hiver, pour voir une femme ?

Il ne répondit pas, mais ses yeux lancèrent des éclairs, alors qu'il dénouait les lacets de son haut-de-chausses pour le faire glisser sur ses hanches. Elle aperçut son caleçon de coton et les muscles de sa taille.

— C'est ainsi que vous me voulez ? s'enquit-il à mi-voix. Complètement sans défense ?

L'espace d'un instant, elle fut tentée de rester pour lui prouver que ses railleries la laissaient indifférente. Par ailleurs, elle avait envie de le toucher, d'éprouver le contact de sa peau. De prendre le linge mouillé et de le faire glisser sur…

Elle tourna les talons et s'enfuit. Par chance, il la prenait pour une servante, choquée par son comportement. Son rire se répercuta dans le couloir du donjon, tandis qu'elle refermait la porte, les mains tremblantes.

Le rire forcé de Tom s'éteignit rapidement, et il se sécha, car il avait l'impression de se transformer en bloc de glace. Il ne regrettait pas d'avoir vu la réaction de la jeune femme. Elle n'était la maîtresse de personne, c'était certain. Certes, il l'avait choquée, mais peut-être le voyait-elle à présent comme un homme, et plus seulement comme un prisonnier. Il savait comment la troubler et ressentait une satisfaction ridicule en songeant à son expression fascinée.

Cependant, comment savait-elle qu'il était venu dans le nord pour voir une femme ? Que savait-elle d'autre sur lui ?

Diana était encore engourdie par le froid quand elle pénétra dans sa chambre. Il neigeait, et elle avait offert son visage enflammé aux flocons qui tombaient dru, pour que personne ne la voie en proie à un tel trouble.

Elle prit sa tablette de cire dans un coffre et écrivit le message destiné à la Ligue. Cela faisait des années qu'elle n'avait plus utilisé le code spécial permettant de donner à sa missive l'apparence d'une lettre anodine, censée s'adresser à une amie. Elle fit un brouillon sur la tablette de cire, ce qui lui permettait de corriger ses erreurs, avant de recopier le texte sur un parchemin.

Au bout d'une heure, elle n'avait tracé qu'un paragraphe et elle essayait en vain de trouver une formule ne révélant pas sa panique.

Lorsqu'on l'interrompit en frappant à la porte, elle en fut presque soulagée. Effaçant le texte de sa main, elle donna l'ordre d'entrer.

Mary et Joan apparurent, l'air inquiet. Joan Carew était une femme sans famille. Après avoir été maltraitée par l'ancien vicomte, elle avait choisi de vivre loin de ses mauvais souvenirs. Bien bâtie, d'allure joviale, elle avait insisté pour s'occuper à Kirkby Keep des enfants dont les mères étaient obligées de travailler pour survivre.

— Que se passe-t-il ? demanda Diana en se levant.

Mary et Joan échangèrent un coup d'œil.

— Les hommes de Lord Bannaster viennent d'arriver, annonça Mary. Ils cherchent leur maître.

— Ils ne pensent pas le trouver ici ?

Les deux femmes firent non de la tête, et Diana inspira longuement pour se calmer.

— Je savais qu'ils finiraient par venir, puisque c'était leur destination. Cicely sait-elle qu'ils sont là ?

— Non, répondit Joan, elle est dans la salle de couture.

— Vraiment ? C'est à croire qu'elle veut parfaire ses talents avant le mariage ! Je descends avec vous.

— Nous ne voulons pas nous montrer, milady, objecta Mary. Ils risquent de nous reconnaître.

— Bien sûr, je n'y pensais pas. Je ne crois pas qu'ils se souviendront de moi.

— Non, milady. Vous n'avez plus rien à voir avec la servante pour qui vous vous faisiez passer il y a six ans.

Diana perçut le regard curieux de Joan. Celle-ci savait seulement qu'elle avait voulu protéger de leur maître les servantes du château de Bannaster. Elle avait été trop reconnaissante pour poser plus de questions.

Diana descendit donc seule dans la grande salle. Trois hommes se réchauffaient devant la cheminée, en buvant du vin chaud. Elle les vit frissonner malgré leur lourd manteau de laine.

L'un d'eux s'avança vers elle. Il était grand, avec une expression féroce, une barbe et des sourcils hérissés. Cependant, il lui adressa un sourire aimable.

— Bonjour, milady.

Elle cligna des paupières, surprise par son langage raffiné.

— Bonjour, monsieur. Je suis Lady Diana, sœur du baron de Winslow.

— Je m'appelle Talbot et je suis le capitaine des hommes d'armes de Lord Bannaster. Serait-il déjà arrivé, par hasard ?

Diana n'eut aucun mal à prendre un air soucieux.

— Non, monsieur. Mais nous l'attendons. N'a-t-il pas voyagé avec vous ?

Le sourire de Talbot s'évanouit.

— En effet, Lady Diana. Mais nous avons fait étape dans une auberge de Richmond, il y a deux jours, et il a disparu de sa chambre. Son cheval et ses bagages s'étant volatilisés aussi, nous espérions qu'il avait repris la route avant nous. Seulement, nous avons fouillé la ville hier, sans trouver la moindre trace de son passage.

Avant que Diana ait pu répondre, des rires résonnèrent dans l'escalier. Tous les regards se tournèrent alors vers Cicely qui descendait, escortée de sa jolie dame de compagnie. Elles portaient des robes de couleurs claires, dont le tissu délicat flottait gracieusement autour d'elles, comme soulevé par une brise de printemps. Les cheveux blonds de Cicely étaient retenus en arrière mais flottaient sur ses épaules. Les deux femmes semblaient donner de l'éclat à ce triste jour d'hiver. Talbot en demeura bouche bée.

— Ma sœur, Lady Cicely, annonça sèchement Diana.

Cicely descendit chaque marche comme si elle était sur un nuage. Son sourire découvrait des dents blanches et régulières, et elle fixait de ses yeux bleus le groupe d'hommes débraillés. Peu à peu, son expression changea.

— Nous avons un problème, Cicely. Lord Bannaster a disparu.

Cicely s'approcha de Talbot. Un doux parfum émanait de sa personne.

— Monsieur, je ne comprends pas.

Talbot lança un coup d'œil à Diana pour solliciter son aide, mais celle-ci se contenta de hausser les épaules.

— Nous espérions qu'il avait pris de l'avance, dans sa hâte de vous rencontrer, Lady Cicely, déclara-t-il d'un ton respectueux. Mais, comme il n'est pas là, je crains qu'il n'ait eu des ennuis.

Il se tourna vers les deux autres soldats qui fronçaient les sourcils, puis vers Diana.

— Nous aimerions interroger les villageois, vos fermiers et les gardes. Nous le permettez-vous ?

Cicely fit quelques pas et se plaça devant Diana, comme pour la reléguer au second plan.

— Naturellement, monsieur. Si nous pouvons faire quoi que ce soit pour vous aider, dites-le-nous. Pauvre Lord Bannaster ! J'espère qu'il ne lui est pas arrivé malheur, avec ce temps hivernal.

Diana recula, laissant sa sœur leur faire croire qu'elle dirigeait Kirkby Keep. Qu'ils interrogent qui ils voulaient, ils ne trouveraient rien. Elle eut mauvaise conscience à l'idée des efforts qu'ils allaient déployer et de leur inquiétude, mais elle n'y pouvait rien.

— Lady Cicely, accepteriez-vous que nous utilisions votre château comme une base, pendant nos recherches dans la campagne environnante ?

— Bien entendu.

Diana réprima une grimace. Il aurait été fou d'espérer qu'ils logeraient à Richmond.

Pendant que Talbot et ses hommes s'entretenaient avec les domestiques, Diana s'éclipsa. Elle avait prévu de s'entraîner avec ses hommes dans l'enclos, et elle avait hâte de se changer les idées.

Cicely se précipita vers elle et lui prit le bras, avant qu'elle ait pu gravir une marche.

— Oh ! Diana, c'est terrible !

— En effet, répondit Diana avec gravité.

— Il doit être grièvement blessé pour retarder ainsi le moment de me voir.

Diana arqua les sourcils.

— Toutes ses affaires ont disparu. Cela signifie sans doute qu'il a quitté l'auberge de son plein gré.

— Sûrement pas ! Il venait pour me voir, n'est-ce pas ?

— C'est ce qu'on nous a dit.

Cicely se rembrunit.

— Ce n'est pas drôle ! J'espère que tu n'es pas assez mesquine pour te réjouir de ce qui arrive.

— Je ne comprends pas ce que tu veux dire.

— Je sais que tu es jalouse des prétendants qui viennent me voir et qui t'ignorent.

— Quoi ? Ces trois-là ?

Cicely parut si déconcertée, que Diana leva la main pour s'excuser.

— Non, cette remarque est cruelle. Je ne suis pas jalouse et je ne me réjouis pas de savoir qu'un homme est perdu dans la neige.

— Je vais demander à la cuisinière de préparer un bon repas pour nos invités, répliqua froidement Cicely, avant de tourner les talons.

Tout en montant l'escalier, Diana regarda les soldats par-dessus son épaule. Il faudrait qu'elle soit très prudente lorsqu'elle rendrait visite à son prisonnier.

***

Quand Diana rentra, plusieurs heures plus tard, elle avait chaud, elle était épuisée et ravie de son entraînement. Elle se sentait prête à finir sa lettre à la Ligue. Elle n'aurait jamais la force d'affronter une fine lame, mais elle savait se défendre. Et avec une dague, elle était imbattable.

Elle portait un haut-de-chausses et un gilet sur une chemise, ce qui la laissait libre de ses mouvements. Mais ses vêtements humides de sueur lui collaient à la peau, et elle devait les enlever. Elle commençait à faire passer la chemise par-dessus la tête, quand une sensation bizarre l'enveloppa. Un frisson lui parcourut la nuque. Elle se figea et fit le tour de la chambre du regard. Quelque chose n'allait pas.

Elle ne décela aucun mouvement, mais elle était sûre que quelqu'un était entré. Un intrus.

Ses yeux se posèrent sur le coffre qui contenait ses armes, les seuls objets de valeur qu'elle possédait. Elle l'ouvrit à l'aide de la clé qu'elle gardait toujours sur elle. Elle eut le souffle coupé, en voyant un rouleau de parchemin posé sur son arbalète.

Un membre de la Ligue était venu aujourd'hui.

Sa première réaction fut de descendre voir les hommes d'armes de Bannaster. Se pouvait-il que l'un d'eux appartienne à la Ligue ? Si c'était le cas, elle n'aurait pas pu capturer Bannaster à l'auberge.

Elle déroula le parchemin. C'était une lettre à l'apparence innocente, écrite par une dame qu'elle pouvait avoir rencontrée chez son frère. Les doigts gourds, elle prit sa tablette et entreprit de la déchiffrer, en rendant à chaque mot la place qui convenait. Elle était si concentrée qu'elle ne prit pas garde à la signification du message tant qu'elle ne l'eut pas entièrement retranscrit.

La Ligue lui confiait sa première mission depuis six ans, et celle-ci concernait Bannaster. Son estomac se contracta. Par l'intermédiaire du roi, la Ligue avait envoyé Bannaster vers Cicely, afin qu'elle-même puisse passer du temps en sa compagnie. Elle gémit, se massant le front.

Qu'avait-elle fait ?

Elle s'obligea à poursuivre sa lecture. On lui expliquait que Bannaster avait commis des erreurs de jugement. Elle devait déterminer si on pouvait faire confiance à cet homme, très proche du roi. Ne risquait-il pas de se trouver mêlé à des complots ou des trahisons visant le nouveau souverain ? Elle devait décider s'il représentait un danger, et faire un rapport à la Ligue.

Elle avait craint que le vicomte n'ait découvert son implication dans la mort de son frère. En réalité, c'était la Ligue qui avait voulu les rapprocher. Était-ce aussi un moyen de l'évaluer, elle ? De voir comment elle allait réagir, en se retrouvant face au frère de l'homme qu'elle avait tué ?

Elle reposa sa tablette et la contempla sans la voir. Alors que la Ligue lui offrait une occasion de rentrer en grâce, par son impulsivité, elle avait trouvé le moyen de gâcher la première mission qu'elle se voyait confier depuis six ans. Alors qu'elle avait passé tant de temps à peaufiner sa maîtrise d'elle-même !

La Ligue était son seul moyen d'échapper à son frère, et voilà que cette possibilité était définitivement hors d'atteinte !

Heureusement, elle n'était pas du genre à sombrer dans le désespoir. Elle avait beaucoup de choses à prouver. Elle allait mener sa mission à bien et évaluer Bannaster, alors même qu'il était retenu prisonnier dans ses cachots. De toute évidence, ses réactions à une telle épreuve en diraient long sur lui.

Jusqu'ici, son comportement avait été compréhensible. Il avait essayé la colère pour la faire parler ; maintenant, il usait d'un moyen de persuasion plus subtil, en faisant appel à sa nature féminine.

Elle avait hâte de savoir quelle serait sa prochaine tentative.

Ensuite, elle devrait trouver un moyen de le libérer. Peut-être avant Noël. Et faire en sorte qu'il ne puisse pas épouser Cicely.

Car les relations familiales seraient désastreuses, s'il découvrait que sa belle-sœur avait tué son frère.

Chapitre 4

Pour Tom, la journée avait été très, très longue. Il avait passé son temps à explorer chaque centimètre des murs qu'il pouvait atteindre. Il avait trouvé une pierre descellée derrière sa paillasse et avait tenté de creuser autour avec sa cuillère, pendant des heures. Sans grand résultat. Mais s'il y avait une seule chance qu'il y ait une autre cellule à côté de la sienne et que la porte en soit ouverte, cela lui offrirait une possibilité de s'évader.

Auquel cas, il devrait emporter ses chaînes. Il passa encore plusieurs heures à taper sur le bracelet à l'aide d'une pierre. Sa cheville était en sang, mais il avait connu pire. Il essaya même de creuser à l'endroit où la chaîne était fixée, mais le mur était résistant.

Toutes les heures, il entendait le bruit des cloches de l'église, au loin. L'heure du souper était passée depuis longtemps, quand la servante revint lui rendre visite. Elle était encore seule, ce qui le rendait de plus en plus soupçonneux. Pourquoi son maître continuait-il de le détenir sans lui fournir d'explication ?

Lorsqu'elle déverrouilla la porte et entra, elle se figea brusquement pour le regarder. Il savait qu'il devait être très sale et qu'elle comprendrait pourquoi.

Néanmoins, il lui sourit avec une assurance qu'il était loin de ressentir.

Il aurait voulu laisser libre cours à sa colère, mais le moment n'était pas encore venu.

Elle secoua la tête, l'air vaguement amusé, et déposa ce qu'elle avait apporté. Du charbon, des torches, des linges propres, de l'eau dans un seau et un plateau de nourriture. Comment avait-elle pu transporter tout cela ? Mystère. Mais c'était une femme robuste.

Il l'imagina au lit et secoua la tête, refusant de se laisser distraire par de telles idées. Cependant, elle lui rendait la tâche difficile. Pourquoi était-il attiré par cette femme silencieuse et visiblement forte, alors que d'ordinaire il aimait les femmes très féminines et dépendantes de lui ? Il devait maintenir sa colère contre elle, et se concentrer sur son évasion. Non sur son désir.

— Bonsoir, maîtresse, dit-il en maîtrisant ses émotions.

Elle se redressa et le considéra longuement.

— Bonsoir, messire.

— Votre maître a décidé de ne pas me rendre visite ?

Elle ne répondit pas, et son expression demeura impassible.

— Je commence à me demander si ce maître existe vraiment.

Elle hocha la tête, mais garda le silence. Il avait offensé un grand nombre de femmes dans sa vie, car il ne comprenait pas ce qu'elles aimaient. Mais il n'imaginait aucune de celles qu'il avait connues s'abaissant à une tactique telle qu'un enlèvement.

— Vous avez été très occupé aujourd'hui, messire.

— Il faut bien trouver le moyen de passer le temps !

— D'autres chercheraient à se rapprocher de Dieu.

— Pas moi, répliqua-t-il en ricanant. Moi seul suis responsable de mes actes, et je suis le seul à pouvoir me sauver. Dieu me libèrera-t-il ? Je ne le crois pas.

Elle l'étudia d'un air surpris, tout en posant le plateau sur le sol.

— Vous semblez bien amer.

— J'ai de bonnes raisons de l'être, après avoir passé toute mon enfance et ma jeunesse à étudier pour devenir prêtre, contre mon gré.

Diana se figea, une main sur le linge qui recouvrait le plateau.

— Votre maître ne vous l'a pas dit ? Ceux qui connaissent mon existence connaissent aussi mon passé.

— Je n'ai jamais entendu parler de vous, dans cette région reculée du Yorkshire, messire. Cependant, je vous ferais remarquer que ce n'est pas Dieu qui vous a obligé à étudier pour devenir prêtre, ce sont les hommes. C'est contre eux que devrait être dirigée votre amertume.

Elle se redressa, sur le point de ressortir. Il ne voulait pas qu'elle s'en aille.

— J'aurais du mal à diriger ma colère contre des morts. J'ai hérité du titre de vicomte au décès de mon frère, décès qui a eu lieu dans d'obscures circonstances.

— C'est tragique, admit-elle en inclinant la tête.

— Oui. Cependant, j'ai échappé à la prêtrise. Dans un sens, cette mort ne fut donc pas tragique pour moi.

Il s'assit comme il le faisait toujours pour les repas, face à elle, le plateau entre eux. Elle le regardait. Ses yeux avaient la couleur grise des pierres du cachot, et ils étaient tout aussi impénétrables. Il émanait d'elle une sérénité qui inspirait le respect. Elle semblait capable d'accepter tout ce qui lui arrivait. Était-ce à cause de sa foi ? Ou simplement une longue habitude des épreuves ?

— Avez-vous… regretté la mort de votre frère ?

Son visage respirait la curiosité, et il sut qu'il devait profiter de cette faiblesse, si infime soit-elle.

— Vous voulez savoir si je suis une canaille sans cœur ?

Il s'empara de la miche de pain, la rompit, et en lança un morceau à la jeune femme qui l'attrapa au vol. Elle avait d'excellents réflexes.

— Je l'ai sincèrement pleuré. Du moins, je pleurais l'homme qu'il avait été autrefois. À la fin, il n'était plus très bon, et plusieurs personnes pouvaient avoir eu envie de le tuer.

Il s'abstint de lui parler de l'intense soulagement qu'il avait ressenti à sa disparition.

La voyant se raidir, il enchaîna :

— Oui, c'était un meurtre, et le coupable n'a jamais été découvert.

Le mensonge était nécessaire. Mais même après toutes ces années, quelque chose le poussait à protéger cette pauvre inconnue qui avait occis Nicholas.

Elle étala lentement le beurre sur son pain.

— Ce doit être… lourd à porter.

— Je m'y suis habitué. Une partie de moi brûle de connaître la vérité, l'autre s'est résignée à l'idée ne jamais avoir de réponse. En réalité, je n'ai pas baissé les bras.

C'était ce qu'il disait à tout le monde.

Elle hocha la tête, les yeux fixés sur son morceau de pain, comme si elle redoutait de croiser son regard. Si elle était vraiment une servante, elle ne devait pas être habituée à ce que les hommes lui parlent librement. Il n'aimait pas discuter de son passé avec des inconnus, mais si cela pouvait contribuer à la gagner à sa cause, il lui dévoilerait ses péchés.

Diana se sentait curieusement prise au piège. Elle était obligée d'écouter tout ce qu'il voulait bien lui dire, mais à sa grande surprise, elle éprouvait une pointe de culpabilité à l'idée de rapporter ses confidences à la Ligue.

Elle devait pourtant mettre ses sentiments de côté pour servir la justice. Si Bannaster gagnait l'approbation de la Ligue, elle se sentirait moins coupable de le laisser passer pour le seul suspect dans l'assassinat de son frère. En fait, il fallait qu'elle trouve un moyen de le faire parler de lui.

Elle se pencha, coupa un morceau de viande pour la goûter et remarqua qu'il attendait qu'elle l'ait avalé pour en prendre à son tour.

— Avez-vous eu du mal à quitter la prêtrise ?

Il l'observa, les yeux étrécis, et elle se sentit mal à l'aise. Cet homme était intelligent, il se doutait certainement qu'une servante ordinaire n'aurait pas posé ce genre de questions.

Il but une longue gorgée de vin, avant de répondre.

— Je ne peux pas vous dire à quel point j'avais envie d'oublier la prêtrise et de devenir un homme normal. Mais les hommes normaux avaient passé toute leur vie sur un terrain de joutes, alors qu'on m'interdisait de toucher à une épée.

Diana garda le silence et élargit les yeux, feignant d'être légèrement choquée.

— Or, je n'aurais jamais pu avoir d'autorité sur mes hommes si je n'avais pas gagné leur respect. Aussi, je me suis entraîné. À dix-huit ans, j'étais au même niveau que les jeunes garçons qui avaient à peine quitté les jupes de leur mère.

— Mais vous étiez vicomte, souligna-t-elle d'un ton admiratif.

De fait, elle admirait sa force de caractère.

— Il fallait que je devienne chevalier. Je passai plus d'heures à m'entraîner que n'importe qui. Je commençais le matin et n'arrêtais qu'à la nuit tombée. Je finis par me faire respecter.

Cependant, il n'avait pas gagné le respect de ses pairs, songea-t-elle. C'était en partie sa faute. En rejetant les soupçons sur lui, l'avait-elle conduit à faire des choix désespérés ?

— Avez-vous été fait chevalier ?

— C'était mon but. Maintenant, j'en ai un autre, tout aussi important, que votre maître et vous m'empêchez d'atteindre.

Il s'interrompit et mordit dans une poire juteuse.

— Quel est ce but, messire ?

— Vous le savez déjà. Votre maître a appris, je ne sais comment, que je venais dans le nord pour courtiser une noble dame.

Elle n'aurait jamais dû lui révéler qu'elle savait cela, mais il était trop tard pour éprouver des regrets.

— D'après mon maître, cela n'était pas difficile à deviner. Les vêtements que vous avez emportés, le cadeau, le fait de partir si loin de chez vous à cette période de l'année.

— Il sait donc d'où je viens ?

Il hocha la tête, comme si cela confirmait ses soupçons. En réalité, il savait déjà que cet enlèvement avait un motif personnel.

— Je vous répète seulement ce que j'ai entendu, murmura Diana d'une voix tremblante, comme si elle craignait d'être punie pour avoir trop parlé.

Bannaster lui adressa le genre de sourire charmeur qui l'avait sûrement déjà aidé à obtenir le pardon pour de nombreuses transgressions.

— Oui, c'est bien pour une femme que je me suis aventuré dans ce trou perdu en plein hiver.

Elle inclina la tête, en prenant l'air embarrassé.

— Pardonnez mon audace, mais je suis étonnée que vous ne soyez pas déjà marié.

Le regard de Bannaster s'assombrit.

— Ce n'est pas faute d'avoir essayé. Mais mes demandes n'ont jamais abouti.

Et pour cause, songea-t-elle, sarcastique. Il avait accumulé les erreurs.

— Je fais un nouvel essai.

— Qui est l'heureuse élue ?

— Ce n'est pas le genre de renseignement que je souhaite communiquer à votre maître. Comprenez cependant que je dois informer cette dame. Pour cela, vous devez me libérer.

Diana se leva, le laissant seul devant le plateau.

— Messire…

Il se leva également, l'air contrarié. Diana entendit

le cliquetis de la chaîne et le vit serrer les poings. Mais son visage n'exprimait que de l'inquiétude.

— Si vous me relâchez, je l'empêcherai de vous faire du mal, dit-il d'une voix précipitée. Je vous emmènerai loin d'ici, si vous voulez partir, et je vous fournirai un meilleur moyen de subsistance. Je pourrais vous trouver un époux.

Diana leva le menton.

— Qui vous dit que je n'en ai pas déjà un ?

— Je sais que vous n'en avez pas, répliqua-t-il sur un ton de douce réprimande.

Elle sentit ses joues s'empourprer en repensant à la façon dont elle l'avait regardé, lorsqu'il s'était dévêtu pour se laver. Gênée, elle gagna la porte.

— Ne me demandez plus mon aide, messire, déclara-t-elle d'une voix suppliante. Je suis… attachée à cette maison. J'y suis chez moi.

— Je vous en prie, parlez-moi…

Elle tourna le dos, ignorant ses paroles. Lorsqu'elle eut déposé tous les sacs à portée de sa main, elle sortit et verrouilla la porte. Chaque fois qu'elle la faisait tourner dans la serrure rouillée, la clé lui blessait les doigts.

Elle gravit l'escalier puis redescendit silencieusement pour écouter le prisonnier. Allait-il hurler de colère ? Jeter le plateau contre le mur ? Entrer dans une fureur irrépressible ?

Il ne fit rien de tout cela. Elle l'entendit simplement bouger. Que faisait-il ?

Elle s'accroupit sous la grille. Par chance, ses cheveux blonds étaient couverts d'un petit bonnet sombre. Puis elle se releva lentement pour jeter un coup d'œil dans la cellule. À sa grande surprise, elle le vit s'agiter comme s'il tenait une épée à la main. Il sautait à droite et à gauche, bondissait en feignant d'esquiver la lame invisible d'un adversaire imaginaire. Son visage était un masque de concentration, et il semblait évacuer son irritation par les mouvements souples de son corps.

Ses gestes étaient magnifiques. Diana sentit son estomac se contracter en se remémorant les muscles de son abdomen. Il avait travaillé dur pour acquérir la force et l'habileté que devait posséder un meneur d'hommes. Elle admirait son courage. Il aurait pu se contenter de prendre l'héritage qui lui revenait, et de dépenser sa fortune en menant une vie oisive. Or, il avait voulu que ses hommes sachent qu'il méritait son rang.

Une autre journée s'écoula. Diana devait faire appel à tout son courage chaque fois qu'elle se rendait au donjon. La gentillesse et la patience de Bannaster ne faisaient qu'attiser son sentiment de culpabilité. Comme il n'avait pas trouvé de moyen de s'évader, elle restait son seul espoir, et il faisait usage de son charme. Avec la plupart des femmes, cela aurait pu réussir. Elle ne comprenait pas comment il avait pu enfermer une dame dans une tour, pendant qu'il allait demander la permission de l'épouser.

Cependant… Était-ce bien le véritable vicomte de Bannaster qu'elle voyait en ce moment ? De toute évidence, il jouait un rôle pour l'influencer en sa faveur. Il fallait qu'elle apprenne à voir ce qui se cachait sous ses actes. À déceler la vérité sous les paroles enjôleuses.

Oh ! comment s'était-elle fourrée dans ce guêpier ?

À la nuit tombée, les trois soldats étaient revenus

bredouilles. Leur maître demeurait introuvable, et ils étaient inquiets. Cicely passait de l'irritation à l'apitoiement sur elle-même. Diana, quant à elle, se sentait prise au piège.

Ce serait ce matin, décida Tom avec détermination, se réveillant au son des cloches de la chapelle. À l'extérieur, tout le monde allait se rendre à la messe. Si la servante suivait ses habitudes, elle lui apporterait son repas après être allée à l'église, tandis que les autres occupants du château se livreraient à leurs activités quotidiennes.

Il se mit à arpenter la cellule, accompagné du cliquetis de la chaîne. Sa cheville était douloureuse. Il était comme un animal tombé dans un piège, avide de lumière et d'air frais. Cela faisait à peine trois jours qu'il était détenu, et il avait presque oublié la couleur du ciel et la sensation de liberté. Il passait des heures à essayer de briser son bracelet – il avait réussi à entamer le fermoir –, mais cela n'allait pas assez vite. Son univers s'était rétréci et se limitait désormais à ces quatre murs… et à la femme qui lui rendait visite.

Dire qu'il ne connaissait même pas son nom ! songea-t-il avec un amusement teinté d'amertume. Quand il ne cherchait pas un moyen de s'évader, elle emplissait ses pensées. Il aimait la façon dont elle se déplaçait, avec une assurance mêlée de réserve, et ses gestes qu'elle contrôlait parfaitement. Il l'imaginait dans un lit. Cachait-elle une nature passionnée, sous son apparence placide ? Ces yeux qu'elle gardait toujours baissés, s'enflammaient-ils parfois ?

Avec un grognement, il se passa la main dans les cheveux et se remit à arpenter le cachot. La veille, il s'était lavé et avait revêtu des vêtements propres, mais il n'aurait su dire pourquoi. Il n'aurait bientôt plus de linge de rechange. Mais il ne pouvait supporter l'idée de ressembler à un animal.

Une porte s'ouvrit et se ferma au loin. Il se raidit. Il avait renoncé à connaître un jour le maître de cette femme. C'était encore elle qui allait apparaître et prendre soin de lui, avec plus de considération que n'en obtenait généralement un prisonnier.

Cependant, sa bonté et sa beauté n'ébranlaient pas la détermination de Tom. Il lui avait préparé une surprise.

Ces deux derniers jours, il avait fait usage de son charme pour l'inciter à s'approcher de lui. Il lui avait parlé de son passé, afin de susciter sa compassion, en espérant qu'elle ne pourrait pas dormir à l'idée qu'il se trouvait seul dans ce cachot froid et humide. Son comportement envers lui n'avait pas pour autant changé. Il était donc temps d'envisager des mesures plus draconiennes !

Quand la porte s'entrouvrit, il l'attendait, campé à l'endroit idéal, sa chaîne arrangée à ses pieds.

Sa chevelure était plus cachée qu'à l'ordinaire, sous un voile parsemé de flocons de neige. Une fois de plus, il éprouva un brin de curiosité. L'avait-il déjà vue ? Elle n'était pas dotée d'une beauté exceptionnelle, mais il n'avait jamais vu une telle assurance chez les femmes qu'il connaissait. C'était encore plus rare chez une servante, excepté si celle-ci occupait une position élevée dans une maison. Était-elle la femme de chambre d'une noble dame ?

Elle apportait les provisions habituelles et les déposa près de la porte en le regardant. Le silence qu'il gardait devait lui paraître étrange.

Lorsqu'elle se pencha pour pousser le plateau vers lui, il fit un bond en avant et lui agrippa le poignet. L'espace d'un instant, le temps s'arrêta et leurs regards se croisèrent.

— Vous auriez dû prêter attention à la chaîne, dit-il avec un sourire narquois.

Il tira sur son bras, et elle bascula contre lui, le dos plaqué contre son torse. Le plateau de bois se renversa. Il passa aussitôt les bras autour d'elle. Il avait froid, et son corps était chaud. Avant qu'il ait pu saisir les clés accrochées à sa taille, elle lui envoya un coup de coude dans le ventre. La douleur le plia en deux. Elle en profita pour l'attraper par les cheveux et le faire passer par-dessus son épaule. Il retomba sur le dos, heurtant durement le sol de pierre. Du coin de l'œil, il la vit regagner la porte pour se mettre à l'abri.

Il roula sur le sol et se retrouva à quatre pattes, haletant. Son crâne et son estomac étaient douloureux. Tout en se relevant, il l'observa avec attention.

— Vous avez suivi l'entraînement d'un homme, déclara-t-il, abasourdi.

Elle nia d'un signe de tête.

— J'ai réagi par instinct.

— Non, vous mentez !

Ils se dévisagèrent, et elle s'efforça de ne rien laisser paraître dans son expression. Mais elle semblait mal à l'aise, comme si son comportement en révélait trop sur elle.

Il éprouva une sensation de triomphe. Il approchait de la vérité.

À ce moment-là, une voix retentit dans le couloir, devant le cachot.

— Lady Diana !

Il eut le temps de voir le choc se peindre sur ses traits. Puis elle sortit et referma la porte, laissant toutes les denrées hors de sa portée.

Diana. Elle avait paru consternée qu'il ait entendu son prénom. Au même instant, quelque chose se mit en place dans son esprit. Son langage raffiné, ses vagues allusions à son maître, cet enlèvement qui n'avait ni queue ni tête.

Une brusque fureur surgit en lui.

— Diana Winslow ? cria-t-il.

Était-elle la sœur du baron de Winslow ? Et celle de Cicely, la femme dont il venait demander la main ?

Chapitre 5

Diana referma brusquement la porte du cachot. Mary se tenait au pied de l'escalier, l'air à la fois surprise et consternée.

Les cris de Bannaster retentirent dans le donjon.

— Diana Winslow ?

Il ne pensait plus à dissimuler sa colère. Diana grimaça. Pas étonnant qu'il ait deviné son identité. Cet homme était loin d'être un imbécile.

Les yeux élargis de stupeur, Mary plaqua les mains sur ses joues.

— Vous ne lui aviez pas dit votre nom ?

Diana s'adossa au mur de pierres et secoua la tête en posant un doigt sur ses lèvres.

— Je n'ai pourtant prononcé que votre prénom, milady ! chuchota Mary en s'approchant.

— Apparemment, ça a été suffisant pour un homme aussi intelligent que lui, répondit doucement Diana.

Mary avait apporté une lanterne, ce qui était une chance, car la sienne était restée accrochée au mur du cachot.

— Partons vite. Il a la punition qu'il mérite, puisque son repas est hors de sa portée.

— Une punition ? répéta Mary, déconcertée.

— Il a pris l'habitude que je lui apporte ses repas, et ma méfiance s'est relâchée. Il m'a trompée sur la longueur de sa chaîne et a réussi à m'attraper pour tenter de me prendre les clés.

Mary s'immobilisa dans l'escalier et lui saisit le bras.

— Vous n'êtes pas blessée ?

— Je me suis débattue et j'ai pu lui échapper, non sans avoir trahi mon adresse au combat. J'aurais dû être plus subtile, mais mon corps a réagi à la menace.

Ce n'était pas tout à fait exact, en réalité. Pendant un instant, alors qu'il avait refermé les bras sur elle, elle n'avait plus songé à ce qu'ils étaient l'un pour l'autre. Elle n'avait plus été consciente que de sa force et de sa chaleur. Seigneur, quels étaient ces péchés qui occupaient son esprit ?

— C'est alors que j'ai crié votre nom, continua Mary en fermant les yeux.

— Ce n'était pas ta faute.

Avant qu'elles aient atteint la porte donnant à l'extérieur, Mary poursuivit :

— Je suis venue pour une raison précise. J'aurais dû attendre que vous ayez quitté le donjon, mais j'ai été prise de panique. Les soldats de Bannaster se promènent dans la cour du château en parlant à nos gens. Je ne voulais pas qu'ils vous voient sortir de la tour.

— Je te remercie de m'avoir prévenue, répondit Diana en hochant la tête.

— Vous ne pensez pas… qu'ils soupçonnent quelque chose ?

— Je crois qu'ils sont simplement désespérés de ne pas retrouver leur maître.

— Et j'ai aggravé la situation, ajouta Mary, en jetant un coup d'œil dans le passage qui menait au cachot.

— Mon comportement avait déjà éveillé les soupçons de Bannaster. Tôt ou tard, il aurait fini par comprendre.

Mary se mordit les lèvres mais ne dit rien. Diana ouvrit la porte. Aussitôt, le vent glacial s'engouffra dans le couloir. Elle maintint solidement le battant, tout en regardant si la voie était libre. Elle ne vit personne.

Cependant, lorsqu'elles contournèrent les écuries et entrèrent dans le jardin d'agrément suivant le chemin qu'elles avaient tracé un peu plus tôt dans la neige, un homme l'appela.

— Lady Diana !

Diana lança à Mary un regard d'avertissement, plaqua un masque d'indifférence sur son visage et se tourna vers le soldat avec un sourire.

— Bonjour, Talbot.

— Je suis désolé de perturber la vie du château, mais je suis obligé de questionner les occupants.

Il regarda derrière elles, comme s'il se demandait d'où elles venaient. Néanmoins, son rang ne l'autorisait pas à interroger la maîtresse des lieux. Diana fut traversée d'un frémissement glacé. Si quelqu'un découvrait qu'elle avait emprisonné un vicomte, elle devrait en répondre devant le roi.

Même si Bannaster a emprisonné la fille d'un comte, songea-t-elle avec amertume. Il n'avait subi aucun châtiment pour cela, si ce n'est qu'il n'avait toujours pas trouvé d'épouse convenable.

— Je vous retiens dans le froid, fit remarquer Talbot d'un air contrit. Pourquoi ne portez-vous pas de manteau ?

Diana voulut répondre, mais Mary la devança.

— Ma maîtresse n'est pas comme les autres femmes, monsieur. Ne savez-vous pas qu'elle pratique les armes avec nos hommes ? Le froid n'atteint pas une personne aussi forte.

Diana fut tentée de lever les yeux au ciel, mais Mary semblait avoir réussi à détourner les soupçons de Talbot, car celui-ci élargit les yeux de surprise.

— Votre servante dit-elle vrai, milady ? demanda-t-il avec un sourire incrédule.

— Tout à fait. Mon père m'a permis de m'entraîner avec ses soldats. Je ne serais pas de taille à lutter contre un homme tel que vous, naturellement, ajouta-t-elle en espérant que la flatterie lui ferait oublier de poser des questions gênantes.

— Et vous devriez la voir manier une dague ! poursuivit Mary avec fierté.

— J'aimerais bien voir cela, en effet.

— Je vous ferai une démonstration quand le temps se sera radouci, monsieur, enchaîna Diana. Comment se passent vos recherches ?

L'amusement de Talbot s'évapora, faisant place à une expression grave et inquiète.

— Pas très bien, milady. Nous n'avons absolument rien trouvé. J'ai renvoyé l'un de mes hommes à Londres, au cas où le vicomte aurait décidé de repartir sans nous, mais je ne peux croire qu'il aurait fait cela. Il ne nous aurait jamais laissés ici sans nous donner d'explication. Non, nous sommes sûrs à présent qu'il s'est trouvé en butte à de graves ennuis. Mais il doit être vivant quelque part, murmura-t-il comme pour se convaincre lui-même.

— Certainement. Qui serait assez fou pour faire du mal à un vicomte ? Son titre le protège.

— D'une certaine façon peut-être. Cependant, ce titre fait aussi de lui une cible.

— Pour un héritier éventuel, je suppose. Qui hériterait, s'il lui arrivait malheur ?

— Un cousin éloigné qui réside en France et se moque de l'héritage. Il souhaite en revanche ardemment que Dieu donne un fils à Lord Bannaster.

Diana eut un sourire contraint.

— Entrez vous réchauffer, Talbot. Nous pouvons au moins vous offrir un peu de réconfort, avant que vous ne repreniez les recherches.

— J'ai vu que vous invitiez les villageois à venir se mettre à l'abri à Kirkby Keep, pendant les grands froids.

Ils gravirent l'escalier menant au hall, et Diana lui lança un regard en coin.

— Ce sont mes gens, dit-elle, en se demandant ce qu'il insinuait.

— Je me suis rendu au village, milady. De toute évidence, les habitations ont connu des jours meilleurs.

Diana ouvrit la bouche pour répondre, mais il ne lui en laissa pas le temps.

— Ce n'est pas seulement à cause de l'hiver. Il est évident que vous n'avez pas les moyens d'entretenir le domaine. Il y a des brèches dans les murs d'enceinte. Je vois des herbes sauvages sous la neige, alors que les champs devraient être cultivés. Il n'y a pas eu de semailles, cette saison.

Bien qu'elle ne soit pas responsable de la situation, Diana éprouva de l'embarras et ne trouva rien à répondre.

— Votre frère ne s'occupe-t-il pas de ses propriétés ?

La bonté qui perçait dans le regard du soldat fit surgir une vague de culpabilité et de remords dans le cœur de Diana.

— Mon frère possède beaucoup de biens, Talbot. Il fait ce qu'il peut, répondit-elle d'un ton distant.

Il fait de son mieux pour gérer les propriétés qu'il aime. L'obliger, elle, à rester hors de sa vue ne lui suffisait pas. Lui en voulait-il donc tant d'avoir été la préférée de leur père ? Ou bien faisait-il en sorte qu'elle ne puisse pas se sentir chez elle dans ce château, avec les occupants d'un domaine qu'il négligeait parce qu'elle y vivait ?

Peut-être le jugeait-elle mal. Il était possible qu'il ait plus de difficultés qu'elle ne le croyait.

Elle s'efforça de ne plus penser à lui. Elle devait distraire Talbot, puis écrire à la Ligue ce qu'elle avait appris au sujet de Bannaster.

Maîtrisant à grand-peine sa colère, Tom s'assit sur la paillasse et ramena une couverture sur ses épaules. Toutes sortes de pensées tourbillonnaient dans sa tête. Tout d'abord le fait que cette femme ait eu le dessus sur lui physiquement. Ensuite, son nom.

Diana.

Se pouvait-il qu'il ait affaire à Diana Winslow ?

Quand il avait été enlevé à Richmond, il n'était plus qu'à une demi-journée de voyage de Kirkby Keep. Combien de Diana de noble lignée pouvait-il y avoir dans cette région isolée d'Angleterre ?

Le baron l'avait peut-être pris en otage pour qu'il ne puisse pas courtiser sa sœur ? Mais Winslow se trouvait à Londres quelques semaines plus tôt. Il l'avait vu. Il aurait été plus facile à cet homme de l'affronter à ce moment-là.

Tom appuya son crâne enfiévré contre la pierre dure et froide du mur. Non. L'enlèvement avait eu lieu juste après qu'il avait envoyé un message à Kirkby Keep pour annoncer son arrivée. Sa réputation pouvait l'avoir précédé dans le nord. Il avait fait des choses un peu folles pour aider le roi, et cela l'avait peut-être conduit à perdre l'estime du souverain.

Il espérait repartir sur de nouvelles bases avec Cicely Winslow, seulement, celle-ci préférait peut-être rester vieille fille plutôt que de l'épouser. Ses plans s'effondraient à cause d'un passé qu'il n'avait pas toujours pu contrôler.

Mais pourquoi était-ce Diana qui s'occupait de lui, plutôt qu'une servante ? Certainement parce qu'elle était capable de se défendre, contrairement aux autres femmes.

Les derniers morceaux de charbon se consumaient dans le brasero, et il regarda avec des yeux emplis de regrets le sac que Diana avait laissé hors de sa portée. Il l'avait bouleversée. Il fallait espérer qu'elle reviendrait avant qu'il ne soit mort de froid.

Il n'avait qu'un seul moyen de se réchauffer, tout en évacuant la colère qui ne le lâchait pas. S'emparant d'une pierre, il se mit à taper sur le fermoir de sa chaîne.

Plusieurs heures plus tard, alors que son bras était lourd et douloureux, que des gouttes de transpiration lui coulaient dans les yeux, et que du sang s'écoulait de sa cheville, le vieux fermoir finit par céder.

Une vague de triomphe le submergea.

*
* *

Le cachot était plongé dans l'obscurité. Diana fronça les sourcils en avançant dans le couloir. Elle déposa la lanterne sur une petite table, cala soigneusement le plateau contre sa hanche et ouvrit la porte. Lorsque le battant pivota, elle reprit la lanterne et la souleva.

— Bannaster ?

Dans la pénombre, elle le vit se dresser sur la paillasse et mettre la main devant les yeux pour se protéger de la lumière. La chaîne cliqueta lorsqu'il se leva. Le froid était si intense qu'une buée blanche se forma devant la bouche de Diana. Elle contempla le sac resté intact près de la porte, et le plateau de nourriture renversé, son contenu éparpillé sur le sol, hors de portée du prisonnier.

Puis elle se tourna vers lui, en levant le menton.

— Oui, dit-il à mi-voix. Je sais que c'est ma faute.

— Je ne peux vous reprocher d'avoir voulu vous échapper. J'aurais fait la même chose.

— J'imagine. Votre robe dissimule une force hors du commun, ajouta-t-il en la regardant de la tête aux pieds.

Diana en éprouva un bref instant de fierté. Enfin, un homme reconnaissait son mérite. Mais elle se ressaisit rapidement, comprenant qu'il cherchait à exploiter ses faiblesses.

— Les femmes sont fortes, dit-elle avec froideur. Demandez aux villageoises qui travaillent dans les champs. Ou à celles qui viennent de mettre au monde un enfant.

— N'essayez pas de me faire croire que vous n'êtes pas quelqu'un de spécial… Diana.

Elle se figea en l'entendant prononcer son prénom. Comme si cela l'avait fait progresser d'un pas et qu'il n'était pas loin de découvrir ce qui les reliait.

— C'est ainsi que je m'appelle, en effet, admit-elle.

— Diana Winslow ?

Sans répondre, elle souleva le sac contenant le charbon et les torches, et le poussa vers lui. Il ne fit pas mine de les prendre.

— Il est inutile de nier.

Le fait qu'il ne manifeste aucune colère la mit encore plus sur ses gardes.

— Prenez le charbon et allumez le feu. Vous devez être transi de froid.

Il se pencha pour attirer le sac à lui et en sortit les torches. Après avoir ravivé le feu dans le brasero, il plaça du charbon sur les flammes. Pendant ce temps, Diana ramassa la nourriture sur le sol. Il lui lança le sac vide pour y jeter les restes.

— Je n'ai pas eu de mal à deviner votre identité, finit-il par dire. Combien peut-il y avoir de dames de la noblesse portant ce nom dans le nord du Yorkshire ? De plus, j'ai été enlevé juste après avoir envoyé un message à Kirkby Keep pour prévenir de mon arrivée.

Il fit une légère pause, avant de reprendre :

— Qu'avez-vous contre moi ? Est-ce votre sœur qui vous a demandé d'agir ainsi ?

Diana soupira. Continuer de nier ne servirait à rien. Et elle ne voulait pas que Cicely soit impliquée dans l'enlèvement.

— Il était de mon devoir de protéger ma sœur, répondit-elle à voix basse.

— Ah.

Il s'assit dans la position habituelle, comme s'il attendait son repas.

— Faites-moi voir la longueur de la chaîne, ordonna-t-elle.

Il obéit, en soulevant la chaîne. Diana poussa le plateau vers lui, et s'accroupit.

— Vous ne mangez pas avec moi ?

— Ce n'est plus nécessaire. Vous savez que je n'ai pas l'intention de vous empoisonner.

— Vraiment ? Vous croyez peut-être que c'est le seul moyen de m'éloigner de votre sœur ?

Était-ce de la tension qu'elle décelait dans sa voix, alors qu'il s'efforçait de parler avec douceur ?

— Si c'était le cas, ce serait déjà fait. Après tout, on ignore où vous vous trouvez.

Le sourire de Bannaster s'évanouit.

— Mes hommes sont arrivés, n'est-ce pas ?

— Croyez ce que vous voulez, répliqua-t-elle en penchant la tête de côté.

— Je sais qu'ils n'abandonneront pas les recherches. Cela fait maintenant quatre jours que vous me retenez ici, tandis qu'ils explorent la campagne, dans le froid et la neige.

Diana ne put croiser son regard. Il venait de marquer un point.

— Vous avez raison, avoua-t-elle. Ce sont de loyaux serviteurs.

— Pourtant, vous les laissez perdre leur temps et leurs efforts. Délivrez-moi.

Il posa sur elle un regard sombre et persuasif.

— Je ne révélerai à personne ce que vous avez fait dans l'espoir de protéger votre sœur.

— Vous devriez pourtant comprendre les raisons pour lesquelles je vous ai emprisonné.

Elle se rendit compte que sa voix était trop douce. Il prenait de l'ascendant sur elle.

— C'est donc pour cela que je suis enfermé ici. Vous avez entendu ce qu'on raconte sur moi…

— Niez-vous que ce soit vrai ?

— Vous ne m'avez pas encore dit quelles sont les histoires qui ont inspiré vos craintes.

— Vous avez une réputation terrible, déclara-t-elle d'un ton ferme. Je n'ai pas confiance en vous, ma sœur ne sera pas bien traitée avec vous.

— Une autre femme aurait simplement révélé cela à sa sœur, afin qu'elle puisse refuser ma demande, comme cela se fait normalement. Pas vous.

Diana demeura impassible. Cependant, le fait qu'il ait raison ne l'aidait pas à feindre l'indifférence.

— Vous êtes une femme à qui on a appris à se défendre, poursuivit Bannaster, pensif. Une femme telle que vous se comporte comme un homme et protège sa sœur par la force. Comment êtes-vous arrivée à m'enlever ?

— Ce n'était pas difficile. Vous vous êtes fait piéger en espérant mettre une femme dans votre lit.

— Bien sûr, vous n'étiez pas seule.

— Et vous n'étiez pas méfiant.

— Je le suis désormais. Mordez dans ce pain, dit-il en lui passant la miche qu'elle avait apportée.

Elle la lui relança sans hésiter.

— Si vous avez peur, ne mangez pas. C'est votre choix. Moi aussi, j'ai appris de mes erreurs.

Il se renversa en arrière en s'appuyant sur les mains, avec une nonchalance feinte.

— J'imagine, en effet. J'ai presque réussi à prendre vos clés, après tout. Et, bien que je n'y sois pas parvenu, je vous ai tout de même tenue dans mes bras.

Diana se crispa, et une vague de chaleur la traversa, malgré le froid du cachot.

— Pas bien longtemps, messire.

— Non, c'est vrai. Mais cela m'a suffi. J'ai aimé le contact de votre corps. Mince, ferme… et puissant.

— Assez puissant pour avoir le dessus sur vous. Et vous vous demandez pourquoi je ne vous trouve pas digne de ma sœur ? ajouta-t-elle en le toisant.

Il éclata de rire.

— Je ne l'ai pas encore rencontrée et je n'ai pas fait ma demande. Ne puis-je donc remarquer une femme quand je la tiens dans mes bras ?

— Je vous souhaite bon appétit ! déclara-t-elle en se levant.

Il l'imita.

— Combien de temps allez-vous prolonger ce petit jeu, Diana ? Que pensez-vous pouvoir faire de moi, sinon me relâcher ?

Ses paroles firent resurgir ses hésitations. Il avait raison.

— Je trouverai une solution.

Pivotant sur ses talons, elle gagna la porte.

Tom savait que tout se jouerait en quelques secondes. Il ne voulait pas qu'elle soit alertée par le bruit de la chaîne. Mais dès qu'elle eut refermé la porte, il saisit la boucle de sa ceinture et s'élança aussi silencieusement que possible. Seul le bruit presque imperceptible de la chaîne tombant de sa cheville troubla le silence du cachot.

Il glissa le morceau de métal plat dans le chambranle, afin de bloquer la serrure. Il s'était rendu compte qu'elle avait des difficultés à faire tourner la clé, chaque fois qu'elle verrouillait ou déverrouillait.

Puis il s'aplatit contre le mur, en tendant l'oreille. La clé tourna et se bloqua.

Les yeux fermés, il attendit, comptant sur le fait qu'elle le croyait enchaîné au mur. Il l'entendit émettre un grognement de dépit, puis jurer à mi-voix. Ensuite, ses pas s'éloignèrent dans le couloir.

Il demeura immobile, craignant qu'elle ne revienne, peut-être avec un serviteur. Certes, il aurait pu s'évader pendant ce court laps de temps. Mais il avait un projet, concernant Diana Winslow.

En attendant, il devait prendre patience.

Chapitre 6

Tom attendit une heure avant de bouger. Diana ne revint pas. Il avait revêtu son pourpoint de voyage et ses hauts-de-chausses. Ses vêtements étaient si sales qu'on ne distinguait plus la belle qualité des tissus, ce qui lui permettrait de se mêler aux serviteurs du château sans qu'on le remarque. Son chapeau était trop raffiné, aussi chercha-t-il au fond de ses bagages le bonnet qu'il portait en général sous son heaume, et qui lui cachait complètement les cheveux. Personne ne le reconnaîtrait, en dehors de ses hommes et de Diana, qu'il ne comptait pas approcher. S'il faisait très attention, il passerait inaperçu et découvrirait ce qui se tramait à Kirkby Keep.

Il ouvrit la porte, sortit et repoussa le battant avec une infinie satisfaction. Il se retrouva dans un étroit couloir, au bout duquel il distingua un escalier. Il s'y engagea, et atteignit une porte qu'il entrouvrit prudemment. Dans la nuit de ce soir d'hiver, il n'aperçut que la maigre lueur des torches accrochées çà et là. Une fine couche de neige recouvrait le sol. L'air lui parut si froid et si pur, après l'atmosphère confinée du cachot, qu'il inspira à pleins poumons.

Il contourna lentement la tour et fit une pause pour prendre ses repères. À sa grande surprise, des torches éclairaient une brèche dans le mur d'enceinte, encore encombrée de gravats. Il sut qu'il passait devant les écuries en entendant le bruit des chevaux dans leurs box et la voix d'un valet s'adressant doucement aux animaux. Il se demanda si le sien se trouvait là, mais c'était peu probable. Comment Diana aurait-elle expliqué l'acquisition d'une nouvelle bête, aussi belle et bien entretenue que l'était sa monture ?

Dans la pénombre, il repéra la loge d'entrée et constata que la herse était levée. N'importe qui pouvait donc entrer ou sortir, à condition de se débarrasser des gardes. Après avoir passé plusieurs jours dans un cachot, il aurait cru avoir envie de s'enfuir en sentant la liberté si proche. Mais les sœurs Winslow constituaient une énigme, et il ne pouvait partir sans l'avoir résolue. De plus, si le roi l'avait envoyé dans ce coin reculé du royaume, c'était peut-être pour une autre raison qu'un éventuel mariage.

Le château était entouré d'un haut mur d'enceinte. Des torches étaient accrochées aux murailles et des gardes surveillaient les brèches. Heureusement, par une nuit d'hiver aussi glaciale, il n'y avait pas d'attaque à redouter de l'extérieur.

Tom retourna vers l'écurie. Puis il fit mine de sortir de ce bâtiment pour traverser la cour en direction du château. Aucun soldat ne l'arrêta. Il gravit l'escalier derrière deux ivrognes chancelants. Ceux-ci ouvrirent l'une des portes de la grande salle, et Tom entra en s'abritant derrière eux. Un feu immense se consumait dans l'âtre. Il frissonna, essayant en vain de chasser le froid pénétrant qui ne le quittait plus depuis des jours.

Des douzaines de gens se pressaient dans la pièce Des rires et des éclats de voix fusaient de toutes parts. Il ne vit pas ses hommes et il en éprouva du soulagement, car il préférait ne pas se faire connaître pour le moment. Des groupes s'étaient formés autour des tables sur lesquelles étaient disposés des jeux de société. Évitant le centre de la salle, il s'approcha de la table la plus proche de la porte.

Il repéra Diana presque tout de suite. Elle se tenait à côté de la cheminée et discutait avec plusieurs hommes. Tout en parlant, elle esquissait des gestes autoritaires, telle une femme sûre de son pouvoir. Lorsque son frère n'était pas à Kirkby Keep, ce qui semblait être le cas en ce moment, elle devait avoir le contrôle de toute la maisonnée, en tant qu'aînée. Les hommes l'écoutaient respectueusement. L'un d'eux fit une remarque qui provoqua l'hilarité.

Tom ne pouvait détacher les yeux de cette femme. Le rire illuminait son visage, découvrant ses jolies dents bien alignées. Elle n'était pas du genre à minauder et ne craignait pas de rire avec ses hommes. Ses cheveux n'étaient pas couverts, mais simplement attachés sur la nuque, et ils scintillaient comme de la soie.

N'aurait-elle pas dû se sentir coupable ? se demanda-t-il avec colère. Elle le croyait seul au fond d'un cachot, en plein hiver, alors qu'elle jouissait de la chaleur du feu et de l'atmosphère conviviale d'une soirée parmi ses amis.

Avant d'avoir deviné son identité, il s'était livré en parlant de ses études de futur prêtre et du meurtre de son frère. Elle voulait le juger sur son passé, sur les erreurs qu'il avait commises, afin de se justifier et de le garder captif.

Il l'observait si attentivement, qu'il remarqua son expression s'assombrir imperceptiblement lorsqu'elle jeta un coup d'œil en direction de l'escalier. Il suivit son regard et vit une très belle femme descendre dans la salle, vêtue d'une robe bleue qui soulignait sa blondeur. Avec son teint pâle et ses traits délicats, son visage évoquait celui d'une madone. Il s'agissait sûrement de Cicely Winslow. Le roi Henri n'avait pas exagéré en vantant son exceptionnelle beauté.

Mais pourquoi Diana semblait-elle aussi circonspecte ? Cette femme n'était-elle pas la sœur chérie qu'elle voulait protéger, et dont la pureté ne pouvait être salie par un homme aussi grossier que lui ?

Ignorant Diana, Cicely se dirigea d'une démarche gracieuse vers un groupe de femmes qui cousaient et brodaient. Elle toucha l'épaule de l'une d'elles, sourit à une autre, adressa quelques mots à une troisième, et elles rirent toutes ensemble.

Tom avait passé tant d'années à l'écart du monde, sans même avoir le droit de poser les yeux sur une femme, qu'il se rattrapait chaque fois qu'il en avait l'occasion. Cicely était très agréable à regarder. Quel effet cela lui ferait-il, d'avoir une épouse aussi belle et élégante, entourée de ses charmantes dames d'honneur ?

Pourtant, son regard revenait sans cesse vers Diana. Elle ne rejoignit pas les autres femmes mais resta avec les hommes, écoutant avec attention, soulignant parfois ses paroles d'un geste, puis accordant un de ses rares sourires à ses interlocuteurs.

Une clameur monta soudain de la table près de

laquelle il se tenait, lorsqu'un des joueurs gagna une partie. Tom s'écarta et se tapit dans l'ombre pour éviter d'être remarqué. Un autre joueur prit place à la table, les groupes se reformèrent, et il se détendit suffisamment pour reporter son attention sur les deux sœurs.

Cicely avait abandonné ses dames de compagnie pour se diriger vers les ménestrels. L'un avait un luth, l'autre jouait de la flûte. Sans attendre qu'ils aient terminé leur morceau, Cicely s'approcha d'eux et capta leur attention. Une douzaine de personnes dansaient, mais les musiciens cessèrent docilement de jouer et attendirent. Tom se demanda si la jeune femme allait faire une annonce, mais elle s'adressa aux deux hommes à voix basse, et il n'entendit pas ce qu'elle disait. Puis ils entamèrent un nouveau morceau. Cicely fit un signe à ses dames d'honneur, et une nouvelle danse commença.

Les danseurs précédents reculèrent. Aucun ne protesta, mais Tom aperçut des expressions résignées ou irritées, avant qu'ils ne se détournent.

Curieux, il reporta son regard sur Diana qui avait suivi de loin le manège. Le regard sombre, elle observait sa sœur. Puis elle se détourna en secouant la tête.

Passablement étonné, il crut voir une expression satisfaite s'inscrire sur le visage de Cicely. Était-ce une sorte de jeu entre les deux sœurs ?

Diana se désintéressa presque aussitôt de Cicely et revint à sa discussion.

— Pardon, monsieur ? dit quelqu'un, à la gauche de Tom.

Il tressaillit et découvrit un homme petit mais robuste, qui le dévisageait avec insistance. Que ferait-il, s'il était découvert ? Il n'avait pas envie de quitter le château tout de suite.

— Oui, messire ?

De toute évidence cet homme n'était pas noble, mais Tom espérait égarer ses soupçons.

— Visiblement, vous n'êtes pas d'ici. Nous ne voyons pas souvent d'étrangers dans cette région.

— Je m'appelle Tom, messire. Je suis un voyageur de passage, heureux d'avoir trouvé un abri pour la nuit et de quoi manger.

L'autre hocha la tête.

— Lady Diana est très accueillante.

Tom remarqua qu'il ne lui avait même pas demandé laquelle des deux sœurs lui avait offert l'hospitalité.

— Je n'ai pas vu la maîtresse des lieux. Est-ce la personne qui est en train de danser ?

— Non, c'est sa sœur, Lady Cicely. Lady Diana se trouve près de la cheminée.

Tom fit un signe de tête et examina les deux femmes tour à tour en feignant la curiosité.

— Elles ont les mêmes cheveux, dit l'homme en ricanant. Mais c'est tout ce qu'elles ont en commun.

— N'ont-elles pas un frère ?

— Oui, le baron. Il vient rarement, sa résidence principale est ailleurs.

— Ah, mais ces jolies dames ont sans doute été élevées ici, car elles paraissent très à l'aise dans ce château.

Son interlocuteur secoua la tête.

— Ce n'est un secret pour personne, je peux donc vous le dire. Il n'y a que quelques années que les dames sont venues s'installer ici, sur ordre de leur frère. Il paraît que la nouvelle baronne est jalouse de la beauté de Lady Cicely. Lady Diana est arrivée avant elle, car il s'est passé quelque chose entre son frère et elle. C'est dommage.

Il abattit une main sur l'épaule de Tom et enchaîna :

— Si vous voulez une autre bière, je vous dirai où aller. Je m'appelle Hatton et je suis le maréchal-ferrant de Kirkby.

— Bonne soirée, messire, dit Tom en inclinant la tête.

Hatton tourna les talons pour aller regarder le jeu.

Tom ne voulait pas attirer l'attention sur lui en s'intéressant trop aux deux sœurs. Cicely ne semblait pas très aimée. Pourtant, elle dansait en souriant, à l'intérieur d'un cercle formé par d'autres danseurs. Malgré tout ce qu'il venait d'apprendre, il demeurait impressionné par sa beauté.

Cependant, elle n'était pas mariée, ce qu'il trouvait étonnant. Diana avait un an de plus qu'elle et elle non plus n'avait pas de mari. Leur frère répugnait-il à s'allier à d'autres familles ?

La danse se termina enfin. À la grande surprise de Tom, Cicely se dirigea alors vers les tables de jeux. Il n'était pas fâché de la voir de plus près…

Puis il se rendit compte que, pendant qu'il observait Cicely, Diana s'était approchée et jouait à la table voisine. Il lui tourna vivement le dos, s'empara d'une chope de bière et fit mine de boire pour dissimuler son visage.

La voix de Diana lui parvint. Le ton réservé sur lequel elle s'était adressée à lui pour lui prouver qu'elle n'était qu'une servante avait disparu. Elle s'exprimait avec une autorité naturelle. Tout en se tenant en retrait, il put entrevoir son visage entre les spectateurs du jeu.

C'était une femme intelligente. Il fut impressionné

malgré lui par son changement d'attitude. Ses manières étaient franches et directes. Que penseraient ces gens, s'ils savaient qu'elle retenait un homme prisonnier dans un cachot ?

Qui, parmi les personnes présentes, l'avait aidée ? se demanda-t-il en observant les visages hilares autour d'elle. Il avait fallu au moins une autre femme pour l'aider à le droguer et à le transporter jusqu'au château, depuis Richmond. À moins qu'un de ces hommes n'ait exécuté les ordres de la maîtresse de Kirkby ?

Diana remporta une partie et inclina gracieusement la tête lorsque les autres applaudirent.

Cicely ne quittait pas sa sœur des yeux, tel un chat guettant sa proie.

— Peu d'hommes, ici, peuvent te battre à ce jeu, ma chère sœur.

— Je joue depuis de nombreuses années, répondit Diana avec détachement.

— Lord Bannaster réussira peut-être, là où d'autres ont échoué.

Tom fut si surpris d'entendre son nom sur les lèvres de Cicely, qu'il faillit ne pas voir Diana se rembrunir. Elle se ressaisit aussitôt et hocha la tête.

L'une des dames d'honneur de Cicely s'approcha, et demanda d'une voix plaintive :

— Où est donc ce vicomte, Cicely ? Vous l'attendez depuis des jours.

— Ses hommes finiront par le retrouver, répliqua Cicely avec conviction. Il est sûrement blessé quelque part, sinon il serait là.

— Mais la neige…

Diana se leva.

— Ma sœur partage vos craintes, Edith. Nous aurons sûrement de ses nouvelles quand le temps s'améliorera. Avec la neige, les routes sont dangereuses, et il est habitué à un temps plus clément puisqu'il vient du sud. Où qu'il se trouve, il attend sans doute que les températures remontent pour reprendre son voyage.

L'espace d'un instant, Tom fut tenté de s'avancer pour révéler son identité. Diana le retenait prisonnier, racontait des mensonges et s'enfonçait de jour en jour dans des affabulations absurdes. Comment pouvait-elle croire que cela finirait bien ?

Cependant, il était évident que les gens éprouvaient pour elle du respect et qu'ils avaient moins de considération pour sa sœur.

Il se passait quelque chose d'étrange ici. Diana prétendait qu'elle l'avait enlevé pour protéger sa sœur. Une sœur qui semblait assez distante. Bien sûr, cela ne signifiait pas que Diana ne veillait pas tout de même sur elle, comme sur tout membre de la famille.

À moins qu'elle ne le tienne éloigné de Cicely par dépit ?

Il avait besoin de réponses. Le seul moyen d'en obtenir était de contrôler Diana, en gardant une longueur d'avance sur elle. Il n'était pas question de retourner ses gens contre elle en révélant ce qu'elle avait fait. Pas avant de savoir comment serait reçue cette révélation.

Elle finit par quitter la table et alla échanger quelques mots avec l'homme qui discutait avec elle un moment auparavant. L'intendant du domaine, peut-être ?

Puis elle gravit les marches menant à la partie supérieure de la salle. Tom garda les yeux fixés sur Cicely, et vit dans son regard une colère qu'elle ne prenait même pas la peine de dissimuler.

Une nouvelle partie commença à la table de jeux, et deux soldats ressortirent alors dans la cour. Tom en profita pour filer dans leur sillage puis se faufila dans l'ombre. Les voix des deux hommes s'éloignèrent, et il resta seul dans le froid. Il fit alors mine de vaciller, pour faire croire à un éventuel observateur qu'il était ivre, et regagna d'un pas chancelant la tour dans laquelle se trouvait le cachot.

Malgré l'humidité, il faisait plus chaud dans la cellule qu'à l'extérieur. Il jeta les cendres froides du brasero, ajouta du charbon et resta à côté du feu. Puis il remit le bracelet à sa cheville et le fixa avec un lien de cuir, au cas où Diana lui rendrait visite à l'improviste.

Diana ouvrit la porte du cachot qui était restée déverrouillée depuis la veille. Elle n'était pas parvenue à faire tourner la clé dans la serrure et se trouvait un peu penaude à l'idée que Bannaster avait passé la nuit dans la cellule ouverte. Mais il s'assit sur sa paillasse, l'air encore endormi, à l'instant où elle entra. Il ne portait qu'une chemise sale sur son haut-de-chausses, ses cheveux étaient ébouriffés, et une barbe de plusieurs jours lui couvrait les joues. Malgré tout, c'était un très bel homme.

Les mains sur les hanches, il la fixa comme s'il attendait de voir ce qu'elle allait faire. Son regard insistant la gênait un peu, mais elle ne pouvait le lui reprocher, puisqu'elle était la seule personne qu'il voyait depuis des jours.

Il demeura immobile et silencieux. Quand elle se tourna pour prendre le sac de charbon, il bougea en même temps qu'elle, accompagné par le cliquetis des chaînes, comme s'il cherchait à la traquer.

Ce qui aurait été stupide, puisqu'il était limité dans ses déplacements.

Cependant, ce matin, elle avait l'impression que plus rien ne pouvait le retenir dans le cachot. La veille, il avait essayé une nouvelle tactique en jouant de son charme. Avait-il trouvé un nouveau stratagème pour la faire plier ?

Elle poussa le plateau vers lui. Il se contenta de la regarder, sans faire mine de s'asseoir.

— Vous devez avoir faim, messire, dit-elle d'un ton posé.

— Expliquez-moi pourquoi vous me gardez prisonnier ici, en m'empêchant de voir votre sœur.

Les mains sur les hanches, elle le toisa.

— Je vous l'ai dit. Vous n'êtes pas le genre d'homme qu'elle peut épouser. Il lui faut quelqu'un de moins… dangereux.

Il eut un rire dur.

— Qu'ai-je fait, pour mériter un tel traitement ? Dites-le-moi. D'ailleurs, votre sœur ne me plaira peut-être même pas.

— C'est peu probable. Elle plaît à tous les hommes.

— Cette remarque me paraît sarcastique.

Diana ne releva pas.

— Allons, Diana, dites-moi ce que j'ai fait, répéta-t-il à voix basse. Vous avez évoqué ma mauvaise réputation.

— C'est vrai.

— Qu'avez-vous entendu à mon sujet ?

Elle marqua une pause et s'humecta les lèvres. En réalité, elle n'était pas nerveuse. Mais il avait posé les yeux sur sa bouche, suivant chacun de ses gestes, et cela la mettait mal à l'aise.

S'il voulait la vérité, elle pouvait lui en révéler une partie.

— Vous êtes le genre d'homme qui prend une femme en otage parce qu'elle a refusé de vous épouser.

Il se mit à faire les cent pas, dans un sens puis dans l'autre, sans la quitter un instant des yeux.

— Où avez-vous entendu cette histoire ?

Elle s'était préparée à cette question. Naturellement, elle ne pouvait avouer qu'elle tenait ces renseignements de la Ligue de l'Épée.

— Mon frère nous fait part des commérages de la cour dans ses lettres, pour nous distraire.

— Le baron vous écrit mais ne vous rend pas visite.

— Que voulez-vous dire ?

Qu'est-ce que leur frère avait bien pu dire, ou faire, quand il était à Londres ?

— Vous seule essayez de protéger votre sœur. Votre frère n'intervient pas. Je sais qu'il ne se trouve pas ici. De toute évidence, vous n'êtes pas assez importantes à ses yeux pour qu'il décide de m'accompagner et de me présenter à Cicely.

— Il n'est pas question de mon frère, mais de vous.

— Dans ce cas, dites-moi ce qu'il a écrit à mon sujet.

— Vous vouliez épouser la fille du comte d'Alderley. Quand vous avez découvert qu'elle était déjà fiancée, et qu'elle attendait son futur mari, vous l'avez gardée en otage pendant que vous alliez voir le roi pour lui demander d'annuler le contrat entre les deux familles.

— Pour commencer, je n'ai pas gardé Lady Elizabeth prisonnière, puisqu'elle avait changé de place avec sa femme de chambre, qui se faisait passer pour elle.

Diana leva les yeux au ciel.

— Vous avez tout de même retenu une femme prisonnière, pour arriver à vos fins !

— C'est tout ce que vous trouvez à me reprocher, alors que vous-même, vous me retenez prisonnier dans ce cachot ? s'exclama-t-il, exaspéré.

— Il y a pire.

— Vous ne vous êtes jamais demandé ce qui m'avait poussé à agir ainsi ? Oui, mon but était d'épouser Lady Elizabeth. Et sa servante était enfermée dans une chambre luxueuse, non dans un cachot froid et humide ! Mon cousin le roi venait de monter sur le trône, et il y avait encore des comtés instables dans le pays. Si j'avais tenu cette partie du Gloucestershire, cela aurait contribué à établir la paix dans le royaume.

— Et vous seriez devenu comte, ajouta-t-elle, triomphante.

Elle n'aurait su dire pourquoi elle tenait tant à lui prouver sa supériorité sur lui.

— Oui, cela aussi, concéda-t-il sans se troubler. Ce qui m'aurait donné la possibilité de soutenir encore plus mon cousin. J'avais besoin d'une épouse, je ne le nie pas. Mes méthodes étaient-elles déplacées ? Oui, j'en conviens. À l'époque, j'étais guidé par l'idée que mon père et mon grand-père avaient tous deux persuadé des femmes qui ne leur étaient pas destinées de les épouser. Les choses se font souvent ainsi.

— Et vous n'aviez pas d'autre exemple que l'histoire de votre famille, n'est-ce pas ? dit-elle lentement, tandis que le jour se faisait dans son esprit. Car vous aviez été élevé pour devenir prêtre. Avez-vous été en contact avec la cour du roi, dans votre jeunesse ?

— Non, répondit-il en croisant les bras.

— Votre père n'a jamais parlé avec vous de cette décision ? Il ne vous a jamais montré quels étaient les devoirs d'un noble ?

Il se rembrunit.

— Je ne vois pas ce que cela vient faire dans…

— Vous ne saviez pas comment faire ! s'exclama-t-elle, incrédule. Vous n'aviez vécu que pour l'église. Vous n'aviez que dix-huit ans lorsque tous les membres de votre famille ont disparu, et que le titre de vicomte vous est revenu. Alors, vous avez été obligé de consacrer tout votre temps à apprendre l'art du combat. Vous n'en aviez plus pour vous initier à la diplomatie.

Bannaster fit un pas vers elle, l'air menaçant. La chaîne se tendit, l'obligeant à s'arrêter. Impassible, Diana leva le menton. Sa respiration était saccadée, et elle prenait plaisir à cette joute verbale. N'avait-il capturé Lady Elizabeth que par ignorance ? Les rumeurs, cependant, ne l'épargnaient pas et lui prêtaient de noirs desseins.

— J'étais entouré de conseillers, dit-il avec détachement.

— Dans ce cas, ils vous ont mal dirigé.

Elle vit passer une brève expression de regret dans son regard, puis le masque dissimulant ses émotions se remit en place. Il redevint le fier vicomte, l'homme qui avait travaillé dur pour mériter son titre.

— Si cela peut vous aider à prendre une décision, j'ai été puni pour ces erreurs, déclara-t-il.

— Comment ?

— Je ne suis toujours pas marié, n'est-ce pas ?

Il eut une moue d'amertume. Diana se demanda s'il souffrait de sa solitude, ou s'il était simplement furieux de ne pas pouvoir agir comme il l'entendait.

— Il faudra simplement un peu de temps pour que les gens oublient. Ce n'est pas une grande punition.

— Mais cela ne vous suffit pas, n'est-ce pas ? À moins que vous ne soyez agacée, car votre sœur veut si désespérément trouver un époux qu'elle serait prête à accepter ma demande.

Il avait vu juste, et cela l'irrita. Cet homme lui inspirait tour à tour de l'admiration et de la colère.

Mais il était son prisonnier, et elle devait apprendre à le connaître pour informer la Ligue.

Elle comptait se rendre de nouveau indispensable à leurs yeux. C'était le seul moyen pour elle de regagner leur confiance.

Chapitre 7

Parler de ses erreurs n'était pas si terrible, après tout. Il parvenait à réfuter les arguments de Diana, à lui expliquer ses motivations, et peut-être même à la faire peu à peu changer d'avis.

— Ce n'est pas tout ce que vous avez fait à ces deux femmes, déclara-t-elle brusquement.

Il fut alors submergé par le souvenir imprécis d'une nuit au cours de laquelle, en proie à une intense frustration, il avait bu plus que de raison. Deux femmes avaient failli en subir les conséquences.

Diana le surveillait attentivement. Soudain, il n'eut pas envie qu'elle sache quel genre d'homme il aurait pu devenir. Oh ! il avait tiré les leçons de cette nuit et n'avait plus jamais bu autant, horrifié à l'idée de ce qui aurait pu se passer. Mais cette résolution n'avait pas effacé son sentiment de culpabilité.

Incapable de se remettre à marcher ou de détourner les yeux, il affronta son regard soupçonneux.

— Oui, je ne nie pas que cette nuit a été terrible. J'avais absorbé une trop grande quantité de bière.

— Vous avez tenté de forcer Lady Elizabeth à coucher avec vous.

Elle prononça ces mots d'une voix plate, sans manifester la moindre émotion.

— Non, celui qui vous a dit cela a menti ! protesta-t-il. Je voulais l'embrasser, mais ce ne serait jamais allé plus loin.

Parce que, grâce au ciel, on l'en avait empêché. Il n'aimait pas repenser à cette nuit. Lorsque l'une des deux femmes l'avait repoussé, il avait essayé de séduire son amie. Il s'était trouvé à deux doigts de suivre les traces de son frère.

Qui avait bien pu le dire à Diana ?

Anne et Elizabeth n'en auraient jamais soufflé mot, non plus que leurs nouveaux maris. Peut-être avait-il été vu par un soldat ou deux, ou par un serviteur. Mais jamais leurs paroles n'auraient été rapportées au frère de Diana, à la cour.

Il dut l'observer avec trop d'insistance, car elle sembla soudain se fermer. Que lui cachait-elle ?

— Vous avez dû apprendre quelque chose de vos erreurs, admit-elle à regret. Mon frère m'a dit aussi que vous aviez accompli un beau geste, l'été dernier, à Londres, en aidant à démasquer des traîtres à la couronne.

— Non, c'est une femme courageuse qui a fait cela. Je lui ai seulement apporté mon aide.

Il eut conscience de parler d'un ton distrait, tandis qu'il réfléchissait à la nouvelle information qu'elle venait de révéler. Son frère pouvait avoir entendu parler du complot qui avait été déjoué, mais l'histoire n'était pas connue de tous, et le baron ne faisait pas partie des conseillers du roi.

Qui pouvait connaître tous ces détails de son passé,

sinon la Ligue de L'Épée ? Ses membres prenaient part, dans l'ombre, aux événements qui les intéressaient. Puis il se passait parfois des années sans qu'on n'entende parler d'eux. Mais lorsqu'un roi ou ses sujets avaient besoin d'aide, ils refaisaient surface, sans que nul ne les ait appelés. Ils avaient aidé Lady Elizabeth à retrouver son fiancé, aussi l'avaient-ils vu, lui, sous son pire aspect. L'été précédent, quand la vie du roi avait été menacée par des traîtres au sein même de la cour, la Ligue était là aussi.

Diana connaissait-elle quelqu'un qui appartenait à cette organisation ? Les membres de cette société secrète l'avaient-ils contactée ? Voulaient-ils savoir une bonne fois pour toutes si oui ou non, il avait tué son frère ?

Il ne pouvait la questionner à ce sujet sans lui révéler ses soupçons. Peut-être ne savait-elle rien. Il fallait qu'il gagne du temps pour découvrir la vérité. Ce qu'il ne pouvait absolument pas faire du fond de ce cachot.

Il posa les yeux sur le repas qu'elle lui avait apporté, et s'assit en tailleur, en faisant cliqueter sa chaîne, comme s'il s'apprêtait à manger. En réalité, il avait retiré le lien de cuir qui maintenait le bracelet à sa cheville et avait posé les doigts sur la boucle de sa ceinture cachée à sa taille.

Lorsqu'elle tourna les talons pour se retirer, il lança :

— Vous ne pourrez pas me garder ici indéfiniment.

— Je sais, répondit-elle doucement, sans le regarder. Mais vous n'épouserez pas ma sœur, ajouta-t-elle d'un ton résolu.

Tom se contenta de hausser les sourcils en souriant. Elle gagna la porte d'un pas ferme. Quand elle la rabattit derrière elle, il bloqua de nouveau la serrure à l'aide de sa boucle. Elle secoua la clé avec irritation, et il craignit un instant qu'elle ne revienne en arrière et constate qu'il n'était plus enchaîné. Il ne voulait pas se battre contre elle. Pas ici, pas dans ces circonstances. Il voulait percer à jour ses secrets et, pour cela, il devait gagner sa confiance.

Diana se sentait… horriblement mal. Elle traversa la cour en se hâtant, regardant à peine où elle allait, éblouie par les rayons du soleil se reflétant sur la neige. Le travail qu'elle effectuait pour la Ligue allait aider Bannaster, s'il le méritait. La Ligue voulait savoir s'il avait changé, s'il avait mûri.

Mais un homme capable d'attaquer une femme, deux même à en croire la Ligue, pouvait-il changer ? Il avait avoué avoir trop bu, confirmant ainsi ses informations. Mais il avait refusé de s'attarder sur cet épisode, essayant même de minimiser la gravité de ses actes. Elle ne l'avait jamais soupçonné de ressembler à son frère. Cependant, forcer les femmes était la spécialité de l'ancien vicomte.

Elle ne pouvait croire que c'était celle de Bannaster. Il n'aurait jamais sciemment fait du mal à une femme. Cependant, il avait l'air… coupable, mal à l'aise, comme si ce souvenir était désagréable.

Il a changé… N'est-ce pas ? Depuis des années, elle rassemblait par l'intermédiaire de la Ligue des anecdotes le concernant. Elle savait que ses serviteurs le respectaient, ce qui n'était pas le cas du précédent vicomte.

— Diana ?

Elle tressaillit et se trouva nez à nez avec Cicely. Que faisait sa sœur à l'extérieur, dans le froid ?

— Tu ne cesses de disparaître. Où vas-tu ? lui demanda Cicely d'un air suspicieux.

— Depuis quand me suis-tu à la trace ? rétorqua Diana d'une voix maîtrisée. Ah, je suppose que tu as besoin de quelque chose.

Cicely se rembrunit.

— Les serviteurs me détestent, ils n'obéissent qu'à toi.

Diana se dirigea vers l'entrée du château, entraînant sa sœur loin de la tour.

— Si tu les traitais mieux…

— Je suis lasse d'entendre ce refrain ! Je suis leur maîtresse, après tout !

— … Ils ne te désobéiraient pas, ajouta Diana, finissant sa phrase.

— Non, mais… Ils vont tellement plus vite, lorsque ce sont tes ordres qu'ils exécutent.

— Tu es pressée ?

La buée forma un nuage blanc devant sa bouche, et elle mit une main en visière pour se protéger des reflets du soleil.

— Eh bien… Je voudrais que la grande salle soit prête, lorsque nous recevrons notre visiteur.

Diana garda le silence.

— Il va venir demander ma main, ajouta Cicely.

Il y avait une nuance de désespoir dans sa voix, et Diana fut désolée pour elle. Cicely ne serait pas aussi malheureuse, si elle avait tout ce qu'elle avait toujours voulu avoir. Un mari, des enfants. Diana comprenait que l'on veuille s'ancrer quelque part, avoir un foyer.

— J'ai l'impression que c'est un signe du destin,

répondit-elle d'un ton patient. Une façon de te faire comprendre que Lord Bannaster n'est pas l'homme qu'il te faut.

— Mais il n'y en a pas d'autre ! s'exclama Cicely, d'une voix stridente.

Elle lui agrippa le bras, l'obligeant à s'arrêter.

— Je ne veux pas le perdre !

Elles se dévisagèrent, comme si elles étaient chacune de part et d'autre d'un précipice. Diana comprenait cependant le besoin de sa sœur de distraire ses pensées, de n'importe quelle manière.

— Tu ne m'as pas dit où tu te rendais chaque matin, reprit Cicely en fronçant les sourcils.

Elle avait apparemment décidé de se distraire en l'ennuyant.

— Et où vais-je donc, tous les jours ? répondit Diana, comme si elle s'adressait à un enfant capricieux. M'entraîner avec les hommes, bien entendu.

— Ils ne sont pas encore arrivés sur le terrain.

Diana s'était préparée à répondre aux questions de Cicely.

— Il m'arrive de m'entraîner seule.

— Est-ce que, par hasard, tu aurais eu le bon sens, du jour au lendemain, d'être embarrassée par ton comportement si peu féminin ?

Diana haussa les sourcils, amusée.

— Bien sûr que non.

— Tu n'as pas d'épée.

Diana tira vivement la dague cachée dans sa ceinture, et sa sœur poussa un petit cri aigu. Se ressaisissant aussitôt, elle repartit à l'attaque :

— Tu ne portes pas ces ridicules vêtements masculins dont tu t'affubles pour t'entraîner.

— Je dois me préparer à me battre, quels que soient mes vêtements. Lorsque je te protégerai d'un bandit de grands chemins au cours d'un voyage, tu me remercieras d'avoir été aussi prévoyante.

Cicely poussa un grognement de contrariété, et hâta le pas.

— Viens. Je veux que la cuisinière se tienne prête à tout moment, pour l'arrivée du vicomte.

Pendant le souper, ce soir-là, Diana était préoccupée. Les hommes de Bannaster étaient revenus dans l'après-midi, gelés, fatigués et découragés. Son sentiment de culpabilité pesait de plus en plus lourd sur son cœur.

Depuis sa place en haut de la table, elle les regarda se saisir de la nourriture posée devant eux avec des gestes lents, abattus, comme s'ils commençaient à comprendre que la partie était perdue. Bannaster avait raison… Elle les mettait en danger en les obligeant à effectuer ces recherches inutiles.

Quant à Cicely, son inquiétude s'était transformée en colère. Cela se traduisait par des gestes brusques. Elle découpait sa viande avec une hargne à peine contenue. L'annonce de l'arrivée de Bannaster l'avait transportée de joie, mais son absence la rendait maintenant insupportable. Diana craignait de voir les serviteurs se recroqueviller, chaque fois qu'elle leur adressait la parole.

Soudain, des coups résonnèrent contre la porte à doubles battants. Celle-ci s'ouvrit brusquement, repoussant le jeune valet qui s'était précipité. Plusieurs soldats se levèrent, surpris par cette intrusion. Et Diana, sous le choc, les imita.

Le vicomte de Bannaster avança dans la grande salle. Des flocons de neige parsemaient son chapeau et son manteau. Il portait ses bagages.

Seigneur, comment avait-il fait pour s'échapper ? Allait-il la dénoncer devant tout le monde ? Diana songea à tout ce qu'elle allait perdre, et son estomac se tordit d'angoisse. Cependant, elle le dévisagea en levant fièrement le menton.

Elle ne pouvait l'appeler par son nom, car elle n'était pas censée le connaître. Du coin de l'œil, elle observa Cicely qui le regardait en écarquillant les yeux. Sa sœur examinait ses vêtements, son allure noble, ses traits fermes, mais n'osait sans doute pas espérer qu'il était celui qu'elle attendait.

— Lord Bannaster !

Talbot, le capitaine, se leva, en proie à la joie et au soulagement.

Cicely étouffa une exclamation puis adressa un petit sourire victorieux à Diana, comme si elle venait de remporter une victoire sur elle.

Bannaster passa entre les rangées de tables, se dirigeant d'un pas ferme vers l'estrade où se trouvait la table d'honneur. Il ne posa pas les yeux sur Diana. Celle-ci demeura figée, consternée à l'idée qu'elle avait échoué dans sa mission pour la Ligue. En outre, elle avait perdu le peu de sécurité dont elle jouissait. Quelle punition le roi réserverait-il à la femme qui avait emprisonné l'un de ses cousins ?

Elle se laissa lentement retomber dans son fauteuil,

tandis que les trois hommes d'armes entouraient le vicomte et le pressaient de questions. Du coin de l'œil, elle vit Mary et Joan près de la porte menant aux cuisines ; elles essayaient de cacher leur désarroi. Elle se promit de les protéger en ne dévoilant jamais le rôle qu'elles avaient joué dans cette affaire.

Bannaster, souriant, demeura un instant avec ses hommes puis leva les mains en riant.

— Attendez, attendez ! Laissez-moi me présenter à nos hôtes. Je vais tout vous expliquer.

Se présenter ? Les présentations seraient vite faites, ensuite, il révélerait ce qui s'était passé, et elle serait jetée en prison. Elle croisa les doigts sur les genoux, pour réprimer ses tremblements. Elle avait pris un risque considérable… et elle avait perdu.

Talbot et les soldats suivirent le vicomte, et elle remarqua leurs regards de triomphe. Ils avaient cru en leur maître et ils en étaient récompensés.

Cicely s'était également levée. Le sourire qu'elle adressa à Lord Bannaster était de nature à réchauffer le cœur d'un homme.

— Je suis Thomas, vicomte de Bannaster, dit-il en ôtant son chapeau pour les saluer profondément.

De près, Diana vit que ses vêtements étaient sales et tachés, mais elle savait que Cicely n'y prendrait pas garde. Personne n'y ferait attention, jusqu'à ce qu'ils sachent ce qu'elle avait fait. Les dents serrées, elle attendit qu'il prononce son accusation. Mais il ne la regardait toujours pas.

Cicely contourna la table, demeurant sur l'estrade, si bien que son visage se trouva à la même hauteur que celui de Bannaster. Elle fit une profonde révérence, avec une élégance que Diana avait toujours admirée malgré elle.

— Je suis Cicely Winslow, messire, dit-elle d'une voix mélodieuse qui résonna dans le hall.

Bannaster lui prit la main et la porta à ses lèvres.

— J'ai beaucoup entendu parler de votre beauté, Lady Cicely. Je suis heureux de vous voir enfin, et de constater que ceux qui me l'avaient louée n'avaient en rien exagéré.

Il prenait le temps de tourner des compliments ? songea Diana, incrédule.

— Où étiez-vous, messire ? Vos hommes étaient fous d'inquiétude.

— Je suis désolé d'avoir été la cause de tant de tourments. J'ai vécu quelques mésaventures.

Il ne regardait toujours pas Diana, dont la gorge était nouée. Elle dut faire un effort pour ne pas lui crier de la dénoncer, afin d'en finir au plus vite. Prendrait-il un malin plaisir à l'enfermer dans le cachot où elle l'avait retenu pendant plusieurs jours ?

— J'ai entendu dire que vous aviez une sœur charmante, Lady Cicely.

Cicely lui jeta un coup d'œil par-dessus son épaule, avec un froncement de sourcils.

— Messire, dit-elle cependant, en tendant gracieusement la main vers elle, permettez-moi de vous présenter Diana, ma sœur aînée.

Elle insista à dessein sur le dernier mot. Diana demeura derrière la table, comme si celle-ci constituait une protection. Bannaster finit par se tourner vers elle, et elle agrippa le rebord. Elle attendit, la tête haute, consciente qu'elle s'était mise elle-même dans cette situation parce qu'elle n'avait pas appris à contrôler son impulsivité.

Bannaster s'inclina une fois de plus puis se redressa et soutint son regard. Ses yeux sombres étaient fascinants, et elle décela dans ses prunelles une lueur de défi et une pointe d'amusement que les autres ne voyaient sans doute pas.

— Lady Diana, je suis enchanté de faire votre connaissance.

Sa voix veloutée exprimait une réelle satisfaction.

Diana n'aurait su dire comment elle parvint à se maîtriser et à dissimuler sa surprise. Elle ne savait que penser, ni que répondre. Naturellement Cicely ne lui laissa pas le temps de parler, ce qui, pour une fois, était une bonne chose. Elle était si choquée que sa langue semblait paralysée. Qu'attendait-il pour la dénoncer ? Faisait-il durer cette torture pour se venger ? Et comment s'était-il évadé ?

— Racontez-nous, Lord Bannaster, reprit Cicely. Nous sommes tous impatients de savoir ce qui vous a retenu si longtemps loin de nous et de vos hommes.

Bannaster se tourna légèrement, afin d'être entendu de ses soldats et du reste de la salle.

— Dans ma hâte de faire la connaissance des deux belles sœurs Winslow…

Diana vit Cicely se raidir, contrariée que toute son admiration ne soit pas concentrée sur elle seule.

— … Je n'ai pas pu trouver le sommeil, lors de notre escale à Richmond, continua-t-il. Aussi, j'ai quitté les lieux avant l'aube, sachant que mes hommes ne tarderaient pas à me suivre.

Talbot et ses compagnons échangèrent des coups

d'œil incertains. Étaient-ils étonnés par la stupidité d'un noble qui décidait de voyager seul, plutôt que d'éveiller ses hommes d'armes ?

Pourquoi Bannaster mentait-il ?

— Mais une tempête m'a fait perdre ma route, et j'ai erré pendant des heures, épuisé. J'ai fini par trouver le *cottage* d'un fermier. Il m'a fait entrer, et sa famille s'est occupée de moi. D'après ce qu'ils m'ont dit ensuite, j'étais en proie à une forte fièvre, mais je ne m'en souviens pas. Je n'ai repris conscience qu'hier et j'ai passé la journée à regagner un peu de forces. Ils m'ont conduit ici aujourd'hui, dans leur charrette, car j'ai perdu mon cheval pendant l'orage. Ils ont refusé d'entrer pour prendre un repas, prétendant qu'ils n'avaient fait qu'accomplir leur devoir de chrétiens, en aidant un malheureux égaré dans la forêt.

Des murmures de sympathie parcoururent la foule rassemblée dans la salle. Diana le dévisagea avec stupeur. Elle aurait voulu faire remarquer qu'il paraissait en très bonne forme pour un convalescent, mais elle craignait de ne pas maîtriser sa voix. Il avait inventé une histoire pour ne pas révéler ses actions répréhensibles. Néanmoins, elle ne pouvait se détendre ni se sentir en sécurité, car il risquait de la dénoncer à tout moment. Qu'avait-il en tête ?

— Messire, c'est terrible ! s'exclama Cicely. J'aimerais prouver notre gratitude aux généreuses personnes qui vous ont recueilli. Connaissez-vous leur nom ?

Il fit un signe de tête négatif.

— Ils n'ont pas voulu de récompense, et je me dois de respecter leur souhait.

Diana fut tentée de lever les yeux au ciel. Elle ne

pouvait détacher son regard de lui, comme s'il était un serpent prêt à frapper.

— Vous devez être affamé, reprit Cicely en lui prenant la main pour l'attirer vers la table. Vos mains sont glacées. Que quelqu'un attise le feu ! Venez vous asseoir et manger avec moi.

Diana connaissait bien sa sœur. Celle-ci voulait faire asseoir le vicomte à sa gauche, aussi loin d'elle que possible. Mais Bannaster déjoua son plan, prenant place souplement à côté d'elle, et obligeant Cicely à s'asseoir à sa gauche.

— Lady Diana, dit-il d'une voix sonore. Quelle joie d'être enfin ici et de jouir de votre hospitalité !

Elle inclina légèrement la tête, consciente qu'il jubilait à l'idée de détenir un pouvoir sur elle.

Il se cala dans son fauteuil, entre elles deux.

— Je me trouve entouré par tant de beauté, que j'ai l'impression de rêver.

— N'y a-t-il pas de belles femmes à Londres ? demanda doucement Diana.

Si Cicely avait pu la foudroyer du regard, elle aurait été réduite en cendres.

Bannaster éclata de rire, et sa voix grave la déstabilisa. Comme si elle n'était pas déjà suffisamment troublée !

— Lady Diana, vous êtes trop maligne pour moi. Je vois bien que la flatterie ne vous atteint pas.

— Pourquoi voudriez-vous me flatter ? C'est ma sœur que vous êtes venu voir, pas moi.

Ces paroles semblèrent le plonger dans une profonde surprise.

— Ma missive n'était donc pas claire ? s'exclama-t-il en souriant à Cicely, puis à elle-même. Le roi m'a envoyé faire votre connaissance, à toutes les deux.

Diana étrécit les yeux et attendit la suite. Ce mensonge faisait sûrement partie de son plan pour la détruire.

Il leur prit la main, et elle résista à l'envie de lui enfoncer les ongles dans la chair. Elle détestait se sentir vulnérable.

— Je suis impatient de savoir si je ferai un mari convenable pour l'une de vous.

Surprise et décontenancée, Cicely battit des paupières. Il semblait presque leur laisser le soin de prendre la décision. Elle devinait qu'il essayait ainsi de créer une compétition entre elles. Du moins, dans l'esprit de Cicely. Diana devrait endurer la fureur de sa sœur, et la cour de Bannaster. Pourquoi faisait-il cela ? C'était une façon ridicule de la punir, tout en tourmentant Cicely.

Mais à son grand étonnement sa sœur surmonta promptement le choc. Le sourire qu'elle adressa à Bannaster aurait fait fondre n'importe quel homme.

— Messire, murmura-t-elle, vous faites preuve d'une exquise délicatesse en pensant à ma sœur. Je vous remercie de votre bonté.

Diana réprima non sans mal un sourire admiratif. Cicely avait réussi à contenir sa fureur, et elle était parvenue à la faire paraître pathétique, tout en feignant la générosité. Dans la longue série de batailles qui s'annonçait, sa sœur venait incontestablement de gagner la première manche.

Les serviteurs se précipitèrent vers leur table avec des plateaux chargés de mets somptueux. Des côtelettes de bœuf et de mouton, des tourtes confectionnées avec les abondants fruits d'automne du domaine, des légumes rôtis et épicés. Du coin de l'œil, Diana vit Bannaster remplir son assiette avec enthousiasme. Pourtant, elle ne l'avait pas affamé, songea-t-elle, agacée.

Pendant qu'il mangeait, Cicely veilla à ce que son gobelet soit rempli de vin, à ce que le pain et le beurre se trouvent à portée de main, et à ce qu'il ne perde jamais de vue son sourire enjôleur. Diana aurait aimé pouvoir lui dire qu'elle lui abandonnait volontiers toute l'attention de Bannaster, mais ce n'était pas vrai. Sa méfiance laissa soudain place à une ferme détermination. Puisque cet homme avait décidé, pour une raison qu'elle ignorait, de garder le secret, elle en profiterait, jusqu'à ce qu'il choisisse de la dénoncer. Sa mission pour la Ligue n'était pas terminée. Bannaster venait de lui fournir le prétexte idéal pour rester près de lui et se faire une opinion de lui. Le fait que cela ennuierait profondément Cicely n'était qu'un heureux hasard.

Oh ! cette pensée n'est pas très généreuse, se morigéna-t-elle. Elles étaient adultes, maintenant. Diana avait toujours été disposée à tolérer sa sœur, mais Cicely continuait de s'en prendre à elle à tout bout de champ. L'harmonie était donc loin de régner dans la famille.

Soudain, la main de Bannaster se posa sur sa cuisse. Elle se raidit et lui lança un coup d'œil mais ne vit que l'arrière de sa tête, car il était en grande conversation avec Cicely. Elle essaya de repousser sa main, mais il résista. Si elle faisait plus d'efforts, les autres s'apercevraient de quelque chose.

Elle se sentit à la fois furieuse et impuissante. Effarée, elle remarqua que ses doigts forts et virils s'approchaient d'un endroit de sa personne auquel nul homme n'avait encore eu accès. Espérait-il qu'elle s'offrirait à lui, s'il acceptait de garder le secret ?

Sa main plongea entre ses cuisses, à travers le tissu. Elle réagit instinctivement, lui attrapa le petit doigt et le retourna. Lorsqu'il voulut retirer sa main, elle le laissa faire, non sans avoir remarqué qu'il n'avait pas cessé d'écouter Cicely et de lui répondre.

— Messire…, dit celle-ci, lorsqu'il eut fini son repas. Vous avez rencontré de terribles difficultés pendant ce voyage, pour me rendre visite. Laissez-moi, je vous prie, vous offrir des distractions dignes de vous. Nous avons de merveilleux ménestrels, et si vous avez envie de danser…

Bannaster leva la main pour l'interrompre et secoua la tête.

— Si cela ne vous ennuie pas, je souhaite me retirer de bonne heure, Lady Cicely. Je profiterai un autre soir de votre offre généreuse.

— Oh ! certainement, vous n'êtes pas encore tout à fait rétabli, répondit-elle, cachant sa déception sous des paroles de compassion.

— Mais allez danser, je vous en prie. Je ne voudrais pas que votre soirée soit gâchée par ma faute.

— Merci, dit-elle en le contemplant avec admiration.

— Lord Bannaster, je vais vous conduire à votre chambre, déclara Diana. Je me couche tôt également.

Elle ignora le regard furibond de sa sœur. Cicely devait penser qu'elle faisait cela pour concentrer sur elle l'attention de leur hôte. C'était exact, mais elle ne le faisait pas pour les raisons que croyait sa sœur.

Bannaster lui sourit poliment.

— Je vous remercie, Lady Diana. Je suis si fatigué que je risque de me perdre dans le dédale des couloirs.

— Vous semblez avoir un don pour vous égarer, murmura-t-elle.

Elle se tut brusquement, gênée. Comment allait-il réagir à son insolence ?

Il se contenta de sourire.

Elle lui tourna le dos, consciente de sa présence derrière elle, de son regard insistant. Qu'allaient penser les occupants du château ? Ne venait-il pas de suggérer qu'il allait la jauger, comme un cheval de prix ? Toutes les servantes et tous les valets la regardaient en souriant, amusés et excités à l'idée qu'un vicomte s'intéresse à elle.

Sa colère et sa peur disparurent, devant les visages anxieux de ses gens. Lorsqu'elle était venue vivre au château, quelques années plus tôt, elle était une étrangère pour eux. Mais ils étaient devenus sa famille. Elle aurait aimé savoir qu'elle était en sécurité ici. Cependant, elle ne se trouvait à Kirkby Keep que par la volonté de son frère, et celui-ci pouvait changer d'avis à tout moment et l'expédier ailleurs.

Et maintenant, un autre homme encore contrôlait son destin.

Elle gravit l'escalier principal, traversa un long corridor éclairé par des torches, passa devant de nombreux serviteurs et s'engagea dans l'escalier en colimaçon qui montait à l'étage supérieur. Un peu plus tôt, elle avait gagné une autre bataille contre Cicely qui exigeait de façon absurde que Bannaster ait la chambre voisine de la sienne.

Parvenue au second étage, Diana lui désigna une porte.

— Ne devriez-vous pas l'ouvrir, par courtoisie ? fit-il remarquer, sans se départir de son éternel sourire.

Diana obéit en secouant la tête. Quelqu'un était monté préparer la chambre dès qu'il était arrivé à Kirkby Keep. Des bougies étaient allumées, et un feu crépitait dans l'âtre, chassant l'humidité glacée qui régnait dans tout le bâtiment.

La porte claqua derrière elle. Bannaster lui agrippa la taille et la plaqua contre le mur. Elle en fut abasourdie. Pas un instant, elle n'avait imaginé qu'il s'en prendrait physiquement à elle. Il pressa ses hanches solides contre les siennes, lui maintenant les mains écartées pour l'empêcher de le frapper, et prit possession de sa bouche.

Diana, qui se flattait de son aptitude à se défendre, perdit tous ses moyens. L'esprit soudain vide, elle oublia ce qui s'était passé entre eux, ne retenant que l'attirance qu'elle avait ressentie pour lui. Elle n'avait conscience que de ses lèvres explorant les siennes, de sa langue fouillant la chaleur de sa bouche. Penchant la tête, il approfondit son baiser en plaquant son corps contre le sien. Et, bien que ses vêtements soient encore froids, elle s'enflamma comme une torche à son contact.

Ses seins étaient brûlants, et une vague de chaleur avait envahi son ventre. Il glissa une jambe entre les siennes. Transpercée par une flèche de désir, elle poussa un gémissement et abandonna toute résistance.

Chapitre 8

Ses lèvres avaient le goût d'un vin doux et enivrant, songea Tom, éperdu. Sa langue vint à la rencontre de la sienne, avec une innocence qui le surprit un peu. Puis toutes ses pensées s'évanouirent, et il fut submergé par les sensations. Diana avait un corps souple et ferme, moins délicat que la plupart des femmes. Ses petits seins ronds se pressaient contre son torse, et il avait hâte d'explorer toutes ses douces courbes féminines.

Il avait simplement voulu l'embrasser, la dominer, lui montrer qui avait le pouvoir, à présent. Mais toutes ses intentions s'évaporèrent sous l'assaut d'une violente passion. Ses hanches étaient accueillantes, et le besoin de la pénétrer devint irrépressible. Il glissa une jambe entre les siennes.

Le gémissement doux et érotique qu'elle laissa alors échapper eut raison de lui. Lui lâchant les mains, il fit glisser ses doigts sur ses bras et ses épaules, puis le long de son torse, lui effleurant les seins. Son but était de lui caresser les hanches. Il voulait les saisir, la soulever, se presser contre elle, et…

Le coup de poing l'atteignit au creux de l'estomac. Il recula en trébuchant, la respiration coupée. Quand il parvint à inspirer de nouveau, elle se tenait toujours devant lui. Tout en s'essuyant les lèvres, elle pliait et dépliait la main avec laquelle elle l'avait frappé. Il crut déceler de la peur dans ses pupilles, sans doute à cause de ce qu'elle venait de faire.

Il n'avait pas besoin de lui demander pourquoi elle avait agi de la sorte. Elle l'avait emprisonné pour le tenir à l'écart de sa sœur, et pour Dieu sait quelle autre raison encore. Pourtant, au premier baiser, elle s'abandonnait entre ses bras.

Lui-même s'était senti fondre de désir, ce qui était dangereux. Comment avait-il pu oublier ce qu'elle lui avait fait, ce dont elle était capable ? Sa colère ne devait pas être engloutie sous le désir qu'elle lui inspirait. Il se redressa lentement, en faisant fi de sa douleur à l'estomac, et ils se toisèrent, une fois de plus, tels des combattants.

Il devrait tôt ou tard gagner sa confiance pour découvrir ses secrets. Mais, pour le moment, il la maintiendrait dans le doute et lui laisserait croire qu'il voulait tout révéler.

De plus, elle méritait d'être punie pour ce qu'elle avait fait.

— Cela faisait des jours que j'en avais envie, dit-il à voix basse.

Il vit avec satisfaction que sa respiration était saccadée. Elle l'affronta tout de même du regard.

— Donc, vous aimez être prisonnier ? rétorqua-t-elle.

— Uniquement si vous êtes ma geôlière. Apparemment, le fait de détenir un otage vous excite.

Il fit courir son regard sur elle. Sa poitrine se souleva plus vite qu'auparavant, et ses joues s'empourprèrent.

— Vous vous êtes jeté sur moi !

— Vous avez attendu longtemps avant de me repousser.

Elle resta coite. Ils continuèrent de se dévisager en silence. Ses yeux étaient gris comme un ciel d'orage et, malgré le contrôle qu'elle exerçait sur elle-même, il devinait la passion qui couvait sous son calme apparent. Jamais il n'avait été aussi excité par une femme. Elle avait une force et une intelligence hors du commun, mais ses désirs étaient ceux d'une femme ordinaire. Il comptait bien lui prouver qu'elle le désirait.

— Comment vous êtes-vous échappé ? demanda-t-elle tout à coup, à voix basse. Parlez, vite. Les serviteurs ne vont pas tarder à vous apporter un baquet pour votre bain.

Tom sourit en lui prenant la main.

— Notre prochain baiser sera donc encore plus agréable.

Elle se déroba et cracha sur le sol.

— Voilà ce que je pense de vos baisers. Maintenant, répondez !

— J'ai cassé le bracelet, bien sûr ! s'exclama-t-il en riant. Cela m'a pris des heures. Pour le reste, vous n'aurez qu'à imaginer comment j'ai pu m'évader de votre cachot.

Elle se rembrunit.

— Hier et ce matin, je ne suis pas arrivée à verrouiller la porte.

— Je me demande pourquoi, répondit-il en inclinant la tête de côté.

— Vous vous êtes donc échappé hier ?

Il garda le silence et se contenta de hausser les épaules avec désinvolture.

— Qu'avez-vous fait ? demanda-t-elle, effarée.

Pour toute réponse, il lui adressa un sourire.

Elle se rapprocha de lui, et ils se retrouvèrent face à face. Elle ne manifestait aucune peur, ce qu'il admira. Mais il n'y croyait pas. Elle devait forcément avoir peur de lui, de ce qu'il pouvait lui faire.

— Vous teniez une chance de me dénoncer, quand vous êtes entré dans la grande salle. De révéler à tout le monde mes agissements envers vous et de me faire condamner. Pourquoi ne l'avez-vous pas fait ?

Tom écarta les mains.

— J'ignorais que je devais faire les choses dans un ordre déterminé.

— Ce n'est pas une réponse.

Il aimait bien la façon dont elle fronçait ses jolis sourcils blonds. Il avait envie de lui lisser le front de ses doigts, pour qu'elle arbore une expression plus apaisée. Il songea au rire qu'il avait surpris dans ses yeux, alors qu'elle ignorait qu'il l'observait. Puis il se rendit compte que ses pensées prenaient un tour déraisonnable, et il se réprimanda silencieusement.

— Si je voulais que vous soyez enfermée dans un cachot, je pourrais vous y emmener moi-même, dit-il d'un ton léger. Pourquoi demander à un autre de le faire à ma place ?

Elle se détourna en poussant un grognement de contrariété.

— Je ne vous comprends pas ! Vous savez que je veux vous éloigner de ma sœur. Or, vous pourriez l'avoir toute à vous, en révélant votre emprisonnement.

Pourtant, vous prétendez que le roi vous a envoyé pour me rencontrer. Comme si quelqu'un allait le croire !

— Vous êtes une aristocrate et un bon parti. Pourquoi ne pourrais-je choisir entre Cicely et vous ? Je ne veux pas croire que vous vous estimez inférieure à votre sœur, ajouta-t-il en fronçant les sourcils.

Diana se tourna de nouveau vers lui et fit un geste de la main.

— Bien sûr que non. Mais je sais qui a reçu le don de la beauté, dans notre famille.

Il fit un nouveau pas vers elle. Il la savait trop fière pour reculer. Si elle inspirait trop profondément, ses seins effleureraient son torse. Cependant, elle continuait de le toiser. Il inspira son parfum, dont les notes étaient presque insaisissables. Rien, chez elle, n'était trop évident. Ses reins s'embrasèrent.

— Comment savez-vous ce que je trouve beau ? demanda-t-il à mi-voix. Et qu'est-ce qui vous fait croire que je ne recherche que la beauté ?

— Je me moque de ce que vous voulez trouver chez une épouse, Bannaster ! Nous savons tous les deux que je n'accepterai jamais de vous épouser. Et, bien que ma sœur soit prête à accepter n'importe qui pour quitter Kirkby Keep, je veillerai à ce que vous n'obteniez jamais sa main.

— Une insulte et un défi dans la même phrase ? souligna-t-il en caressant sa joue veloutée du dos de la main.

Elle tressaillit et recula vivement.

— Prenez-le comme vous voudrez ! rétorqua-t-elle sèchement.

— Dans ce cas, sachez que quoi que vous fassiez

vous ne parviendrez pas à me chasser. Il me faut une épouse. Je prendrai tout mon temps pour décider si l'une des sœurs Winslow correspond à ce que je recherche. Et je déciderai aussi de ce que sera votre punition pour m'avoir retenu prisonnier.

Tandis qu'il attendait sa réponse, quelqu'un frappa à la porte.

— Les serviteurs vous apportent votre bain, dit-elle, les mâchoires serrées.

— En tant que fille aînée, n'est-il pas de votre devoir de vous assurer que cela est fait correctement ?

Diana leva les yeux au ciel.

— Cette ancienne coutume n'a plus cours depuis longtemps.

Il s'imagina, nu avec elle dans le bain. Elle croisa son regard, l'air hésitant. Imaginait-elle la même chose que lui ?

— Je pourrais insister…

Elle ne se laissa pas intimider pour autant et leva fièrement le menton.

— Vous ne le ferez pas. M'humilier devant mes gens n'est pas le genre de punition que vous souhaitez pour moi.

— Vous avez raison, reconnut-il en souriant. Mais il est très tentant d'imaginer vos mains sur moi.

— Est-ce ainsi que vous voulez agir avec moi ? Vous comptez me forcer ?

Le sourire de Tom s'évanouit. Elle en savait déjà trop sur ses peurs secrètes. Il ne pouvait la laisser croire qu'elle détenait un tel pouvoir sur lui.

— Je n'aurai pas à vous forcer pour vous mettre dans mon lit. Vous me l'avez montré.

Elle ne put dissimuler la rougeur de ses joues. Elle alla à la porte et l'ouvrit, livrant passage à un défilé de serviteurs. Deux valets portaient un grand baquet de bois, d'autres suivaient avec des seaux d'eau chaude.

Tom poussa un soupir de satisfaction. Il y avait longtemps qu'il n'avait pas pu prendre de véritable bain. Sans un mot, Diana sortit de la chambre.

Quand il fut enfin assis dans le baquet et qu'il eut congédié tous les domestiques, y compris la servante qui lui proposait son aide, il ne put s'empêcher de repenser à son arrivée dans le hall de Kirkby Keep.

Cicely Winslow était réellement d'une grande beauté. Néanmoins, il avait vu l'égoïsme qui perçait sous sa belle apparence.

Mais il s'était concentré sur Diana. Elle avait pâli, et ses traits s'étaient figés lorsqu'elle l'avait vu entrer. Il avait fait de son mieux pour ne pas la regarder, attisant ainsi son inquiétude. Elle devait se demander ce qu'il mijotait. Toutefois, quand leurs regards s'étaient croisés, quelque chose s'était épanoui en lui, et il s'était senti plus vivant que jamais. Il avait passé le reste de la soirée à attendre avec impatience de se retrouver en tête à tête avec elle.

Il la désirait. Cependant, il devait se concentrer sur le plus important. C'est-à-dire découvrir si la Ligue avait décidé de le poursuivre.

D'autre part, il était toujours à la recherche d'une épouse et n'éliminerait pas d'emblée les sœurs Winslow. Sous sa tutelle, Cicely deviendrait plus mature et serait une épouse reconnaissante, sachant qu'elle bénéficiait de son nom, de sa fortune et de sa protection. Elle apporterait dans sa maison une beauté que tout le monde lui envierait.

Quant à Diana… Avec ses secrets, son audace, ses aptitudes physiques qui dépassaient de loin celles d'une femme ordinaire, elle était celle qui l'attirait. Pour le moment. Une fois qu'il aurait tout découvert la concernant, le mystère qu'elle représentait ne le troublerait plus. Il redeviendrait lui-même et serait prêt à prendre les bonnes décisions pour son avenir.

Assise dans la grande salle, Diana attendait le repas du matin. Cicely était déçue, car Bannaster ne les avait pas rejointes pour la messe. Sa sœur était splendide, avec sa robe verte et les rubans de la même couleur qui ornaient ses tresses blondes. Elle gardait les yeux fixés sur l'escalier, comme si elle pouvait le faire apparaître par la seule force de son regard.

— Où est-il, d'après toi ? lui demanda-t-elle, anxieuse.

Diana sourit à la servante qui leur apportait du pain et du beurre.

— Je ne sais pas. De toute évidence, il manque d'humilité, car il n'a pas cru nécessaire de remercier Dieu pour son prompt rétablissement.

Sa sœur se rembrunit.

— Pourrait-il être excommunié ? Il a commis un péché en n'assistant pas à la messe.

— Un époux excommunié… Je suppose que toute sa maison en souffrirait.

Diana observa attentivement Cicely, espérant semer le doute dans son esprit.

Cette dernière prit un morceau de pain.

— Non, cela n'arrivera pas. Quand je l'aurai épousé, je parviendrai à le convaincre qu'il doit vivre en paix avec l'Église, pour le bien de nos enfants.

Diana soupira et se mit à manger. Il faudrait bien plus que la menace de la religion pour dissuader sa sœur d'épouser un beau vicomte.

La discussion qu'elle avait eue la veille avec Bannaster lui revenait sans cesse à l'esprit.

Ainsi que ce baiser étourdissant.

Elle secoua la tête, afin de se débarrasser des sentiments qui menaçaient de la submerger au souvenir de son corps plaqué contre le sien. Que lui arrivait-il ?

Sous bien des aspects, cet homme représentait une menace. Elle ne devait pas oublier que, d'un mot, il pouvait détruire sa vie. Si ses actes rejaillissaient sur son frère Archie à la cour, celui-ci serait si furieux qu'il pourrait la renier.

Peut-être aurait-elle préféré que Bannaster révèle tout de suite ses méfaits, afin de lui éviter ces incertitudes douloureuses et cette terreur infinie. Après tout, c'était seulement une question de temps.

Et pendant celui qui lui restait, il fallait qu'elle accomplisse son devoir pour la Ligue. Car, si son frère la bannissait – et il le ferait à coup sûr, s'il tenait une bonne excuse –, elle aurait alors besoin du soutien de la Ligue.

Cependant… Comment aurait-elle pu réfléchir alors que des images de Bannaster nu dans son bain ne cessaient de l'assaillir ? Elle s'imaginait caressant sa peau humide… Qu'était-elle censée dire à la Ligue ? Qu'elle était folle de désir pour cet homme ?

Poussant un gémissement, elle posa la tête sur son bras.

— Qu'est-ce qui ne va pas ? demanda Cicely, excédée. Tu as tout ce que tu veux. Tu as capté son attention…

— Je n'ai rien demandé, répliqua Diana sans lever la tête.

— Ne crois pas que je vais te faciliter la tâche ! Je suis capable de le fasciner sans faire le moindre effort.

— Je n'en doute pas une seconde, marmonna Diana.

— Tu dois tenir tes distances quand je me trouve avec lui.

Diana soupira sans répondre.

— Porter tes plus vieilles robes. Ou même tes costumes d'homme ! Ce serait parfait.

Diana releva la tête, bouche bée.

— Je ne m'habillerai pas de façon à modifier mon apparence !

— Donc, tu reconnais que tu veux le séduire ! s'exclama Cicely, triomphante.

— Non. Et tu ne devrais pas vouloir le séduire non plus. Cet homme n'a pas une bonne réputation, Cicely.

— Tu essayes de me dissuader de l'épouser ? Je ne peux pas le croire !

Diana leva les yeux au ciel.

— Je veux simplement que tu réfléchisses. N'accepte pas n'importe qui.

— Il a un titre, de la fortune, la beauté et la jeunesse. Que pourrais-je demander de plus ? Je mérite un homme comme lui, ajouta sa sœur avec véhémence.

— Il y a d'autres choses qui comptent, dans le mariage. Tu dois pouvoir respecter ton époux, et je ne suis pas sûre que tu pourras le faire avec Bannaster. Sais-tu qu'il a déjà voulu forcer une femme à l'épouser ?

Cicely haussa les épaules en souriant.

— Cette femme a été bien idiote de le repousser. Il n'aura pas besoin de me forcer.

Avant que Diana ait pu répondre, sa sœur étouffa une exclamation.

— Il est là ! Va-t'en, Diana !

Cette dernière ne put s'empêcher de regarder Bannaster, alors qu'il pénétrait dans la grande salle. Elle reconnut les vêtements qu'il avait pris dans son sac de selle. De toute évidence, un valet les avait brossés pendant la nuit. Son allure était celle d'un aristocrate londonien. Il portait une tunique lie-de-vin, un gilet bleu sur une chemise blanche, des bas assortis à ses hauts-de-chausses, des bottes de cuir et un chapeau orné d'une plume. Il s'était rasé pour la première fois depuis une semaine, ce qui révélait la forme carrée de sa mâchoire et soulignait la sensualité de ses lèvres.

La sensualité ? Le mot résonna dans l'esprit de Diana, qui se sentit accablée. Cet homme était un courtisan qui venait, paré comme un paon, impressionner de simples gens du nord.

Mais il était réellement impressionnant, reconnut-elle à contrecœur. Un coup d'œil de côté lui confirma que sa sœur était éperdue d'admiration. Elle en éprouva un pincement au cœur. Elle aurait voulu pouvoir offrir à Cicely ce dont elle rêvait depuis toujours.

Pour toutes sortes de raisons, l'époux convoité ne pouvait pas être le vicomte de Bannaster. Surtout après la façon dont il l'avait embrassée, la veille. Est-ce que ces attentions intimes faisaient partie de son châtiment ? Elle frissonna à cette pensée.

— Bonjour, messire, lança Cicely avec un enthousiasme puéril.

Ne savait-elle pas qu'elle se montrait trop impatiente ?

Bannaster lui fit un grand sourire qui découvrit ses dents blanches et brillantes. Une lueur joyeuse apparut dans ses yeux sombres. Diana s'obligea à demeurer indifférente.

Cicely et elle étaient assises côte à côte, au bout de la table. À moins de demander à Cicely de se déplacer, Bannaster ne pouvait s'asseoir entre elles. Sans montrer d'hésitation, il prit place près de Cicely, et Diana poussa un soupir de soulagement. Elle ne voulait pas que sa sœur soupçonne quoi que ce soit entre eux.

Celle-ci mobilisa alors l'attention du vicomte en le bombardant de questions.

— Vous avez eu tant de courage de vous rendre dans le nord juste avant Noël, messire ! Les routes étaient-elles praticables ?

— Elles ne devinrent terribles qu'à la fin du voyage, Lady Cicely, répondit-il, après avoir avalé une cuillère de potage. Mais je ne pouvais laisser cela me décourager, alors que je savais que deux superbes femmes attendaient mon arrivée.

Agacée, Diana mâcha une bouchée de pain en regardant le plafond. Cicely continua de pérorer.

— Les fêtes seront tellement plus gaies, si nous avons un invité ! J'espère que vous resterez avec nous pendant les prochaines semaines.

Diana ne fut pas étonnée lorsqu'il la remercia chaleureusement de son invitation.

— Avez-vous de la famille qui vous attend chez vous ? Vous allez leur manquer.

L'expression de Bannaster se fit grave.

— Non, hélas, mes parents et mon frère sont morts depuis des années. C'est la raison pour laquelle je suis à présent vicomte, alors que j'aurais dû être prêtre.

Cicely le regarda avec stupeur.

— Votre frère était vicomte avant vous ? Il a dû mourir très jeune.

Bannaster lui lança un regard aiguisé, et Diana devina qu'il devait penser que Cicely connaissait son passé.

— Ce n'était pas une mort naturelle. Quelqu'un l'a tué. L'assassin n'a jamais été retrouvé.

Était-ce ce qu'il disait à tout le monde ? Diana eut soudain une brève vision de cette nuit lointaine. Elle avait été désarmée face à la violence et à la cruauté du vicomte. Elle songea à son geste désespéré, à la mort de cet homme. Elle avait libéré nombre de femmes qui avaient peur de lui, et délivré son frère d'une vie consacrée à la prêtrise. Ce dernier considérait-il sa liberté comme une contrepartie suffisante aux soupçons qui pesaient sur lui ? Il regrettait sûrement de l'avoir aidée. Et il le regretterait encore plus, s'il apprenait que c'était elle qui avait bénéficié de sa protection.

— Quelle terrible tragédie !

Cicely lança un coup d'œil à Diana, comme si elle ne savait plus que dire, après avoir entendu une si triste histoire.

Diana, elle, observait Bannaster attentivement. Il n'ajouta rien, pas plus qu'il ne précisa qu'il avait été considéré comme suspect dans ce meurtre. Il aurait été difficile de l'en blâmer. Cependant, si elle pouvait utiliser cet argument pour persuader sa sœur de ne pas l'épouser, elle le ferait sans la moindre hésitation.

Ciel, quel genre de personne était-elle devenue ?

— Je ne veux pas vous obliger à ressasser de mauvais souvenirs, dit Cicely. Parlez-moi plutôt de votre demeure. Elle doit être bien différente de la mienne.

— Avez-vous grandi ici ?

Cicely rougit et évita de regarder Diana.

— Non, nous n'avons pas été élevées à Kirkby Keep. Notre frère s'est marié récemment, et vous ne pouvez imaginer combien il est difficile pour des femmes de vivre sous le même toit ! En attendant, ce château est notre résidence, bien qu'il soit de dimensions fort modestes.

— Le mien est plus grand, certes. Mais je trouve que ce lieu a un charme spécial, répondit Bannaster en lui prenant la main.

Il ne s'attarda pas davantage sur la description de son propre château. Diana devina qu'il craignait de les offenser en le comparant au leur. Il n'avait pas compris que Cicely aurait adoré qu'il leur décrive la splendeur de son manoir.

— Peut-être, pourrez-vous me faire visiter Kirkby Keep ?

— Je le ferai avec plaisir, mais ce sera sans Diana, malheureusement.

Diana haussa les sourcils et attendit l'explication de sa sœur.

— Elle ne connaît pas la maison aussi bien que moi, car elle passe le plus clair de son temps avec les hommes.

Une déclaration qui pouvait être interprétée de différentes façons…

Bannaster lui sourit, les yeux pétillant de malice.

— J'ai cru comprendre que vous étiez l'aînée, Lady Diana, il vous revient donc de superviser le château.

— Oh ! ce n'est pas cela, s'empressa de rectifier Cicely, sans laisser à Diana le temps de placer un mot. Elle a pris la curieuse habitude de s'entraîner avec les hommes, plutôt que de s'adonner à des activités féminines.

Bannaster parut plus intéressé que choqué, et Cicely fut consternée de constater que son stratagème n'avait pas marché. Mais Diana la connaissait bien : sa sœur ne se laisserait pas décourager facilement.

— Vous entraînez-vous sur le terrain de joutes, Lady Diana ?

— En effet.

— Avez-vous dû apprendre à vous défendre ? J'imagine pourtant votre frère capable de se charger de la défense de la maisonnée…

Il l'observait avec trop d'insistance, comme s'il cherchait quelque chose. Il avait déjà eu une démonstration de ses talents, quand il avait voulu l'attraper, dans le cachot.

— Notre frère est parfaitement apte à nous défendre, reprit vivement Cicely. C'est pourquoi les… préférences de Diana inquiétaient notre mère.

— Cependant, notre père m'avait accordé la permission de m'entraîner aux armes, déclara Diana.

— Et cela rendait notre frère furieux.

Diana réprima une grimace. Bannaster était assez fin pour en conclure qu'il y avait eu des tensions entre père et fils. Ce qui expliquait que son père lui avait permis de manier les armes.

Cicely et elle n'étaient pas protégées par leur frère et, si leur hôte s'en apercevait, il pourrait tenter d'en profiter.

— Allons faire le tour de Kirkby Keep, proposa Cicely en se levant.

Diana vit que Bannaster n'avait pas tout à fait fini son repas, mais il la suivit poliment. Quand Cicely se tourna vers la porte, il jeta un coup d'œil appuyé à Diana et lui sourit. Elle comprit alors qu'il ne la laisserait pas s'entraîner tranquillement aujourd'hui.

Eh bien, qu'il vienne la regarder ! Si le fait que Cicely ait une famille excentrique pouvait l'inciter à renoncer à la courtiser, tant mieux.

Sa réaction face à ses aptitudes en dirait long sur lui. Se sentirait-il menacé par une femme capable de lui résister ? Après tout, elle s'entraînait depuis plus longtemps que lui.

Ses hommes acceptaient sa supériorité et la traitaient comme un compagnon d'armes. Mais il était arrivé plus d'une fois qu'un visiteur quitte le terrain, pour protester contre sa présence.

Cependant, Bannaster paraissait très intéressé par ses performances. Elle se sentait à cran, inquiète, et trop impatiente de voir sa réaction.

Chapitre 9

Tom suivit Cicely dans le château. Sa colère contre Lord Winslow augmentait au fur et à mesure qu'il constatait les diverses dégradations dans la vieille bâtisse. Pourquoi le baron obligeait-il ses sœurs à loger ici, alors qu'elles auraient dû se trouver à Londres, ou dans la résidence principale de la famille ? Il détestait voir un homme négliger à ce point ses devoirs familiaux.

Cependant, en dépit de l'état du château, ses occupants et les villageois semblaient heureux et vaquaient à leurs tâches avec efficacité. Était-ce grâce à la bonne gestion de Diana ?

Il ne voulait pas l'admirer à cause de l'attirance physique qu'elle lui inspirait. Surtout après ce qu'elle lui avait fait, et ses propres projets pour se venger. Mais il était de plus en plus évident que ses gens l'appréciaient. Ils prononçaient son nom à tout bout de champ, et il ne lui avait pas échappé que Cicely se crispait chaque fois qu'elle les entendait chanter les louanges de sa sœur. En revanche, ils regardaient la cadette d'un mauvais œil et semblaient se méfier d'elle.

Une fois de plus, Tom s'interrogea sur la relation

entre les deux sœurs. Pourquoi Diana tenait-elle tant à protéger Cicely, en l'empêchant de l'épouser ?

Cette visite était également la meilleure façon de découvrir si quelqu'un était récemment venu s'installer à Kirkby Keep. Un représentant de la Ligue, par exemple. Tandis que Cicely lui faisait faire le tour des dépendances accolées au mur d'enceinte, depuis les écuries jusqu'à la laiterie, en passant par la forge, il put la questionner de manière subtile, afin de savoir depuis combien de temps ces travailleurs vivaient là. D'après ses réponses, personne ne vivait au château depuis moins de trois ans. Si la Ligue de L'Épée avait manigancé pour le faire venir ici, où était leur représentant ? Il n'avait aucun moyen de prouver que la Ligue était impliquée dans les événements récents, ni dans son enlèvement. Mais alors, comment Diana avait-elle eu vent des erreurs qu'il avait commises au château d'Alderley ?

Il fallait qu'il en ait le cœur net !

Il fit preuve de la plus grande patience possible quand Cicely voulut lui montrer la salle dans laquelle les femmes cousaient et tissaient. Puis, il put, enfin, poser la question qui lui tenait à cœur :

— Où se trouve le terrain d'entraînement ?

Elle semblait avoir attendu cette question, car elle le gratifia d'un adorable sourire et s'empressa de lui faire traverser le château.

Parmi tous les chevaliers et les soldats se cachait peut-être un membre de la Ligue, guettant la moindre de ses paroles au sujet de la mort de son frère. Bien qu'innocent, Tom se tenait sur ses gardes, évitant tout ce qui était susceptible de l'impliquer dans ce crime.

Pour la première fois depuis des jours, la température s'était radoucie, et le soleil faisait de timides apparitions entre les nuages. La neige tombait des toits, formant de petites flaques devant les murs.

Le terrain d'entraînement, situé dans le coin le plus éloigné de la cour intérieure, n'était plus qu'un immense carré de boue. Mais cela importait peu pour Tom qui avait été privé toute sa vie de ce que les autres considéraient comme un droit : la possibilité de se défendre et de protéger leur famille. Il avait passé son enfance à se cacher, aussi près que possible du terrain de joutes, pour observer avec envie les exploits de son frère. C'était à l'époque où il pensait encore que Nicholas était un homme qui méritait d'être admiré.

Malgré la tristesse que les péchés de son frère avaient suscitée en lui, son attirance pour l'art du combat était toujours vivace.

Dans l'enclos, plusieurs douzaines d'hommes s'entraînaient à diverses disciplines, depuis le combat à l'épée jusqu'à la lutte et au lancer de dagues. Des hommes jouaient à la quintaine, c'est-à-dire qu'ils lançaient leur cheval au galop pour atteindre de leur lance le bouclier d'un mannequin fixé à un mât rotatif.

Il repéra sans peine ses trois soldats, malgré la boue qui recouvrait leurs vêtements. Ils se trouvaient dans un groupe qui s'entraînait à lutter avec des dagues.

Il ne vit pas tout de suite Diana, mais Cicely lui vint en aide.

— Ma sœur est en compagnie de vos hommes d'armes. Elle trouve que la dague est l'arme qui lui convient le mieux.

Alors seulement, il la distingua entre les hommes et

fixa son attention sur elle. Bien qu'elle soit grande pour une femme, aussi grande que la plupart des hommes qui l'entouraient, elle avait une silhouette plus fine. Elle portait des pantalons et un gilet de cuir de soldat qui accentuait ses formes féminines et descendait à mi-cuisses. Ses cheveux brillants étaient attachés et retenus sous un bonnet. Le pantalon mettait en valeur ses muscles fins. Il n'avait jamais vu de femme dans cet accoutrement et éprouva une surprise mêlée de fascination.

Le souffle court, il la vit tourner autour de Talbot. Son capitaine avait une tête de plus qu'elle, et ses épaules étaient deux fois plus larges que les siennes. Tom n'aurait pas dû manifester d'inquiétude, mais il dut se trahir sans le vouloir, car Cicely le regarda avec curiosité.

— Ne vous en faites pas pour ma sœur, dit-elle d'un ton exagérément las. Elle affronte des hommes depuis l'enfance, et elle adore le combat. Pourquoi préfère-t-elle cela à l'art de la broderie ? C'est quelque chose que je ne comprendrai jamais.

La voix de la jeune femme semblait lui parvenir de très loin. Admiratif, Tom vit Talbot projeter sa dague en avant et Diana l'esquiver souplement, tout en lui envoyant un coup de coude au menton. Talbot recula en chancelant et sourit d'un air débonnaire, tandis que les hommes de Kirkby poussaient des cris de triomphe.

Par chance, Diana affrontait un homme qui respectait son habileté. Tom en connaissait beaucoup qui n'auraient pas apprécié qu'une femme leur démontre sa supériorité. Il continua de la regarder attaquer, feinter, éviter, tourbillonner. Le désir lui embrasait les reins.

Il devait être fou. Cette femme l'avait jeté dans un cachot, elle détenait des secrets importants et comptait s'en servir contre lui.

Cependant, ces soucis lui paraissaient futiles, quand il songeait qu'il pourrait la mettre dans son lit. À cet instant, oubliant qu'elle était son adversaire, il décida qu'il la tiendrait dans ses bras et qu'elle serait consentante. Il voulait sentir ces longues jambes musclées lui enserrer la taille, et se noyer dans la chaleur de son corps.

— Lord Bannaster ?

La voix de Cicely l'arracha soudain à sa rêverie, et il croisa son regard pénétrant.

— Oui, milady ? dit-il en lui adressant son sourire le plus charmeur.

— Vous sembliez… ailleurs.

— Cette visite me rappelle que je ne me suis plus entraîné depuis plusieurs semaines. Vos hommes sont très doués. Je suis sûr que j'aurai plaisir à les affronter pendant mon séjour.

— Ma sœur a sûrement dû vous offenser. Je vous demande pardon pour cela.

— Son comportement ne rejaillit pas sur vous, répondit Tom d'un ton évasif. Nous faisons tous ce que nous pensons devoir faire. Cependant… Je ne comprends pas comment elle a pu être autorisée à s'entraîner avec les soldats. Votre mère avait sûrement de quoi vous occuper, toutes les deux ?

— Oh ! certainement.

Tom vit qu'elle ne savait plus quoi dire. Bien qu'elle considère Diana comme sa rivale, peut-être ne voulait-elle pas qu'il s'en aperçoive ? Ou bien répugnait-elle à se montrer trop cruelle envers sa propre sœur ?

— J'admets qu'elle faisait tout ce que lui demandait ma mère.

Elle s'interrompit, comme étonnée d'avoir révélé sans le vouloir une qualité de Diana.

— Mais elle est volontaire et entêtée, reprit-elle d'un ton ferme. Elle ne se contentait pas de jouer son rôle de femme. Avec son égoïsme, elle en voulait davantage. Notre frère Archibald l'a surprise en train de s'exercer avec une dague alors qu'elle avait douze ans, et il a cru qu'elle voulait se moquer de lui en ayant le dessus. Ces exercices présentaient des difficultés pour lui, et il travaillait beaucoup pour faire plaisir à notre père, qui n'approuvait pas souvent son comportement. C'est afin de punir Archie de sa colère envers Diana, que père a autorisé celle-ci à s'entraîner avec les garçons, après avoir accompli les tâches que mère lui confiait.

Elle se tut et inspira longuement, l'air un peu choqué d'avoir débité tout cela.

Le regard de Tom se porta de nouveau sur Diana. Il connaissait mieux cette famille à présent et comprenait pourquoi le baron avait envoyé ses sœurs vivre dans un château délabré au lieu de leur trouver un époux. Sa jalousie pour sa sœur n'avait pas disparu au sortir de l'enfance, elle s'était seulement transformée, tandis qu'il acquérait plus de pouvoir.

— Apparemment, des tensions existaient au sein de votre famille, dit-il, énonçant l'évidence. Je suis désolé de l'apprendre.

— Oui, ma sœur n'a jamais voulu admettre que son comportement rejaillissait sur nous tous.

Tom pensait plutôt que leur père était responsable de cet état de choses, en raison de son manque de fermeté envers Winslow. Mais il ne pouvait exprimer cette opinion à voix haute.

Silencieux, il se retourna pour observer Diana, qui était en train d'enfiler une cuirasse. Cicely soupira avec lassitude. Elle avait de toute évidence voulu lui montrer cet aspect de sa sœur, qu'elle considérait comme un comportement déraisonnable. Mais s'il s'attardait trop longtemps ici, elle finirait par concevoir des soupçons.

Or, il ne voulait pas révéler son obsession pour Diana. Cette femme avait des secrets qu'il voulait découvrir. C'était un adversaire qu'il devait vaincre. Quant à Cicely… Il ne savait pas encore ce qu'elle pouvait être pour lui, mais il voulait garder la porte ouverte à toutes les possibilités. Il se détourna donc à contrecœur du champ d'entraînement et poursuivit sa visite de Kirkby Keep.

Diana avait senti Bannaster approcher, et elle devina sans avoir besoin de le regarder, à quel moment il repartit. Elle avait dû faire appel à toute sa volonté pour ne pas lui lancer un regard de défi ou lui faire comprendre qu'elle ne subirait pas docilement ses tentatives pour contrôler la situation.

Mais la peur peu commune qu'il lui inspirait pouvait l'affaiblir, si elle n'y prenait pas garde.

Une épée à la main, elle s'exerça seule, attaquant et esquivant les coups d'un adversaire imaginaire, améliorant la résistance de ses bras et de ses jambes.

Elle ignorait ce que Bannaster pensait de ses talents, mais elle savait qu'il avait été impressionné, lorsqu'elle avait eu le dessus sur lui, dans le cachot. Pourquoi se souciait-elle de ce qu'il pensait ? D'un geste rageur, elle plongea son épée dans un mannequin bourré de foin.

Elle ne s'était jamais souciée de ce que les gens pensaient de son étrange penchant pour l'art de la lutte. Partagée entre ses occupations à Kirkby Keep et son entraînement secret pour la Ligue, elle avait rarement songé à la possibilité d'un mariage. En fait, elle n'avait jamais pensé avoir un jour une vie normale.

Alors, pourquoi l'arrivée inopinée de Bannaster faisait-elle surgir en elle ce genre de questions ? Pourrait-elle trouver un époux, étant donné le tour qu'elle avait donné à sa vie ? Soudain, elle se sentait perturbée, confuse, comme si toutes ses certitudes s'évanouissaient.

Que lui arrivait-il ? Elle avait enfermé un homme dans un cachot, et soudain toute sa vie en était chamboulée ? Craignait-elle qu'il ne décide de la punir pour cela, et ne fasse disparaître toute chance pour elle de mener un jour une vie ordinaire ? Elle se passa les nerfs sur le mannequin, lui assenant des coups si violents que ses bras en furent endoloris. Malgré le froid glacial, des gouttes de transpiration roulèrent sur son front.

— Lady Diana ?

Poussant un grognement, elle ramena son épée vers elle et fit volte-face. Nashe, son capitaine des gardes, recula vivement d'un pas.

— Je vous demande pardon, Nashe, dit-elle en abaissant la pointe de l'épée. Vous avez besoin de moi ?

Le soldat s'assombrit. Il avait un visage rude et des traits taillés à la serpe.

— Vous semblez… concentrée sur votre entraînement, milady. Quelque chose vous tourmente ?

Elle vit avec étonnement que les autres soldats évitaient de la regarder. Les hommes de Bannaster, en revanche, ne cachaient pas leur stupeur.

— Non, je ressentais simplement le besoin d'exercer ma force, répondit-elle en lui tendant son épée. Mais j'ai fini pour aujourd'hui. Voulez-vous la faire nettoyer et la rapporter dans ma chambre ?

— Oui, milady.

Diana aperçut une lueur de curiosité dans son regard, mais elle l'ignora et traversa le champ boueux. Elle avait fait une démonstration de sa force devant Cicely et son visiteur. Cela ne l'embarrassait nullement, mais elle ne comprenait pas ce qu'elle avait ressenti, lorsqu'elle avait perçu son regard sur elle. Elle avait voulu qu'il constate son adresse. Pourquoi attachait-elle tant d'importance à son opinion ?

Plongée dans ses pensées, elle traversa la grande salle en gardant les yeux fixés sur le sol et en n'adressant la parole à personne. Elle monta dans sa chambre, où l'attendait un baquet rempli d'eau chaude. Ses serviteurs étaient bien habitués, songea-t-elle, en s'efforçant de se secouer pour faire disparaître son humeur étrange. Ils savaient qu'elle aimait prendre son bain le soir, aussi lui préparaient-ils seulement une cuvette d'eau chaude après son entraînement.

Mais aujourd'hui aurait été un bon jour pour prendre un bain, songea-t-elle en enlevant ses vêtements incrustés de boue. Elle était tombée plusieurs fois et ses habits en avaient souffert. Sans parler des nouveaux hématomes qui lui parsemaient le corps.

Plaçant une large bassine d'eau devant la cheminée, elle y entra et se lava le visage avec un linge et du savon, avant de se rincer à l'eau chaude. Malgré le feu qui crépitait dans l'âtre, elle frissonna. Elle s'enroula le corps dans un linge propre et se frotta les bras pour en ôter la saleté. Alors qu'elle était penchée en avant et nettoyait ses mollets couverts de boue, elle entendit la porte s'ouvrir et se refermer.

— Mary, il me faudrait encore de l'eau chaude, dit-elle sans se retourner. Je me suis beaucoup salie, aujourd'hui.

— Donnez-moi ce linge, répondit une voix masculine. Je vais vous aider.

Elle se redressa si brusquement qu'elle faillit perdre l'équilibre, et dut resserrer le tissu qui s'était ouvert sur sa poitrine. Adossé à la porte, l'air narquois, Bannaster laissa son regard glisser longuement sur elle.

Jamais dans sa vie elle ne s'était sentie aussi vulnérable. Le goût métallique de la peur lui envahit la bouche. Ici, dans son propre château, elle avait oublié les recommandations de la Ligue. Se croyant en sécurité dans sa chambre, elle avait négligé de prendre les précautions élémentaires pour se préserver d'une éventuelle attaque. Une fois de plus, par son manque de jugeote, elle se retrouvait seule avec Bannaster et lui donnait l'avantage.

Elle ne chercha pas à se couvrir, ce qui aurait été un signe de faiblesse. Sa fierté était tout ce qui lui restait, et elle n'était même pas sûre d'avoir le droit de la revendiquer.

— Sortez de ma chambre immédiatement ! lui ordonna-t-elle avec froideur.

— Je n'en ai pas envie.

Par chance, il n'avait pas encore esquissé un mouvement dans sa direction.

— Vous devriez être à la disposition de ma sœur.

Il arqua un sourcil, sans toutefois se départir de son infernal sourire. Sa pathétique tentative pour le faire paraître faible avait échoué. Elle n'avait réussi qu'à passer pour une jalouse. *Qu'il soit maudit !*

Il émit un petit rire et avança lentement, d'un pas souple et gracieux, comme s'il contrôlait chaque muscle de son corps. Soudain, elle se demanda ce qu'elle éprouverait si elle l'affrontait sur le terrain de joutes et mesurait sa force à la sienne.

Elle détestait la chaleur qui s'emparait d'elle et s'insinuait entre ses cuisses, l'étrange battement qu'elle percevait au plus secret d'elle-même. Il ne devait pas voir l'effet qu'il avait sur elle. Aussi redressa-t-elle les épaules et le laissa-t-elle regarder, consciente qu'un simple drap de toile légère préservait sa nudité.

— Si je me souviens bien, reprit-il sur le ton de la conversation, quand j'étais dans le cachot, c'est moi qui me suis lavé sous vos yeux.

Elle lui lança un coup d'œil par-dessus son épaule.

— Vous oubliez que vous avez pris plaisir à vous déshabiller devant moi d'une manière très gênante, en m'obligeant à regarder ce que vous auriez dû faire seul. Aujourd'hui, une fois de plus, vous donnez la preuve de votre insensibilité en violant l'intimité d'une dame. Ne croyez pas que vous pourrez me persuader d'accepter vos attentions. Je préférerais pourrir au fond d'un cachot.

Il tournait autour d'elle et s'approchait trop. Elle

sentit le contact furtif de son bras contre son épaule, de sa tunique contre le drap qui la couvrait.

— Écartez-vous, dit-elle à voix basse. Si vous pensez que je ne me défendrai pas parce que je ne suis pas vêtue, vous…

— Et tout le monde saura que nous étions ensemble, et seuls dans cette chambre. Essayez-vous de me forcer à vous épouser ?

— Je ne vous épouserais même pas si…

— Vous vous méprenez sur mes intentions, Diana, déclara-t-il en s'immobilisant face à elle. Je vous ai vue vous battre avec mes hommes, aujourd'hui, et je suis impressionné par votre adresse. Cependant, un tel entraînement doit laisser des traces sur la peau délicate d'une femme, et je le constate à présent.

Diana soupira longuement en maîtrisant sa colère. Le tissu glissait sur sa poitrine, et elle fut obligée de le resserrer.

— De quoi parlez-vous, Bannaster ?

Il posa un doigt sur son épaule, et elle fut tentée de le frapper, gênée par le picotement que ce simple geste avait déclenché sur sa peau. Puis elle se rendit compte qu'il faisait glisser son doigt sur une ancienne cicatrice, à peine visible.

— Comment vous êtes-vous fait cela ?

Elle se dégagea et sortit de la bassine. Ses pieds mouillés reposaient sur le tapis ; malgré cela, le froid la fit frémir. Bannaster devait voir ses mamelons se dresser contre l'étoffe, mais elle refusait de se détourner. Elle voulait affronter le regard de son ennemi.

Elle ne lui devait aucune réponse, cependant elle

préférait maintenir son attention sur ses qualités les moins féminines.

— Une dague a glissé entre les pans de ma cuirasse.

S'il décidait d'aller plus loin, elle ne pourrait pas le faire jeter à la porte. Pas avec tout ce qu'il savait sur elle. Le défi consisterait donc à le repousser, chaque fois qu'ils se trouveraient en tête à tête.

Or, elle était prête à relever tous les défis. Surtout avec lui. Et elle préférait ne pas s'attarder sur ce que cela révélait d'elle.

— Il ne semble pas que la plaie ait été cautérisée, dit-il en examinant son épaule.

Lorsqu'il se tenait aussi près d'elle, parvenait-il à voir ses seins ?

— Ma mère l'a recousue.

— Je suppose qu'elle n'aurait jamais cru devoir soigner une telle blessure chez sa fille ?

Diana parvint à se maîtriser et à ne montrer aucune réaction.

Sa mère avait toujours obéi à son époux. Néanmoins, elle désapprouvait cet entraînement brutal et s'inquiétait pour elle. Que dirait-elle, maintenant, si elle voyait comment elle vivait ? Parfois, la douleur de son absence était si vive, qu'elle en avait la gorge nouée.

Elle éprouva un intense soulagement quand Bannaster se remit à tourner autour d'elle.

— Partez, maintenant. Laissez-moi m'habiller.

— Je ne vous en empêche pas.

L'amusement qui perçait dans sa voix l'agaça.

— Je regarde simplement les marques sur votre corps. Vous avez un affreux hématome à l'arrière du bras.

Elle fit un effort pour ne pas réagir quand il effleura brièvement la marque bleuâtre.

— Je le dois à Talbot.

— Ah, il m'a fait la même chose, un jour. Mais votre frère a sûrement dû vous infliger des coups plus douloureux, lorsque vous avez été autorisée à entrer pour la première fois sur le terrain.

Diana ferma les yeux. Non seulement il enflammait ses sens par sa présence, mais il voulait aussi pénétrer son esprit !

— Cicely vous a déjà parlé de tout cela, c'est certain. Elle n'a pas pu résister et vous a raconté comment j'en suis venue à me comporter comme un homme.

— De quoi parlez-vous ? Du fait que Winslow et vous ne vous entendiez pas ? Et que votre père se servait de vous pour punir son fils ? Oui, elle me l'a raconté.

Elle sentit ses doigts se poser sur son mollet et fut si surprise qu'elle ne put réprimer une exclamation. Cependant, elle s'interdit de fuir. En revanche, elle donna un coup de pied, qu'il esquiva facilement.

— Les motifs de mon père m'importaient peu, déclara-t-elle, les dents serrées. Archie était ridicule de croire que mon but avait quelque chose à voir avec lui. J'avais besoin de me mettre à l'épreuve, d'apprendre ce que je voulais. Archie n'en avait pas conscience, car il n'a toujours pensé qu'à ses propres désirs.

— N'en allait-il pas de même pour vous ?

Diana le foudroya du regard.

— Je n'ai jamais fait délibérément de mal aux autres pour atteindre mes objectifs. N'avez-vous pas poursuivi autrefois les mêmes buts que moi ? Osez dire que la mort de votre frère ne vous a pas libéré, en vous permettant de poursuivre vos objectifs.

Il était revenu se camper devant elle et l'observait, impassible.

— Votre mère ne souffrait-elle pas de vos rêves si peu conformes à ceux d'une dame, Diana ?

Réprimant une grimace, elle rétorqua :

— La mort de votre frère est tombée à point nommé, puisqu'elle vous a permis d'accomplir vos propres rêves.

Ils se dévisagèrent, elle abasourdie d'avoir prononcé ces mots. Que lui était-il passé par la tête ? En tuant le vicomte de Bannaster, elle avait libéré Tom du joug que son frère faisait peser sur lui. En quelques mots, elle venait de faire resurgir les soupçons qu'il subissait depuis six ans.

Cet homme lui faisait perdre son sang-froid ! En sa présence, elle oubliait tout et ne songeait plus qu'à croiser le fer avec lui.

Il tourna de nouveau autour d'elle et se posta dans son dos.

— Mon intention n'était pas de me battre avec vous de cette façon. J'étais simplement intrigué par les marques que la vie que vous avez choisie a laissées sur vous.

— Je n'ai que faire de l'opinion d'un homme.

— Même si cet homme était votre époux ?

Elle lui lança un regard noir par-dessus son épaule.

— Vous ne voulez pas m'épouser.

— Je ne parlais pas de moi, répliqua-t-il d'un ton innocent, en posant une main sur sa poitrine. Mais un jour, vous vous dénuderez pour votre mari.

Diana garda les yeux fixés loin devant elle, comme si sa présence ne constituait pas une menace.

— Je n'ai pas l'intention de me marier. Si toutefois je le faisais, je choisirais un homme qui m'accepte telle que je suis.

— Vous ne voulez pas vous marier ?

Sa surprise était sincère, et elle eut conscience d'en avoir trop révélé. Il allait se poser des questions sur elle, et il ne fallait pas qu'il découvre pour qui elle travaillait.

— Vous destineriez-vous au couvent ? demanda-t-il dans un rire. Non, attendez. Vous voulez devenir vieille fille et élever les enfants de votre sœur. Ai-je deviné ?

Elle serra les poings, tremblant de colère.

— Je vois une autre cicatrice, là, ajouta-t-il d'une voix grave.

Son souffle souleva quelques mèches sur sa nuque. Il insinua un doigt sous le tissu et le fit glisser dans son dos. Diana perdit patience et lui décocha un coup de coude. Cette fois, il devait s'attendre à sa réaction, car il lui attrapa le bras, la fit pivoter sur elle-même et lui maintint les mains dans le dos. Elle se retrouva plaquée contre son torse et s'aperçut que la toile de lin qui l'enveloppait avait glissé. Tom la tenait si serrée contre lui que le tissu ne pouvait tomber. Mais son sein droit était nu, pressé contre la fine étoffe de ses vêtements.

Pendant un instant, elle n'entendit plus que le bruit de leur respiration. Elle essaya de lui donner un coup de pied, mais il la souleva, et ses jambes se balancèrent dans le vide, sans l'atteindre. Il lui maintenait solidement les bras et l'obligea à se pencher lentement en arrière en renversant la tête, exposant ainsi la fragilité de son cou, ses épaules nues, ses seins. L'air froid sur sa peau humide la fit frissonner.

Elle cessa de se débattre. Incapable d'inspirer profondément ou de crier, elle n'avait plus qu'à se soumettre. Et cette sensation était si excitante qu'elle était submergée par des sentiments que lui seul avait su faire surgir en elle.

Elle sentit son souffle chaud, juste avant qu'il ne pose les lèvres sur un mamelon. Le choc la fit tressaillir. Une flèche brûlante lui transperça le ventre.

— Bannaster, murmura-t-elle, haletante.

Aucun autre mot ne lui vint à l'esprit. Toute pensée cohérente s'évapora quand il saisit la pointe de son sein entre ses lèvres. Elle frissonna et s'abandonna en gémissant.

Chapitre 10

Elle avait un goût exquis, et le parfum de pétales de roses de son savon imprégnait sa peau. Tom s'embrasa comme une torche. Il oublia tout, en dehors de son corps frémissant et de ses seins délicieux. Elle ne se débattait plus, aussi lui relâcha-t-il les bras, afin de lui saisir les hanches et de se presser entre ses cuisses. Au bout de quelques secondes, elle passa les bras sur ses épaules et enfouit les doigts dans ses cheveux. Ses jambes solides se nouèrent autour de ses reins puissants, et elle se pressa contre lui, recherchant le plaisir qu'il pouvait lui donner.

Avec un grognement, il fit glisser ses lèvres sur sa poitrine et tira avec les dents sur le léger tissu qui la couvrait à peine. Du bout de la langue, il taquina la pointe dure de ses seins. Diana poussa de petits cris qui manquèrent de le faire chavirer. Ses mains se posèrent sur ses hanches, tout près du cœur chaud et humide de sa féminité. Il eut soudain envie d'arracher ses propres vêtements, pour que plus rien ne les sépare.

— Est-ce qu'il en sera ainsi entre nous ? s'exclama-t-elle soudain.

Elle se redressa, les jambes toujours nouées autour

de sa taille. Tom releva la tête, rencontra ses yeux gris comme un orage et lui effleura les lèvres des siennes.

— Avec une telle passion ? répondit-il d'une voix rauque. Ne niez pas que vous l'avez ressentie vous aussi, dès le début.

Il l'embrassa, et elle murmura, les lèvres contre les siennes :

— Est-ce une vraie passion, alors que vous devez m'y obliger, que je ne m'offre pas spontanément ?

Il la contempla, avec un mélange de désir et de colère.

— Peu importe comment cela a commencé. Vous vous cramponnez à moi, à présent.

Il se rendit compte que sa voix était un peu insistante, comme s'il voulait se convaincre lui-même. Ce n'était pas ce qu'il souhaitait entre eux. Diana dénoua les jambes et les fit glisser contre lui. Il sut qu'elle sentit le bref frémissement qui lui parcourut le corps. Elle se détourna, et il aperçut brièvement son dos nu, mince et musclé, avant qu'elle ne fasse remonter le drap sur elle.

— Vous savez que cela va continuer entre nous, dit-il à voix basse. J'ai consacré ma matinée à Cicely. Après le dîner, ce sera votre tour de passer du temps avec moi.

Une lueur de fureur passa dans les yeux de la jeune femme.

— Vos gens voudront savoir que je courtise les deux sœurs tour à tour, ajouta-t-il. Surtout vous, leur préférée.

— Je ne suis pas leur préférée. Ils ne me connaissent que depuis quelques années, mais je les traite avec respect. Êtes-vous capable de faire de même ? Ou bien allez-vous tenter de séduire Cicely avec autant d'insistance ?

— Je ne…

— Sachez qu'elle accueillera avec enthousiasme vos tentatives, si maladroites soient-elles.

— Maladroites !

Il savait qu'elle cherchait uniquement à le provoquer, mais quand il était avec elle, il ne contrôlait plus ses réactions.

— Si vous commencez quelque chose avec elle, elle insistera pour que vous alliez jusqu'au bout. Car elle veut désespérément se marier et elle prendra le premier qui se présentera.

Il eut un rire dur.

— N'ayez crainte, je ne tenterai pas de la séduire. C'est à vous seule que je réserve ces attentions. Quant à Cicely, je songe à l'épouser. Aussi, je la courtiserai, comme il convient de le faire avec une jeune fille innocente.

Il vit le choc s'inscrire sur ses traits : il l'avait offensée. Malgré tout, il ne tenta pas d'adoucir ses paroles.

— Vous, vous ne voulez pas ce que veut une femme normale, n'est-ce pas, Diana ?

— Sortez immédiatement ! ordonna-t-elle d'une voix basse, chargée de colère.

Il se tendit, s'attendant à ce qu'elle l'attaque.

Soudain, la porte s'ouvrit, et une jeune femme rousse entra et referma la porte derrière elle. Elle se figea en le voyant et ouvrit la bouche de surprise. Diana était à peine couverte, ses propres vêtements étaient froissés, mais il n'y prit pas garde.

Il l'avait immédiatement reconnue.

— Vous êtes donc la loyale servante, lança-t-il,

sarcastique. Celle qui s'offre à de pauvres hommes sans méfiance et les drogue comme sa maîtresse l'a ordonné.

La fille se plaqua contre le mur, comme si elle craignait qu'il ne se jette sur elle. Il se rendit compte qu'il avait perdu son sang-froid. Tournant le dos aux deux femmes, il se passa la main dans les cheveux. Il ne se reconnaissait pas. Il était redevenu ce pauvre garçon pathétique, qui en demandait plus qu'il ne pouvait obtenir.

— Mary a seulement obéi à mes ordres, déclara Diana d'une voix forte. Ne la punissez pas pour cela.

Il pivota sur lui-même.

— Mary, je ne vous en veux pas, vous n'avez rien à craindre. Mais votre maîtresse… Ah, pour elle, c'est une autre histoire !

Après avoir jeté à Diana un dernier regard entendu, il sortit.

Mary, toute tremblante, referma les bras sur Diana.

— Oh ! milady, que vous a-t-il fait ? Comment allons-nous régler ce problème ?

Diana lui tapota gentiment le dos, puis s'écarta. Elle tenait les bras croisés pour se protéger du froid, qu'elle avait oublié un instant, serrée contre Bannaster. Elle était hésitante, en proie à une aspiration qu'elle n'avait encore jamais ressentie, comme si elle voulait quelque chose que seul cet homme pouvait lui donner.

— C'est ma faute, j'aurais dû frapper avant d'entrer, ajouta Mary en accomplissant ses tâches habituelles dans la chambre.

Elle suspendit un petit chaudron au-dessus du feu

pour chauffer de l'eau puis plia le linge, les mains tremblantes.

— Vous auriez pu me demander de partir, il ne m'aurait pas vue. Mais il… Oh ! milady, que se passera-t-il, s'il se rappelle m'avoir vue au château de Bannaster ? Il comprendra que vous étiez là-bas vous aussi et que nous sommes liées à son passé.

— J'ai vu son expression, Mary, la rassura Diana. Il se souvient seulement t'avoir vue à l'auberge. Tu m'as dit toi-même qu'il n'était pas souvent présent au château, et qu'il passait son temps à étudier avec le prêtre.

Mary confirma d'un hochement de tête, le regard vague, perdue dans ses souvenirs.

— Je sais ce que son frère aimait faire aux femmes. Est-ce que Lord Bannaster…

Elle s'interrompit, les larmes aux yeux.

Diana lui passa aussitôt un bras autour des épaules pour la réconforter. Mary avait reconstruit sa vie, après que le vicomte avait abusé d'elle. Mais elle n'oublierait jamais ce qu'elle avait subi.

— Non, Mary, tu ne dois plus penser à cette époque affreuse. Ce Lord Bannaster-là n'est pas comme son frère. Mais il a peur de sa propre nature, et je peux me servir de cette crainte pour le contrôler.

— Le contrôler ?

— Oui, tu comprends sûrement ? Il pourrait révéler à tout moment que je l'ai enfermé dans une geôle. Cependant, il a décidé de me punir autrement.

Mary jeta un coup d'œil un peu trop vif au drap qui lui dissimulait le corps.

— Une punition ? Mais vous avez dit… Enfin…

Il a une façon de vous regarder, quand il croit que personne ne le voit…

Diana lui tapota encore l'épaule et se détourna pour que Mary ne puisse voir sa perplexité. Elle entra de nouveau dans la bassine et prit un linge pour se laver les chevilles.

— Je ne crois pas qu'il veuille se comporter avec moi comme l'aurait fait son frère. Il essaye encore de découvrir pourquoi je l'ai gardé prisonnier. Maintenant qu'il vit parmi nous, il n'est que trop facile pour lui de constater quelles sont mes relations avec Cicely. Il voit bien que ma motivation n'était pas de protéger ma sœur. Il faut que je sois très prudente, Mary.

— Oh ! oui, milady, répondit sobrement cette dernière, en lui apportant l'eau chaude. Car je crains que vous n'éprouviez malgré vous des sentiments pour lui.

Diana trempa le linge dans l'eau, revigorée par la chaleur.

— Oh ! Mary, je ne comprends pas ce qui m'arrive !

— Vous pouvez lui résister, bien que cela ne soit pas facile. C'est un bel homme, mais vous finirez par faire abstraction de son apparence.

Comme si son apparence avait de l'importance, songea Diana, abattue. Tout en lui l'attirait, mais elle ne pouvait avouer cela à Mary. Poussant un soupir, elle hocha simplement la tête, tout en s'efforçant de prendre à cœur l'avertissement affectueux de sa servante.

— Tu ne dois pas avoir peur de lui, dit-elle un peu plus tard, alors que Mary l'aidait à s'habiller. C'est à moi qu'il en veut, parce que je l'ai emprisonné.

— Je le vois bien et je vous remercie de votre

bonté. Mais je ne veux pas que vous soyez seule pour le repousser.

— Je suis assez forte pour cela, rétorqua Diana, en serrant la ceinture autour de sa taille.

Elle glissa sa dague dessous et la cacha dans les plis de sa jupe, rassurée de la sentir sous ses doigts.

— Je me sentirai mieux si je n'ai pas à m'inquiéter pour toi, ajouta-t-elle.

— Très bien, milady.

Diana vit le doute dans ses yeux, mais elle ne pouvait rien faire de plus. Thomas Bannaster constituait un problème pour elle, et pour personne d'autre.

Elle se demanda ce qu'il avait prévu pour l'après-midi, et comment elle pourrait contrecarrer ses plans.

Cependant… Elle ne pouvait l'ignorer, n'est-ce pas ? D'autant plus que, si elle réussissait dans sa mission, elle trouverait une protection au sein de la Ligue. Peut-être en savait-elle déjà suffisamment pour leur envoyer les premières nouvelles le concernant. Dès ce soir, elle commencerait sa lettre.

Qu'allait-elle leur dire ? Bannaster l'espionnait, dans l'espoir de découvrir ses secrets et de la châtier. Malgré cela, elle ne cessait de penser à lui, à son corps, à ses lèvres sur ses seins, au plaisir qui avait surgi lorsqu'il avait pressé ses hanches entre ses jambes. Si bien qu'elle était à présent perdue, furieuse et angoissée. Comment allait-elle réagir, la prochaine fois qu'ils se retrouveraient en tête à tête ?

Elle allait néanmoins trouver quelque chose à leur raconter, se promit-elle.

***

Tard dans la matinée, Tom fut accueilli dans l'enclos d'entraînement avec des cris de joie par ses trois hommes d'armes. Les soldats des Winslow gardèrent une réserve prudente. Cependant, il avait passé sa vie d'adulte à faire ses preuves, et il savait qu'on l'accepterait encore une fois. Il avait remis ses vêtements sales, encore imprégnés de la poussière du cachot, et on lui trouva un haubert qu'il enfila pour se protéger. Une épée à la main, il se sentait mieux, plus en mesure de se contrôler. De plus, les soldats de Kirkby ignoraient son passé de prêtre novice et le considéraient seulement comme un noble.

Après avoir exercé ses muscles pendant une heure et s'être prouvé qu'il n'avait rien perdu de sa force et de son adresse, il finit par s'avouer qu'il essayait d'oublier ce qui s'était passé dans la chambre de Diana.

Il s'y était rendu dans l'intention de la déstabiliser. Il voulait qu'elle s'interroge sans cesse sur ses agissements, à quel moment il allait apparaître. Après tout, c'était par elle qu'il pouvait découvrir si la Ligue était présente à Kirkby Keep.

Mais Diana la guerrière s'était transformée en Diana, la femme aux courbes appétissantes, dont la peau douce et humide était à peine cachée par un bout de tissu.

Néanmoins, il avait vu les cicatrices et les hématomes laissés par l'entraînement.

Alors qu'il affrontait Talbot et que leurs épées se heurtaient, il se rendit compte que son esprit s'évadait.

Pourquoi s'exerçait-elle avec les hommes ? Quel était son but ? Cela ne l'aiderait pas à trouver un époux.

Pour lui, l'entraînement lui permettait de mener ses hommes, le préparait à défendre ses biens, qu'il s'agisse de son château ou de son pays. Mais Diana avait des soldats à son service. Et, bien qu'elle soit la maîtresse de Kirkby Keep, il n'était pas nécessaire pour elle d'avoir des compétences militaires.

Il s'était rendu dans sa chambre avec des questions, et dans un but précis. Tout cela s'était écroulé, car il n'avait pas pu maîtriser son envie de la toucher, de la provoquer. Lorsqu'elle avait essayé de se défendre, il avait fait usage de sa force pour obtenir ce qu'il voulait. Le goût de sa peau sur ses lèvres, son corps souple entre ses bras, son abandon. À cette pensée, sa gorge se noua d'amertume et de regret.

Irrité contre lui-même, il se défoula sur Talbot, lançant et abattant son épée, jusqu'à ce que son capitaine trébuche et tombe en arrière.

Tom se précipita alors vers lui ; Talbot lui prit la main et se releva. Puis il planta son épée dans le sol en secouant la tête et s'appuya sur la poignée.

— Votre maladie ne vous a pas affaibli, messire, fit-il remarquer, haletant.

Tom songea aux heures qu'il avait passées dans son cachot à s'exercer, afin de ne pas perdre ses forces.

— Je suis content de l'entendre.

Le souvenir de sa détention raviva ses inquiétudes au sujet de Diana. Il ne devait plus se conduire ainsi avec elle. Il n'apprendrait rien, si elle était tout le temps sur ses gardes. Certes, il ne renonçait pas à la séduire, puisqu'il savait qu'elle avait un faible pour lui. Elle succomberait à son charme sans qu'il ait beaucoup d'efforts à faire. Et il saurait enfin avec quel homme de la Ligue elle était en relation.

Cachée derrière un mur de l'écurie, serrant étroitement les pans de sa cape pour se protéger du vent glacial, Diana regardait Bannaster se battre à l'épée. La toute première fois qu'elle l'avait vu, c'était un garçon pâle et silencieux, séparé de sa famille par sa vocation religieuse. À présent, une épée à la main, il se battait avec une adresse et une intelligence telles qu'il était capable d'abattre des adversaires plus grands et plus massifs que lui.

Cet homme était taillé pour mener des soldats à la bataille. Il était capable de devancer son adversaire, d'anticiper ses réactions et d'anéantir ses efforts. Il avait appris à faire tout cela en quelques années à peine, alors que la plupart des hommes consacraient une vie entière à cet apprentissage.

Elle ne pouvait s'empêcher de l'admirer, reconnut-elle à contrecœur. Il était passé de l'état de prêtre novice à celui de vicomte. Il avait accompli cette transformation, tout en étant soupçonné de meurtre par ses pairs. Rien n'avait pu l'arrêter.

Il y avait donc une chose qu'elle pouvait annoncer à la Ligue. Cet homme avait de l'ardeur et de la persévérance. Bien sûr, il en avait donné la preuve récemment, en décidant d'épouser une femme qui ne voulait pas de lui. Mais à quoi bon avoir de la persévérance, si on ne l'utilisait pas à bon escient ?

Alors que le repas de midi approchait, les hommes cessèrent l'entraînement. Suivant la coutume, ils ôtèrent leurs vêtements pour se laver et se mirent torse nu. En été, ils s'aspergeaient avec des baquets d'eau fraîche, mais en hiver ils se nettoyaient à la hâte, pour se débarrasser de la sueur et de la poussière. Diana aurait dû quitter son poste d'observation, mais elle ne pouvait détacher les yeux de Bannaster.

Elle l'avait déjà vu à moitié nu. Il ne s'était pas privé d'exhiber son torse musclé quand il s'était lavé dans le cachot. Ce matin encore, elle était sûre qu'il aurait quitté ses vêtements en un clin d'œil, si elle le lui avait demandé.

Il l'avait tenue entre ces bras puissants, elle s'était agrippée à lui avec une sorte de désespoir, se pressant sans vergogne contre son corps.

Seigneur, songea-t-elle en fermant les yeux. Elle pria Dieu de lui donner la force d'aller au bout de sa mission sans commettre de folie.

Puis elle rouvrit les yeux, et son sang se glaça. Bannaster lui tournait le dos, et elle vit d'anciennes et abondantes cicatrices lui zébrer la peau. Visiblement, il avait reçu des coups de fouet. Ses propres hommes lui jetèrent des coups d'œil surpris, avant de se détourner rapidement.

Qui avait osé punir aussi cruellement le fils d'un vicomte ? Il avait dû perdre une quantité de sang stupéfiante ! Peu d'hommes se rétablissaient après un tel traumatisme, la plupart mouraient de leurs blessures. Pourtant, Bannaster avait un sourire pour toutes les personnes auxquelles il s'adressait, comme si son passé n'avait plus aucune répercussion sur sa vie présente.

Pendant le dîner, leur hôte s'arrangea de nouveau pour s'asseoir entre Cicely et elle. Diana décida alors d'avoir une conversation avec sa sœur plus tard et de se servir du comportement de cet homme pour lui démontrer qu'il n'était pas sérieux et ne serait pas un bon mari. Après tout, pourquoi voulait-il s'asseoir à côté d'elle, sinon pour provoquer des problèmes ?

Cicely n'accepterait pas cette vision des choses, c'était certain. Elle se dirait simplement qu'elle devait redoubler d'efforts pour lui plaire, et s'opposer à elle de toutes les façons possibles.

Diana allait devoir trouver un autre moyen de prouver que Bannaster n'était pas digne d'estime.

Malheureusement pour elle, ce dernier passa tout le dîner à leur raconter des anecdotes sur la vie à la cour. Cicely riait de bon cœur et poussait des exclamations de plaisir. Diana elle-même dut faire un effort pour demeurer impassible, et ne pas sourire.

Comment aurait-elle pu vouloir lui sourire, alors qu'elle ne parvenait pas à oublier ce qu'il lui avait fait ressentir le matin même ? Se comportait-il ainsi avec toutes les femmes qui lui faisaient envie ? Elle n'aimait pas penser à cela, car la jalousie ne faisait pas partie des sentiments qu'elle connaissait.

— Lord Bannaster, dit Cicely, avez-vous pensé à ce que vous vouliez faire, cet après-midi ? J'imagine que demain matin, vous accompagnerez les hommes à la chasse, pour le repas de Noël. Mais aujourd'hui…

Elle laissa sa phrase en suspens et le regarda en battant des cils, espérant visiblement qu'il l'invite à lui tenir compagnie.

— J'ai en effet un projet en tête, Lady Cicely, dit-il en reculant sa chaise pour s'adresser à elles deux en même temps.

Diana se tendit, aussitôt sur ses gardes.

— Il me semble juste, puisque j'ai passé la matinée en votre compagnie, de passer maintenant du temps avec votre sœur.

Diana vit sa sœur élargir les yeux de surprise, puis lui lancer un regard noir, dans le dos de Bannaster.

— Cela n'est pas nécessaire, messire, protesta aussitôt Diana. Je vais être très occupée par la préparation de Noël.

Cicely ouvrit la bouche pour répondre, mais Bannaster la devança.

— C'est pourquoi vous devez prendre le temps de vous détendre. N'oubliez pas que le roi m'a ordonné de faire votre connaissance, ainsi que celle de votre sœur.

— Je ne voudrais pas que vous le fassiez uniquement parce que vous y êtes obligé, déclara Diana, les dents serrées.

Cicely sourit, songeant visiblement que leur désaccord jouait en sa faveur.

— Ridicule, rétorqua-t-il. Lady Cicely m'a fait visiter l'ensemble du château. Vous pourriez me faire découvrir la campagne environnante. Et puisque vous éprouvez le besoin d'occuper utilement votre temps, nous chercherons du gui et du houx pour décorer le hall.

Quand il prononça le mot gui, le visage de Cicely devint si rouge, que Diana pensa qu'elle était sur le point d'exploser.

— Le veneur m'a demandé de jeter un coup d'œil à l'arbre qu'il a choisi pour découper la bûche de Noël, reprit Diana. Vous pourrez m'accompagner, si vous le souhaitez.

De cette façon, il n'aurait aucune chance de se

retrouver seul avec elle. Ce qui était une solution satisfaisante pour Cicely autant que pour elle.

— C'est parfait, répondit-il en souriant.

Puis il se tourna vers Cicely et la calma en lui accordant toutes ses attentions.

Aller récolter du gui, vraiment…, songea Diana, en s'efforçant de dissimuler son irritation.

Chapitre 11

Tom aurait préféré avoir Diana pour lui seul. Mais il savait que cette excursion était destinée à montrer aux occupants du château qu'il courtisait les deux sœurs. Ils se mirent donc en route, précédés par le veneur et son apprenti, suivant dans la forêt un chemin qui grimpait en pente douce vers les landes lointaines.

Diana, qui montait à cheval comme un homme, garda le silence. Ses jupes découvraient un peu ses mollets et révélaient le haut de ses bottes, mais elle ne semblait pas en avoir conscience. Tom se surprit à lui lancer quelques regards à la dérobée, dans l'espoir d'en voir davantage.

Comme s'il n'en avait pas vu bien plus le matin même !

Son impression de malaise s'accentua. Diana lui avait à peine adressé la parole depuis cet épisode, et il comprenait pourquoi. Mais il ne savait comment aborder le sujet avec elle, ni comment la convaincre qu'il n'avait pas voulu utiliser la force.

Car il n'était pas comme son frère.

— Ce cheval est beau, commença-t-il d'un ton nonchalant, plissant les yeux pour se protéger des rayons de soleil qui s'infiltraient entre les branches nues des arbres.

— Oui.

Il lui lança un coup d'œil, mais elle ne regardait pas dans sa direction.

— J'avais un cheval pendant mon voyage, ajouta-t-il, conscient que les deux hommes qui les précédaient pouvaient saisir des bribes de leur conversation. J'ignore ce qu'il est devenu, après mon brusque accès de fièvre.

Elle finit par croiser son regard, et la lueur qu'il vit dans ses yeux le toucha un peu trop profondément.

— Un gentil fermier l'a peut-être trouvé et accueilli dans son écurie, en attendant de retrouver son propriétaire.

Il esquissa un sourire en coin, comprenant qu'elle avait mis sa monture en lieu sûr. Elle aurait difficilement pu le ramener dans sa propre écurie, car ses valets lui auraient posé des questions embarrassantes.

— C'est une idée. Je partirai à sa recherche après les fêtes.

Elle acquiesça d'un hochement de tête et fixa de nouveau son attention sur la route.

Le soleil réchauffait la campagne, et elle ne portait pas son capuchon. La brise soulevait légèrement ses boucles blondes, retenues par un ruban.

L'attention de Tom revenait sans cesse vers elle. Plus il résistait, plus il avait du mal à ne pas contempler son profil pur, et la façon dont elle concentrait son regard sur la ligne des Pennines, au loin.

La pente devenait de plus en plus escarpée, et la route était encombrée çà et là d'amas de rochers. Les chevaux avançaient lentement, et Tom fit en sorte qu'ils se retrouvent tous deux assez loin derrière les serviteurs pour que ceux-ci ne puissent les entendre.

— Lady Diana…, commença-t-il d'un ton plus formel qu'il n'en avait eu l'intention.

— Nous devrions accélérer l'allure, répondit-elle en lui lançant un regard aiguisé.

— Accordez-moi un instant. Ce matin, j'ai dépassé les bornes qu'un gentleman se doit de respecter. Je veux que vous sachiez que je ne vous importunerai plus jamais de manière aussi brutale, en dépit de nos positions d'adversaires.

Elle l'observait à présent avec beaucoup d'attention.

— Qu'est-ce que cela signifie ?

— Quels qu'aient été vos agissements, vous ne méritez pas que je vous impose une relation sentimentale.

— Sentimentale ? répéta-t-elle, sarcastique. Je n'ai rien trouvé de sentimental dans le fait d'avoir les bras maintenus dans le dos !

Tom éprouva une bouffée de colère.

— Il m'est difficile de vous traiter comme une dame, alors que vous ne vous êtes pas comportée comme telle envers moi.

Elle ouvrit la bouche pour protester, mais il ne lui en laissa pas le temps.

— Mais je n'utiliserai pas le fait d'avoir été retenu prisonnier pour excuser ma conduite. Ne vous méprenez pas… J'ai toujours l'intention de vous séduire.

Diana entrouvrit de nouveau les lèvres mais parvint à se maîtriser et à tenir sa langue.

— Quand j'y serai parvenu, poursuivit-il, vous me désirerez autant que je vous désire. Sans que j'aie besoin de vous forcer. Vous découvrirez dans mon lit un plaisir que vous n'avez jamais connu.

Il la vit inspirer longuement. Ce fut le seul signe qu'elle donna, pouvant suggérer qu'elle luttait pour contenir sa colère.

— Vous êtes un homme étrange, finit-elle par dire à mi-voix. Vous prenez ce que vous voulez et, ensuite, vous demandez pardon. Votre conscience vous reprocherait-elle encore certaines transgressions passées ?

Il serra les mâchoires.

— En effet, celles-ci m'ont fait comprendre beaucoup de choses. Nous apprenons tous de nos erreurs.

— Ce n'est peut-être pas votre conscience qui vous inquiète, mais votre lignée ?

— Précisez votre pensée, demanda-t-il en fronçant les sourcils.

— Même ici, dans le nord, nous avons entendu parler du comportement odieux de votre frère. C'est l'une des raisons pour lesquelles je ne veux pas que Cicely vous épouse. Et vous me confortez dans cette attitude. Pourquoi devrais-je croire que vous parvenez à contrôler votre colère ou vos désirs, alors que votre frère en était incapable ? Après tout, vous venez juste de déclarer que vous me punirez en vous efforçant de me séduire !

Diana était consciente de s'aventurer en terrain dangereux en abordant le sujet du vicomte défunt, alors que Bannaster avait vu Mary quelques heures auparavant. Mais la Ligue voudrait savoir s'il était semblable à son frère sur ce point, et elle devait prendre le risque de le questionner.

Bien qu'elle ait été stupéfaite de l'entendre s'excuser de sa conduite.

Cela montrait au moins qu'il avait une conscience. Elle ne s'y attendait pas. Elle avait essayé de rester au même niveau que les serviteurs, au cas où il aurait considéré cette promenade comme une occasion de la séparer de ses hommes d'armes. Elle avait même redouté de s'éloigner de Kirkby Keep en sa compagnie. Si seulement elle connaissait ses intentions envers elle, en dehors du fait qu'il voulait la séduire !

Combien de temps encore supporterait-elle d'attendre qu'il la dénonce ?

— Mon frère n'a jamais fait le moindre effort pour contrôler ses plus bas instincts, finit-il par concéder d'une voix étranglée. Il m'a fallu très longtemps pour comprendre quel genre d'homme il était, et pour essayer de réparer le mal qu'il avait fait. Quand j'étais novice, j'ai espéré que, si je priais suffisamment pour lui, Dieu le ferait changer. Mais mes prières sont demeurées sans effet, comme dans tant d'autres domaines. Après sa mort, les femmes du château de Bannaster ont continué de souffrir de ses actes passés.

— Cependant, quelqu'un avait exaucé vos prières concernant votre frère, dit-elle sèchement.

— Mais ce n'était pas Dieu. Vous ne pensez donc pas que c'est moi qui l'ai tué ?

Elle haussa les épaules, consciente de s'aventurer dans un domaine délicat. Parfois, elle se reprochait de ne pas éprouver suffisamment de culpabilité pour le rôle qu'elle avait joué dans la mort du vicomte. Elle avait tout de même tué un homme, même si c'était pour se défendre. Et l'homme qui se trouvait actuellement en sa compagnie avait dû faire face à tous les soupçons, pour le crime qu'elle avait commis.

Pendant plusieurs minutes elle garda le silence, s'appliquant à baisser la tête pour éviter les branches basses. Le soleil pénétrait peu dans la forêt, et elle resserra le col de sa cape pour se protéger du froid. Elle n'avait aucune envie de parler de la mort du vicomte, mais elle devait le faire, afin de dissiper les soupçons de Tom.

— Vous n'avez pas l'allure d'un meurtrier, concéda-t-elle prudemment. Comment vous y êtes-vous pris, pour réparer tout le mal qu'il avait fait à ses servantes ?

Il ne croisa pas son regard, gardant les yeux fixés sur le chemin étroit et tortueux. Sa cape garnie de fourrure flottait sur ses larges épaules, et il avait rabattu le bord de son chapeau sur son front.

— Mon frère avait semé de nombreux bâtards parmi les servantes du château, dit-il après quelques secondes. Je me suis assuré que ces femmes ne manqueraient jamais de rien… et que leurs enfants bénéficieraient toute leur vie de ma protection.

Les considérait-il comme des nièces et des neveux ? se demanda Diana. Tous les nobles avaient des bâtards, et ils n'en reconnaissaient généralement que quelques-uns.

— J'ai aussi annoncé que les servantes auxquelles il avait fait du mal garderaient une place à vie au château de Bannaster, poursuivit-il. Néanmoins, plusieurs d'entre elles ont préféré partir et laisser ces terribles souvenirs derrière elles. Je leur ai donc trouvé de nouveaux emplois, dans d'autres propriétés m'appartenant, ou dans des manoirs voisins.

— Attendez-vous de moi que je loue votre générosité ?

La réflexion parut le déstabiliser.

— Non, ce que j'ai fait ne regarde que moi. Je réponds simplement à vos questions.

— Espérez-vous me prouver, grâce à la bonté dont vous avez fait preuve envers ces femmes, que vous feriez un bon époux pour Cicely ? Alors qu'en même temps vous admettez avoir l'intention de me séduire ?

Il eut un sourire amer.

— Vous ne faites pas de quartier, n'est-ce pas, Diana ?

— Je n'en ai pas les moyens. Je vous ai dit que je protégerai ma sœur à tout prix. Vous n'êtes sans doute pas un meurtrier, et vous avez essayé de réparer le mal que votre frère avait fait à ces femmes. Cependant, je ne peux approuver ce que vous faites ici.

— Je ne suis pas marié, ni fiancé, avec votre sœur. Ce que je fais avant de m'engager avec elle n'a aucune importance.

— Vous avez beaucoup à apprendre en ce qui concerne les femmes, Bannaster. Il est vrai que vous n'avez que quelques années d'expérience avec elles. Quelquefois, cela se voit.

Piquant de ses éperons les flancs de sa monture, elle accéléra, et il se retrouva à la queue de la petite procession qu'ils formaient dans la forêt.

Le chemin se stabilisa et devint plus régulier. L'ombre était plus dense sous les chênes centenaires. Le veneur désigna alors plusieurs arbres, pour que Diana les inspecte. Elle aurait préféré se concentrer sur son problème avec Bannaster, mais elle devait accomplir son devoir de maîtresse du domaine.

De plus, Noël approchait, et elle ne pouvait remettre à plus tard les préparatifs.

Ils finirent tous par tomber d'accord et choisir un chêne se trouvant sur un terrain relativement plat, et assez dégagé pour que le veneur et son apprenti aient de la place. Le veneur apporta une longue scie munie d'une poignée à chaque extrémité, qu'il avait soigneusement enveloppée pour l'accrocher à sa selle.

— Vous allez couper la bûche maintenant, alors que vous avez si peu d'hommes avec vous ? demanda Bannaster, dérouté.

Peter, le jeune apprenti, qui n'était encore qu'un gamin, pouffa de rire.

Le veneur arqua les sourcils, et le garçon étouffa aussitôt son rire.

Diana sourit.

— Pourquoi ris-tu, Peter ?

Le garçon ne devait pas craindre beaucoup son maître, car son sourire réapparut.

— Parce qu'il lui plaît de prouver sa force en abattant un grand arbre, milady.

Le veneur se contenta de secouer la tête, en enlevant son manteau.

— Il faut bien que quelqu'un s'en charge, milady. Cela fera une bonne leçon pour ce garçon qui apprendra comment s'y prendre. J'enverrai des hommes avec un chariot pour le ramener à Kirkby Keep.

Diana coula un regard à Bannaster. Celui-ci regarda avec intérêt le veneur et son apprenti s'emparer chacun d'une extrémité de la scie et se placer de part et d'autre du grand arbre. Ils commencèrent à scier, chacun ramenant la lame vers lui-même, d'un mouvement puissant.

Le garçon était loin d'avoir la force et l'adresse de son maître, néanmoins Diana fut impressionnée par sa détermination.

Au bout d'un moment, Peter sembla perdre de son énergie, et le veneur lui accorda un temps de repos.

Bannaster s'approcha d'eux.

— Puis-je prendre la place du garçon ? suggéra-t-il. À moins, bien sûr, que vous n'ayez aussi besoin de vous reposer.

L'homme le dévisagea et finit par acquiescer d'un signe de tête.

— Si vous vous en sentez la force, messire.

De toute évidence, il ne pensait pas qu'un noble pouvait avoir autant d'endurance qu'un travailleur. Tandis que Peter balayait la neige accumulée sur un rocher pour s'asseoir et boire le contenu de sa gourde, Bannaster ôta sa cape.

Puis ils reprirent le travail au même rythme. Le bruit de la scie résonnait dans la forêt, accompagné par celui de leur respiration. Diana s'attendit à ce que l'un d'eux demande à faire une pause, mais cela ne se produisit pas.

Elle sourit à Peter et l'interrogea sur les leçons de lecture qu'il prenait avec une veuve du village, mais à aucun moment elle ne détacha les yeux des deux hommes. En réalité, c'était Bannaster qu'elle regardait. Elle était hypnotisée par le rythme de ses mouvements, par ses jambes solidement plantées sur le sol, par ses épaules aux muscles saillants. Des gouttes de sueur roulaient sur son visage, mais il n'y prêtait pas attention. Son regard demeurait fixé sur la scie.

Diana finit par s'asseoir à côté de Peter qui lui sourit.

Au bout de plusieurs minutes, elle s'aperçut que les jambes du veneur se mettaient à trembler, et peu de temps s'écoula avant qu'il ne demande à faire une pause.

Les deux hommes se redressèrent alors lentement, avec des mouvements raides, et échangèrent un sourire.

— Messire, voulez-vous que je remplace Lord Bannaster ? lança Peter.

Les deux hommes rirent doucement.

— Non, Peter. Laisse-moi juste un moment de repos.

Diana s'efforça de feindre l'indifférence tandis que Bannaster ôtait sa tunique, révélant sa chemise trempée de sueur et plaquée sur sa peau. Le tissu tombait assez bas sur son corps, par-dessus les hauts-de-chausses qui le garantissaient du froid. À sa grande consternation, il vint prendre la place de Peter sur le rocher et se renversa en arrière, en appui sur les coudes. Sa poitrine se soulevait au rythme de sa respiration, et elle sentit la chaleur qui émanait de son corps.

Ils regardèrent en silence le veneur qui examinait la brèche creusée dans le tronc. L'entaille était profonde, mais le chêne n'était pas encore près de tomber.

— Peter ! lança Bannaster. Peux-tu aller me chercher ma gourde ?

Le garçon détacha la gourde de la selle et la lui apporta avec un sourire timide.

Bannaster la prit, en ébouriffant gentiment les cheveux du gamin. Diana tenta de s'interdire de le regarder déboucher la gourde de cuir et boire de longues gorgées de bière. Elle vit néanmoins le mouvement de sa gorge et suivit le chemin d'une goutte qui roula le long de son cou, avant de se perdre dans le col de sa chemise. Quand il posa les yeux sur elle, elle se détourna.

— Peter, viens ! ordonna le veneur.

Lorsque l'apprenti le rejoignit, ils soulevèrent la scie puis s'éloignèrent.

Lorsqu'ils furent assez loin, Bannaster murmura, d'un ton narquois :

— Vous ne voulez pas essayer ? Pour prouver de quoi vous êtes capable ?

Diana fronça les sourcils, d'un air dédaigneux.

— Contrairement à certaines personnes, je n'ai rien à prouver.

Il rit et but de nouveau.

— Je ne pouvais pas rester là, et les regarder faire tout le travail.

Il lui adressa un sourire qui ne plut pas beaucoup à Diana.

— Malgré votre entraînement sur le terrain de joutes, vous pouvez être très féminine quand vous le voulez, ajouta-t-il d'un ton détaché.

— J'imagine que vous n'êtes pas très difficile, en la matière.

Il arqua les sourcils.

— Vous mettez-vous au niveau de n'importe quelle femme ? Même d'une donzelle sur les quais de Londres ? Et supposez-vous que je peux être attiré par n'importe quel jupon ? Ce n'est pas très flatteur.

— Je n'ai pas dit cela du tout, rétorqua-t-elle, crispée. C'est vous-même qui avez dit, il y a une heure, qu'il était difficile de me traiter comme une dame.

— Je me demande pourquoi, marmonna-t-il, sarcastique, en se levant. C'est mon tour ! lança-t-il au veneur.

Diana resta seule, à fulminer intérieurement. Pourquoi

passait-elle son temps à le narguer, et à répondre à ses remarques ? Ce n'était pas prudent, cet homme tenait son sort entre ses mains.

Peu de temps après, le tronc se rompit dans un grand craquement. Bannaster tira vivement Peter en arrière alors que le chêne s'abattait, entraînant avec lui les branches nues des arbres voisins. Le garçon lui fit un grand sourire, et ils se serrèrent la main avec satisfaction.

Diana savait qu'avec un tel arbre, ils auraient du feu dans la cheminée de la grande salle, au moins pendant les douze jours que durait la fête de Noël. Avec un peu de chance, elle pourrait mettre cette période à profit pour comprendre ce que Bannaster avait en tête, effectuer sa mission auprès de la Ligue, et renvoyer le vicomte chez lui, sans épouse ni maîtresse.

Peut-être aussi, pourrait-elle le persuader d'enterrer les secrets. Mais pour cela, il fallait qu'elle sache où elle en était avec lui. Elle ne pouvait plus se comporter lâchement, en attendant qu'il prenne sa revanche.

Ce soir-là après le souper, elle décida de remplacer les jeux de société et les conversations par de la musique. Elle avait engagé des ménestrels qui jouaient pendant que les valets décoraient le hall. Les villageois et les fermiers vinrent en foule partager le repas du soir et observer avec curiosité Lord Bannaster qui, vêtu de ses élégants vêtements londoniens, leur faisait sa cour. Cicely portait l'une de ses plus belles robes, tandis que Diana s'était habillée de sombre, comme à son habitude. Elle n'avait personne à impressionner.

Surtout, elle voulait décourager un homme en particulier.

Comment osait-il prétendre qu'il parviendrait à la séduire et qu'elle succomberait avec plaisir ! Et ajouter aussitôt après qu'il avait l'intention de tenir aussi compagnie à Cicely ? Il avait cependant promis de ne pas tenter de séduire cette dernière, et c'était heureux, car cela aurait directement abouti à un mariage, surtout si sa sœur avait son mot à dire.

Debout près de Cicely, l'intéressé se pencha pour entendre ce qu'elle disait, tandis que les accents joyeux de la flûte, de la harpe et du tambourin résonnaient dans la salle.

Connaissant sa cadette, Diana n'aurait pas été étonnée de la voir prendre l'initiative de la séduction. Pour autant qu'elle le sache, Cicely était toujours vierge. Mais elle considérait Bannaster comme sa dernière chance pour accéder au mariage. Qu'était-elle capable de faire, par désespoir ?

Non, elle ne pouvait plus attendre. Il fallait qu'elle découvre quelles étaient les intentions du vicomte. Elle n'avait plus que cette soirée pour le faire.

Les serviteurs et les villageois dressèrent des échelles pour décorer la cheminée, les tapisseries et les balustrades avec des bouquets de gui et de houx. Diana observa leurs visages heureux, et essaya en vain de se rappeler le temps où elle avait vécu cette saison de fêtes dans l'innocence et la paix. Cette année, elle était trop assaillie par l'inquiétude pour partager la joie ambiante.

Elle fut sortie de sa rêverie par l'apparition de Mary. Celle-ci demeura devant la porte du couloir menant à l'office, le visage dévasté par l'angoisse.

Diana s'approcha d'elle et lui sourit, posant une question dont elle devinait déjà la réponse :

— Cette période de l'année est celle que tout le monde préfère. Pourquoi ne participes-tu pas à la décoration de la salle, avec les autres ?

— Le vicomte m'a reconnue, milady, répondit Mary à voix basse, comme si elle craignait que Bannaster ne l'entende, en dépit du joyeux brouhaha qui régnait dans la grande salle. Je ne tiens pas à réveiller chez lui des souvenirs plus anciens.

— Et Joan ? Quelle excuse a-t-elle trouvée pour ne pas venir ?

— Elle a décidé de rester dans les cuisines tant que le vicomte serait au château. S'il nous voit toutes les deux… S'il se rappelle que nous étions au château de Bannaster…

Diana hocha la tête, et ses propres inquiétudes assombrirent ses pensées.

— Je comprends. Je regrette qu'il en soit ainsi. Noël devrait être un moment de joie pour tous.

— Je serai heureuse une fois qu'il sera reparti.

— Moi aussi.

— Comment s'est passé votre après-midi en sa compagnie ? Vous a-t-il courtisée ?

Diana lui lança un coup d'œil acéré, mais Mary n'essayait pas de la taquiner.

— Il s'est excusé et a affirmé que la scène de ce matin ne se reproduirait plus.

— Vraiment ? s'exclama Mary, pleine d'espoir.

Diana n'avait pas l'intention d'en dire davantage. Mais Mary était la seule personne de son entourage à qui elle avait toujours dit la vérité et confié ses craintes, aussi poursuivit-elle :

— Il a toutefois ajouté que… qu'il essaierait tout de même… de me persuader.

— De l'épouser ?

Diana fit non de la tête.

— Oh ! dit Mary en se renfrognant. C'est donc cela. Il vous désire.

— Et je me demande bien pourquoi, après ce que je lui ai fait ! Je crains qu'il ne considère cela comme un châtiment mérité.

Mary la dévisagea, surprise.

— Vous ne comprenez pas pourquoi, milady ? Eh bien, pour commencer, vous êtes une jolie femme.

Diana leva les yeux au ciel.

— Vous n'avez pas la beauté classique de votre sœur. Mais vous avez une jolie peau crémeuse, des traits fins, des yeux intelligents. Et bien d'autres choses encore. Un homme est susceptible d'oublier sa colère, si celle qui lui a fait du tort accueille favorablement ses attentions.

Étonnée, Diana sentit ses joues s'enflammer comme si elle avait rougi.

— Je serai obligée de le laisser essayer, Mary, chuchota-t-elle. Car il peut… me contrôler. Et tu sais ce qu'ont demandé mes… maîtres.

— N'avez-vous pas encore assez d'éléments pour leur répondre ?

Diana secoua la tête et regarda une fois de plus autour d'elle pour s'assurer que nul ne pouvait les entendre. Cicely et Bannaster dansaient devant la cheminée. Main dans la main, ils tournoyaient entre les autres couples.

Le cœur de Diana se serra quand elle vit l'expression de bonheur sur le visage de sa sœur.

— Rien ne prouve qu'il a changé, ou que nous pouvons lui faire confiance.

— Vous parviendrez à le savoir. Tôt ou tard.

— En attendant, je devrai supporter sa présence et m'inquiéter de mon propre sort.

— Est-ce vraiment une souffrance ? demanda Mary à mi-voix. N'est-ce pas plutôt de l'angoisse que vous ressentez, car cet homme vous attire comme nul autre ne l'a encore fait ?

Diana croisa frileusement les bras et appuya son épaule contre le mur.

— J'espère que tu es seule à deviner mes tourments.

— Personne ne vous connaît aussi bien que moi, milady.

— Personne ne se soucie de moi, ajouta Diana, presque malgré elle.

— Sauf lui, riposta Mary, en désignant Bannaster du menton.

Diana poussa un grognement et ferma les yeux.

— Il vient, souffla Mary.

Elle s'éclipsa aussitôt, et Diana se redressa. Elle croisa le regard amusé de Bannaster et espéra donner une impression de parfaite indifférence. Une telle attitude lui paraissait de plus en plus difficile. Comment ses sentiments pouvaient-ils passer alternativement de la colère à la suspicion, de la réserve au désir ?

Comment un simple contact de sa main pouvait-il la transformer ? Tellement d'actions et de mensonges les séparaient ! Elle ne souhaitait pas en venir à bout. Bannaster resterait ici quelques jours, peut-être même quelques semaines, ensuite il partirait. Après avoir épousé Cicely.

Elle, eh bien, elle continuerait de vivre seule, avec son statut secret de membre de la Ligue. Ce qui la distinguait de toutes les autres femmes.

À condition que Bannaster lui accorde la liberté.

— Du plus loin qu'elle me voie, votre servante se sauve comme un petit lapin apeuré, dit-il avec un vague sourire.

Ils se trouvaient à l'écart, cependant Cicely les observait de loin, un sourire figé sur les lèvres, mais le regard froid.

— Mary a peur de vous, bien que votre désir de revanche ne soit concentré que sur moi.

Il s'adossa au mur, à côté d'elle, en soupirant.

— Vous ne dansez pas ?

— Que voulez-vous ? riposta-t-elle.

Il lui prit la main et se pencha pour y déposer un léger baiser.

— Vous savez ce que je veux.

Elle sentit ses lèvres chaudes sur sa peau ; peut-être même l'effleura-t-il du bout de la langue. Elle retira vivement sa main, et il posa sur elle un regard rieur.

— Une danse.

— Nous n'avons pas décidé d'une trêve, après que vous avez présenté vos excuses.

— Non. Mais que penseront vos gens, si leur noble visiteur néglige une sœur par rapport à l'autre ?

— Ils penseront que vous n'êtes pas un noble, mais un goujat.

— Je ne peux les laisser croire cela ! protesta-t-il, l'air offusqué.

Diana laissa son regard glisser sur ses vêtements.

— Vous attachez trop d'importance aux apparences.

— Votre flèche m'atteint en plein cœur, répondit-il en posant la main sur sa poitrine. Vous aussi, vous aimeriez vous parer de jolis atours, si vous aviez été obligée de porter une soutane noire pendant des années.

La curiosité de Diana l'emporta sur sa réserve.

— Vous l'avez portée dès que vous avez prononcé vos vœux en tant que novice ?

— Avant cela, même. Mes parents pensaient que je devais m'habituer le plus tôt possible à la vie austère d'un prêtre, afin de ne pas trop regretter le confort qu'apporte le luxe lorsque je devrais y renoncer.

— Que voulez-vous dire ?

Il haussa les épaules.

— Aussi loin que je me souvienne, je n'ai jamais eu de tapis pour réchauffer ma chambre. Je n'avais droit qu'à une simple couverture sur un lit nu et à des livres de prières, quand d'autres avaient des recueils de poésie.

Diana songea au livre qu'il destinait à Cicely, et qu'il ne lui avait pas encore offert.

— Vous exagérez.

Il sourit, mais elle eut la conviction qu'il n'y avait aucune exagération dans ses paroles. Cette pensée l'horrifia.

— Vous… Vous n'étiez pas traité comme le fils d'un vicomte ?

— J'avais la protection de mon père, répondit-il d'un ton plat, en se tournant pour regarder dans la salle.

Sa protection ? Elle avait pourtant vu la trace des coups de fouet sur son dos.

Il esquissa un sourire en voyant les hommes appuyer

une échelle contre la cheminée pour y accrocher un bouquet de gui.

— Après tout, reprit-il, grâce à moi la famille allait avoir un pied dans l'église. Or, tout le monde sait que celle-ci peut permettre à un noble ayant de bonnes relations d'acquérir un immense pouvoir.

— Mais obliger pour cela un enfant à mener une vie de prêtre…

Quel âge avait-il, quand il avait reçu ces coups de fouet ? Elle n'osa pas le questionner. Il était devenu vicomte à dix-huit ans, et personne ne pouvait l'avoir frappé par la suite. Elle comprenait un peu mieux à présent son amour des beaux vêtements.

Il haussa les épaules avec désinvolture.

— Mon père avait décidé que je n'avais pas besoin de camarades, ni d'aller à l'école, comme les autres enfants de la noblesse. Ma mère se soumettait à son autorité.

— Une mère n'a pas souvent le choix, s'entendit-elle murmurer.

Il la dévisagea avec curiosité. Elle ne voulait pas compatir à sa douleur, ni partager de souvenirs avec lui. En revanche, cette conversation un peu embarrassante pouvait le pousser à se confier à elle, à en révéler davantage sur sa personnalité…

— Que faisait votre mère ? s'enquit-il d'un ton neutre.

— Elle était bonne envers moi. C'est moi qui me rebellais contre la vie trop simple qu'elle menait.

— Vous êtes toujours aussi entêtée, me semble-t-il. Du moins, si j'en crois mon expérience.

Elle le considéra d'un air circonspect, et il éclata de rire, renversant la tête en arrière. Ce qui attira une fois de plus le regard de Cicely. Contrariée, Diana réprima une grimace.

— Vous avez presque l'air admiratif, déclara-t-elle, le raillant une fois de plus.

Ce qui était totalement contraire au bon sens.

— J'admire beaucoup de choses chez vous, admit-il en laissant son regard s'attarder sur les courbes de son corps. En revanche, je n'apprécie pas l'impulsivité qui vous a poussée à m'emprisonner.

Certes, elle avait toujours été impulsive, reconnut-elle à regret.

— Et votre père ? enchaîna-t-il. Vous deviez sûrement l'admirer, puisqu'il avait accédé à votre désir ridicule de vous comporter comme un homme.

Diana se raidit.

— Il n'y a rien de ridicule à vouloir apprendre à se défendre, et à développer sa force ! De plus, comme je vous l'ai expliqué, il ne m'a pas accordé cette permission uniquement pour me faire plaisir.

— Vous avez dû en être blessée.

Il avait vu juste, et cela irrita Diana.

Un silence embarrassé s'installa entre eux. Ils regardèrent les ménestrels qui se préparaient à jouer un nouveau morceau. Soudain, Bannaster lui prit la main et l'entraîna vers eux.

— Dansez avec moi, proposa-t-il, avec un sourire à la fois joyeux et diabolique.

— Vous ne me laissez pas le choix, rétorqua-t-elle avec un sourire contraint. Que ferez-vous, si je refuse ? Vous révélerez mes secrets ?

Il lui tenait les deux mains à présent et la fit tournoyer sur elle-même plusieurs fois. Étourdie, elle resserra les doigts sur lui pour éviter de perdre l'équilibre. Ses mains étaient chaudes et durcies par des cals.

— Non, je ne m'y prendrai pas comme cela, répondit-il en l'attirant vers lui, puis en la repoussant, au rythme de la musique. J'utiliserai mon avantage pour de meilleures raisons.

Il lui glissa un bras autour de la taille, et elle dut l'accepter, car ils formaient un cercle avec les autres danseurs. Du coin de l'œil, elle aperçut de nombreux regards approbateurs et elle se plut à croire que ces gens souhaitaient son bonheur. La défendraient-ils, s'ils savaient que cet homme la menaçait ?

Puis elle vit Cicely, devant la cheminée. Un chevalier à la haute stature se tenait auprès d'elle.

Elle fit quelques pas avec les autres danseurs et se trouva de nouveau en face de Cicely. En proie à une soudaine frayeur, elle se demanda jusqu'où irait sa sœur, pour obtenir ce qu'elle voulait.

Alors qu'elle tournait dans l'autre sens, elle eut la surprise de sentir les lèvres de Bannaster contre sa tempe.

— Je connais une alcôve secrète où est suspendu un bouquet de gui pour les amoureux, chuchota-t-il.

Elle lui marcha volontairement sur le pied et sourit en le voyant grimacer de douleur.

— Dans ce cas, je vous suggère d'aller vous embrasser tout seul, déclara-t-elle.

Chapitre 12

Diana entra dans la chambre de Bannaster et referma la porte derrière elle. Les braises qui crépitaient doucement dans l'âtre projetaient sur les murs des ombres inquiétantes. Elle demeura figée sur le seuil un instant, en proie à mille questions. Puis elle chassa ses appréhensions.

Elle ne voulait plus avoir peur, ni craindre de voir le pire se produire.

Elle traversa silencieusement la pièce, s'arrêtant à chaque pas, pour éviter de faire craquer les planches inégales. Les méthodes acquises avec la Ligue étaient si profondément enracinées en elle qu'elle ne se rendit pas compte tout de suite qu'elle les appliquait. Parvenue au milieu de la chambre, elle se rappela qu'il n'était pas nécessaire d'être aussi discrète, puisqu'elle voulait réveiller Bannaster.

Elle se pencha au-dessus du lit et le regarda. Il avait remonté les couvertures et l'édredon sur sa tête pour se protéger du froid. Elle voyait ses cheveux bruns, son front…

Et ses yeux qui brillaient dans la lueur projetée par le feu.

Il se redressa en rejetant les couvertures, lui agrippa les épaules et la fit basculer sous lui. Diana se retrouva prisonnière des couvertures, et il posa le bras sur sa poitrine pour la maintenir immobile. Lorsqu'elle sentit la pointe de la dague sur son cou, elle retint son souffle sans faire mine de se débattre.

— Qui êtes-vous ? Et que…

Il s'interrompit brusquement et écarquilla les yeux.

— Diana ?

Elle poussa un soupir de soulagement en sentant la dague s'éloigner.

— Oui, c'est moi. À moins que vous ne me preniez pour un homme ?

Il jeta la dague sur le sol mais demeura au-dessus d'elle. Une moitié de son visage était dans l'ombre, l'autre moitié à peine éclairée par les braises rougeoyantes. Il semblait furieux. Il pesait sur elle de tout son poids, les mains solidement fixées de part et d'autre de ses épaules, et la regardait.

— J'aurais pu vous blesser, dit-il d'une voix dure.

— Je ne me serais pas laissé faire.

Il ferma brièvement les yeux et ajouta, les dents serrées :

— Comment m'auriez-vous arrêté ?

Elle souleva le genou mais orienta le coup vers sa cuisse, non entre ses jambes.

Il tressaillit.

— Comme cela. Mais j'aurais mieux visé. Allez-vous me libérer, et me laisser parler ?

— Avec vos vêtements sombres et vos cheveux couverts, je ne pouvais pas vous reconnaître, dit-il, exaspéré.

Visiblement, il avait du mal à se remettre de sa frayeur.

— Je ne voulais pas qu'on me voie entrer, expliqua-t-elle. Je n'en avais pas après vous. Et pourquoi craignez-vous autant de me faire du mal ? Maintenant, lâchez-moi, avant que ce ne soit moi qui vous blesse !

Elle le vit changer d'expression. Il passa en un instant de la colère et l'exaspération, à la passion. Ses paupières s'abaissèrent, son regard s'assombrit. Décidément, les hommes ne pensaient-ils qu'au sexe et au combat ?

— Je ne suis pas venue pour cela ! se hâta-t-elle de préciser.

— Je vous ai prévenue que je voulais vous séduire, et vous voilà, répondit-il d'une voix rauque. Rien de plus facile.

Il se pencha sur elle et enfouit le visage dans son cou. Choquée, Diana se détourna et tenta de se dégager, alors que les lèvres de Tom traçaient sur sa peau un sillon brûlant.

— Je dois vous parler ! cria-t-elle, en soulevant les hanches pour le repousser.

Loin d'être découragé, il se pressa contre elle avec un grognement sourd. Elle frissonna, et une sensation délicieuse se propagea dans son ventre.

— Vous m'aviez promis de ne pas me forcer !

Sans prêter attention à ses protestations, il glissa plus bas, posant une joue sur sa poitrine tremblante.

Ses yeux sombres cherchèrent alors les siens.

— Je ne vous force pas. Voulez-vous que j'arrête ?

— Oui !

Poussant un soupir à fendre l'âme, il se souleva et se tint à quatre pattes au-dessus d'elle. Elle voulut s'échapper, mais se retrouva prisonnière des couvertures entortillées autour d'elle. Elle finit par se dégager, non sans avoir eu le temps de constater qu'il était complètement nu, et excité par sa présence dans le lit.

D'un geste brusque, elle jeta l'édredon sur lui et tomba sur le sol dans sa hâte de s'enfuir.

— Vous m'avez surpris dans mon lit ! s'exclama-t-il en riant.

Diana se releva en poussant un grognement de contrariété, s'efforçant de chasser de son esprit l'image de sa nudité. Cependant, une idée la taraudait. Est-ce que... cela pouvait pénétrer dans le corps d'une femme ?

Certainement pas en elle. Jamais de la vie.

Elle lui tourna le dos.

— Habillez-vous. Je dois vous parler, et le seul moyen de le faire en privé était de venir vous retrouver dans votre chambre pendant la nuit. Dans d'autres circonstances, Cicely ferait tout pour nous interrompre.

— À moins que vous n'ayez l'intention de m'emmener quelque part, je vais rester dans mon lit. Aussi, il est inutile de m'habiller. En revanche, me voilà couvert.

Elle se retourna alors, la gorge sèche. Il était adossé contre les coussins qui garnissaient le lit. Son torse était nu, et elle voyait les sillons de ses muscles, de ses épaules jusque sur son ventre. Un simple drap lui couvrait les hanches, et il ne pouvait cacher le désir qu'elle lui inspirait.

Pendant un moment, elle fut incapable de se rappeler ce qu'elle était venue lui dire.

— Diana ? l'interpella-t-il, avec un sourire amusé.

Elle reporta son attention sur son visage. Elle ne devait pas se laisser troubler. Il n'hésiterait pas à utiliser le sexe pour l'intimider. Il était son ennemi. Elle recouvra bientôt son calme. Elle était capable d'aller au bout de sa mission.

Sa détermination dut transparaître sur ses traits, car le sourire de Bannaster s'effaça, et il soupira.

— Que voulez-vous, Diana ?

— Je suis lasse de votre jeu et d'ignorer quelles sont vos intentions.

— Je me suis montré parfaitement clair, pourtant, protesta-t-il en haussant les sourcils.

Diana leva les yeux au ciel.

— Je ne parle pas de cela. Vous êtes un homme, et je ne peux rien attendre d'autre de votre part.

— C'est très flatteur.

— Vous n'avez pas cessé de me provoquer au sujet de votre emprisonnement. Cessez de jouer avec moi. Ayez le courage de me dire ce que vous comptez faire.

Il appuya la tête sur son bras replié contre le montant du lit. Diana évita de laisser son regard s'attarder sur le muscle qui partait de son bras pour rejoindre son torse.

— Vous remettez mon courage en question ? demanda-t-il, songeur. C'est une tactique dangereuse pour quelqu'un dont la posture est si fragile.

Diana posa les poings sur les hanches.

— Dites-moi si, oui ou non, vous allez me dénoncer ! Je ne peux plus supporter cette incertitude. Je dois établir des plans.

— Vous comptez vous échapper ? Vous cacher, peut-être ?

Elle secoua la tête avec raideur.

— Non. Je n'aurais nulle part où aller. Mais je dois me préparer à affronter la colère de mon frère, ajouta-t-elle à voix basse.

— Et non celle de Cicely ? Après tout, votre objectif était de m'éloigner d'elle, n'est-ce pas ?

Il l'enveloppa d'un regard interrogateur, comme s'il soupçonnait qu'il y avait autre chose.

Elle hocha vivement la tête.

— Oui. Elle ne comprendrait pas qu'en réalité mon but était de la protéger.

L'expression de Bannaster changea, il parut amusé.

— Je vous ai dévoilé mes plans, dit-il avec douceur. Vous ne m'avez donc pas cru ? Je ne vous dénoncerai pas. À moins que vous ne me donniez une raison de changer d'avis.

— Je ne comprends pas ! s'écria-t-elle, abasourdie. Pourquoi n'êtes-vous pas furieux contre moi ?

Il se leva et laissa le drap glisser sur le lit. Elle le trouva splendide dans sa nudité, et terrifiant. Il se dirigea vers elle.

— Je l'étais. Et puis, je me suis dit qu'il ne serait pas intéressant de jeter une femme au fond d'un cachot. Je préfère consacrer mon énergie à quelque chose de plus gratifiant.

Elle ne le comprenait toujours pas.

Il la fit reculer contre la porte et se plaqua contre elle, lui faisant sentir la force de son désir. Un sentiment étrange, incompréhensible, la fit alors frissonner.

Il posa le front contre le sien, et murmura :

— Je veux vous séduire, faire de vous ma maîtresse, vous montrer ce que vous pourriez éprouver avec moi.

— Est-ce que vous considérez cela comme… une punition ? demanda-t-elle, déconcertée.

Elle comprit en voyant son air triomphant qu'elle n'avait pas dit ce qu'il fallait.

— Donc, vous ne me trouvez pas répugnant ? s'enquit-il avec une satisfaction évidente. Mais je le savais déjà, à cause de vos réactions.

Elle tressaillit lorsqu'il lui empauma un sein. Il la caressa doucement, et elle laissa échapper un gémissement. Tout son corps se détendit, sa volonté lui échappait.

Diana tremblait contre lui, et Tom éprouvait un immense plaisir à savoir qu'il la troublait. Sa poitrine était chaude et douce sous sa robe, et il soutint son regard, tout en taquinant la pointe d'un sein entre ses doigts. Il se rappelait le goût de sa peau, le parfum subtil qui émanait d'elle. Pour une fois, son expression était presque transparente pour lui. Elle éprouvait un mélange de confusion, d'inquiétude… et de passion.

Elle battit des cils, cachant puis révélant ses pupilles d'un gris pâle. Allait-il pouvoir la posséder maintenant ? Est-ce que la déclaration qu'il venait de faire allait la pousser à s'abandonner entre ses bras ?

De sa main libre, il fit remonter ses jupes jusqu'à la taille.

C'est alors qu'elle le repoussa violemment, le faisant trébucher en arrière. Elle chercha du bout des doigts la poignée de la porte, ouvrit, et s'échappa.

Il laissa échapper un cri, à mi-chemin entre le rire et le grognement. Puis il posa les mains à plat sur le battant de chêne, et ferma les yeux afin de se ressaisir.

Il ne la séduirait pas cette nuit, mais il ne regrettait pas de lui avoir montré une partie de la vérité. Il n'avait pas l'intention de révéler au monde ce qu'ils avaient fait ensemble. Qu'il s'agisse de son emprisonnement, ou de leur jeu amoureux. Cela susciterait trop de questions, auxquelles il n'avait nulle envie de répondre.

Par ailleurs, il n'avait pas besoin de mettre une fois de plus sa propre réputation en jeu.

Il ne voulait pas que Diana se donne à lui par peur. Quoi qu'elle lui ait fait, il ne serait pas juste de la chasser de ce château, où elle se sentait chez elle. Après tout ce qu'il avait vu, il savait que Winslow la bannirait sans même réfléchir, si elle provoquait de nouveau sa colère.

Il voulait la défier, d'égal à égale. Et avoir la satisfaction de remporter ce duel.

Il voulait aussi découvrir ses secrets.

Aux premières lueurs de l'aube, tous les occupants du château allaient assister à la messe.

Diana avait passé la nuit dans l'angoisse, craignant de voir à tout moment Bannaster débouler dans sa chambre pour reprendre sa tentative de séduction.

Il n'en avait rien fait. Elle avait passé la nuit seule dans son lit, à fixer l'obscurité, en se demandant ce qu'elle allait écrire à la Ligue. Elle n'avait pas encore commencé la lettre. L'oreille tendue, elle guettait les craquements du parquet du couloir. Elle croyait Bannaster capable de tout. Y compris d'entrer chez elle par la fenêtre, en grimpant à une corde, pour lui rendre la monnaie de sa pièce.

Une fois de plus, il n'assista pas à la messe. Diana le connaissait mieux à présent. Elle se dit qu'il ne pouvait sans doute pas remercier Dieu pour ses bienfaits quotidiens, alors que Dieu l'ignorait depuis si longtemps.

À moins que son attitude ne soit une rébellion contre toutes ces années qu'il avait vécues comme novice ?

Les hommes étaient sur le point de partir à la chasse pour le repas de Noël, et ils déjeunaient de bon appétit dans le hall, quand il apparut enfin. Diana rassembla tout son courage, mais elle s'aperçut, non sans surprise, que sa peur s'était dissipée. Elle en éprouva un intense soulagement.

Cependant, Bannaster lui inspirait encore une foule de sentiments contradictoires, qu'elle allait devoir apprendre à maîtriser.

Elle s'efforça de l'ignorer lorsqu'il vint saluer Cicely mais remarqua cependant que ses habits étaient plus simples et plus chauds que la veille. Il portait une chemise et une tunique sur ses hauts-de-chausses, et un manteau replié sur son bras.

Cicely le lui prit, pour lui permettre de déjeuner à son aise.

De quoi parlaient-ils ? Il ne lui révélait sûrement pas son passé, de crainte de la faire fuir. Cicely serait-elle rebutée en apprenant qu'il avait été soupçonné de meurtre ? C'était peu probable. De plus, Diana ne se voyait pas parler à sa sœur d'un crime qu'elle avait elle-même commis.

Cicely escorta Bannaster jusqu'à la place d'honneur, et veilla à ce qu'on lui serve les meilleurs morceaux de jambon, ainsi que d'épaisses tranches de fromage. Puis elle s'assit entre Diana et lui, en lui exposant le programme de la soirée qui marquait le début de la célébration des fêtes de fin d'année.

— Comme nous sommes à la veille de Noël, acheva-t-elle, j'ai l'intention de faire quelque chose qui sort de l'ordinaire. Je vais vous accompagner à la chasse, Lord Bannaster.

Diana se figea, sa cuillère de potage à la main. Une goutte retomba dans son bol.

Bannaster sourit.

— Et moi qui pensais que j'allais passer la journée à regretter l'absence des sœurs Winslow !

Cicely s'abstint de regarder Diana, mais celle-ci la vit se raidir.

— Diana est très occupée aujourd'hui, n'est-ce pas, ma chère sœur ?

Étrécissant les yeux, elle lui jeta un coup d'œil meurtrier.

— En effet, la préparation du festin occupera la plus grande partie de ma journée, reconnut Diana.

Qu'ils aillent donc à la chasse ensemble ! Cicely s'apercevrait vite que les aboiements de la meute, le galop des chevaux et l'abattage du gibier n'étaient pas propices à faire naître une idylle.

Cicely lui adressa un sourire satisfait et alla chercher sa femme de chambre pour se préparer.

Bannaster glissa sur le côté, prenant la chaise que Cicely venait d'abandonner. Diana se raidit, s'efforçant d'ignorer les battements accélérés de son cœur. Était-ce sa cuisse qu'elle sentait, brûlante, près de la sienne ? Pourtant, ils ne se touchaient même pas !

— Je vous remercie de me donner l'occasion de me retrouver en tête à tête avec votre sœur, dit-il d'un ton grave et poli.

— Je vous en prie.

Elle rompit un morceau de pain, et prit le pot de beurre.

— Je suis sûr qu'elle trouvera un moyen d'être seule avec moi, continua-t-il, pensif. Elle saisit toutes les occasions qui se présentent.

Apparemment, ses craintes se confirmaient. Cicely était désespérée, elle voulait un mari à tout prix. Son estomac se contracta, et elle se rendit compte qu'elle allait devoir modifier ses projets pour la journée.

— Je ne suis qu'un homme, après tout, enchaîna-t-il en soupirant. Il me sera difficile de lui résister… Surtout après avoir été récemment repoussé. Il se peut fort bien que nous soyons fiancés à notre retour de la chasse, ajouta-t-il dans un murmure.

Diana lui lança un regard noir, et cela le fit rire.

— Avez-vous besoin de ma protection ? s'enquit-elle d'un ton calme, mais teinté de sarcasme.

Il se pencha vers elle et pressa avec force sa cuisse musclée contre la sienne. Elle en eut le souffle coupé.

— Vous seriez capable de me protéger.

Il la dévisagea, et son regard se fixa sur ses lèvres.

La respiration de Diana se fit haletante. Sa gorge était sèche, et elle dut faire un effort pour ne pas s'humecter les lèvres du bout de la langue.

Ils étaient trop proches l'un de l'autre. N'importe qui pouvait deviner ce qu'il voulait, ce qu'il essayait de faire. Et Cicely pouvait revenir d'une seconde à l'autre. Cependant Diana ne bougea pas… Elle en était incapable. Il pressa alors plus doucement la jambe contre la sienne, exerçant un léger frottement. Diana se sentit prise au piège de ses yeux sombres. Glissant une main sous la table, il lui enserra le genou. Elle tressaillit, brisant l'état de stupeur dans lequel elle se trouvait. Elle se détourna juste à temps, car Cicely descendait l'escalier d'un pas léger, vêtue d'une splendide robe verte, dont la traîne balayait les marches de pierre.

— Bonne nouvelle ! annonça Bannaster. J'ai pu convaincre Diana de se joindre à nous. Pourquoi devrait-elle travailler, pendant que nous nous divertissons ?

Le piège était tendu si habilement, que Cicely ne pouvait refuser sans paraître désagréable. Pourtant, lorsque Diana retourna dans sa chambre pour prendre son manteau, Cicely la suivit et referma la porte en la faisant claquer derrière elle. Diana pivota, les doigts sur sa dague, puis vit qu'il s'agissait de sa sœur.

— Cicely, il est inutile de faire une scène, dit-elle en prenant une longue respiration pour se contrôler.

— Il était inutile aussi de gâcher ma matinée avec Lord Bannaster !

— Tu sais bien que je n'avais aucune envie de vous accompagner. Mais il se sentait coupable à l'idée de me laisser seule au château. Contrairement à toi qui saisis toutes les occasions de m'accabler de travail.

— Tu sais très bien que tu accomplis ces corvées mieux que moi !

— Est-ce une excuse pour te comporter comme tu le fais ? rétorqua Diana.

— Tu ne changeras donc pas d'avis ?

— Ne penses-tu pas qu'il devinera pour quelles raisons je le fais ?

— Je m'en moque !

Cicely semblait encore plus à cran qu'en temps normal, ce qui étonna Diana. Ses boucles blondes retombaient en désordre autour de son visage rougi par la contrariété. De toute évidence, la présence de

Bannaster correspondait à ses rêves les plus chers, elle avait l'impression d'être tout près d'atteindre son but. Diana eut le cœur serré en pensant à tout ce qu'elle allait faire pour l'empêcher d'obtenir ce qu'elle voulait.

— Cicely, dit-elle avec douceur. Tu dois comprendre que Bannaster…

— Ne me dis pas qu'il ne me conviendra pas comme mari ! Tu as bien vu qu'il est très doux, et que je lui plais.

Diana se figea.

— A-t-il essayé de…

— Bien sûr que non. C'est un gentleman. Mais ne te mets pas entre nous !

Sur cette injonction, elle sortit en faisant claquer la porte encore une fois. Diana demeura stupéfaite, à la fois triste et choquée.

Chapitre 13

À la veille de Noël, il faisait encore plus froid que les jours précédents. Tom resserra les pans de son manteau, en jetant un coup d'œil aux nuages qui se poursuivaient dans le ciel et cachaient tour à tour le soleil. En sortant du château, ils croisèrent des jeunes filles guidant un troupeau d'oies dans les champs, à l'aide de badines.

Deux douzaines d'hommes et deux femmes suivaient le veneur entouré de la meute. L'homme s'engagea avec les chiens dans la forêt qui longeait la rivière Swale. Les chasseurs qui l'accompagnaient ignoraient les renards et les lapins, car ils avaient pour mission d'abattre un cerf. Cependant, un autre groupe concentrait ses recherches sur ces petits animaux, tandis qu'un troisième se dirigeait vers le nord, s'éloignant de la rivière, dans l'espoir de repérer des sangliers.

Le chemin de terre était étroit, et Tom s'arrangea pour que les deux sœurs Winslow chevauchent côte à côte devant lui, tandis que Talbot restait à sa hauteur.

Cicely montait en amazone. Une cape de laine couvrait sa robe trop légère et raffinée pour une partie de chasse. Diana avait revêtu un haut-de-chausses.

Une épée glissée dans un fourreau était accrochée à sa taille, un arc fixé à sa selle. Quelque chose dans cet équipage intrigua Tom et le mit sur ses gardes, mais il n'aurait su dire pourquoi.

Talbot finit par briser le silence.

— Je ne vous envie pas de devoir courtiser deux femmes dans la même maison, messire, dit-il à voix basse, en frissonnant.

Tom sourit tranquillement.

— Une telle beauté justifie qu'on se donne cette peine.

— Pourtant, une seule des deux sœurs semble vouloir de vos attentions, poursuivit Talbot avec un peu d'embarras.

Le sourire de Tom s'évanouit.

— Et laquelle des deux, d'après toi ?

— Lady Cicely, bien sûr. Lady Diana me paraît… plus froide envers vous.

— Tu t'inquiètes donc pour moi ?

Le visage de son capitaine s'empourpra, mais ce dernier reprit avec bonne humeur :

— Je sais que c'est inutile, messire. Mais c'est une femme étrange. Quand je pense qu'elle m'a lancé un défi sur le terrain de joutes…

— Elle ne t'a pas battu ?

— Bien sûr que non !

Il haussa les épaules, l'air penaud.

— Je ne sais pas ce qu'il faut penser d'elle. N'aimerait-elle pas se marier et avoir une vie de femme normale ?

Tom lança un coup d'œil à Diana, qui montait son cheval avec beaucoup de grâce et d'aisance.

— J'ignore ce qu'elle veut, Talbot. Mais je la trouve… intéressante, même si ce sentiment n'est pas réciproque.

Il avait ajouté cela pour détourner les éventuels soupçons de Talbot. En réalité, il savait que Diana éprouvait de l'attirance pour lui, et qu'elle résistait, tel un cheval sauvage se rebellant contre le contrôle de son cavalier.

Soudain, les aboiements des chiens alertèrent les chasseurs. Les cors résonnèrent, et les hommes lancèrent les chevaux au galop, en poussant des cris. De loin, Tom vit Cicely regarder autour d'elle, l'air égaré, puis conduire son cheval à l'écart. Diana, quant à elle, se précipita en avant avec les autres, et il suivit le groupe. La jeune femme dirigeait sa monture avec adresse entre les arbres, baissant la tête pour éviter les branches, s'orientant de façon à ramener l'animal vers le centre de la forêt, où l'attendaient les hommes armés de leurs arbalètes.

Deux heures plus tard, six cerfs avaient été abattus, et Diana, qui avait craint de ne pouvoir nourrir tous les invités, était tranquillisée. Les deux autres groupes avaient sûrement trouvé autant de gibier qu'eux.

Les hommes hissaient les animaux morts sur les chevaux emmenés pour cela. L'un des chasseurs avait allumé un feu afin qu'ils puissent se réchauffer. Elle approcha ses mains gantées des flammes, en les frottant l'une contre l'autre.

Si elle n'avait pas jeté un coup d'œil, par hasard, au pied de la colline, elle n'aurait pas vu Bannaster et Cicely s'aventurer ensemble sous le couvert des arbres.

Maudits soient-ils ! Elle aurait voulu ne plus s'occuper d'eux, mais c'était impossible. Il fallait qu'elle sache si Tom lui avait menti sur ses intentions concernant sa sœur. Elle devait aussi protéger Cicely de sa propre folie. Elle s'éloigna donc un peu des hommes qui s'étaient regroupés pour évaluer la taille des bois de cerfs, et discuter avec animation du travail de la meute.

Elle parvint à quitter elle aussi la clairière sans se faire remarquer. Les traces dans la neige étaient visibles, et elle rattrapa rapidement le couple. Ils s'étaient arrêtés à proximité d'un petit ruisseau et parlaient à voix basse. Bannaster avait pris les mains gantées de Cicely entre les siennes et les frottait, comme pour les réchauffer. Diana se faufila silencieusement entre les arbres et s'approcha en appliquant toutes les techniques que la Ligue lui avait apprises pour éviter de faire craquer des branches sous ses pieds. Elle demeura tapie à l'ombre des arbres.

La voix de Bannaster lui parvint, alors qu'il continuait de réchauffer les mains de Cicely.

— Vous auriez vraiment dû vous habiller plus chaudement.

— Le soleil brillait, lorsque nous sommes partis, répondit Cicely en claquant des dents. J'avais oublié qu'il faisait si froid dans les bois, lorsque le vent se met à souffler.

Il ne faisait pas aussi froid qu'elle le prétendait. Cependant, elle frissonnait ostensiblement. Bannaster finit par glisser un bras sur ses épaules, et elle se blottit contre lui, levant le visage comme pour quémander un baiser.

Bannaster tenait sa chance, songea Diana à cet

instant. Il allait sûrement lui donner la preuve qu'il lui avait menti, et qu'il était prêt à prendre ce qu'une femme lui offrait librement.

Cependant, il recula d'un pas, et Cicely écarquilla les yeux de surprise.

— Je ne peux profiter de la situation, Lady Cicely, dit-il avec douceur. L'honneur, ainsi que le respect que je dois à votre frère, m'enjoignent de respecter votre vertu.

— Pourtant, un simple baiser…

— Si je me l'autorise, je voudrai davantage. Vous êtes beaucoup trop belle pour qu'un homme aussi faible que moi puisse vous résister.

Ces paroles semblèrent apaiser Cicely, et ils se préparèrent à rejoindre le reste de la troupe.

Ainsi, il avait tenu parole, songea Diana en se plaquant contre un tronc d'arbre, pour ne pas être vue. Il aurait pu prendre ce que Cicely lui offrait, mais il s'était abstenu. À moins qu'elle ne l'excuse trop vite ? Peut-être voulait-il simplement convaincre sa sœur qu'il ferait un époux honorable ?

Honorable ? songea-t-elle en fermant les yeux, le front contre le tronc. Il avait décidé de la séduire, et elle avait bien accueilli ses attentions. Qui était honorable, dans cette affaire ?

Cependant, elle savait une chose. Bien que le but de la Ligue soit de rendre justice aux plus faibles, ses membres avaient souvent dû prendre des décisions discutables pour y parvenir. Elle-même avait dû tuer un homme pour protéger les femmes du château de Bannaster.

En comparaison, le vicomte, qui voulait simplement satisfaire ses propres désirs, paraissait presque inoffensif.

En retournant à la clairière, Tom éprouva un choc lorsqu'il se rendit compte qu'ils avaient été suivis. Il n'avait pas entendu le moindre bruit mais découvrit l'empreinte d'un pied mince dans la neige. Ce n'était pas le sien, ni celui de Cicely. Ce ne pouvait donc être que Diana.

Quand ils arrivèrent au camp, elle était là et se réchauffait près du feu, l'air innocent. Mais il ne fut pas dupe. Il y avait des traces de neige sur la laine de son manteau qui ne s'y seraient pas trouvées si elle était restée près du feu.

L'ignorant, il alla chercher un gobelet de vin chaud pour Cicely.

Comment Diana avait-elle fait pour passer inaperçue dans la forêt ? Et pour entrer, la veille soir, dans sa chambre ? Il ne l'avait pas entendue avant qu'elle ne se penche au-dessus de lui. Elle aurait pu le tuer ! Pourtant, il s'était toujours vanté d'avoir l'ouïe fine, après avoir guetté pendant des années les pas du prêtre qui était son tuteur, dans le corridor. Diana avait acquis un savoir-faire exceptionnel. Auprès de qui ? Elle ne pouvait l'avoir appris sur le terrain d'entraînement.

Pouvait-elle être liée à la Ligue de L'Épée ? Il fut parcouru d'un frémissement à cette pensée.

Peut-être était-elle un auxiliaire de cette société secrète ? À moins qu'elle ne fasse partie de ses membres ?

Une femme de la Ligue ?

Cette organisation avait-elle déjà compté dans ses rangs des membres féminins ? Après sa rencontre avec la Ligue au château d'Alderley, un peu plus tôt dans l'année, il avait mené son enquête. Il avait parlé à des conseillers du roi, qui se considéraient comme des spécialistes dans ce domaine. Aucun ne lui avait parlé de femmes.

Mais existait-il d'autres femmes comme Diana Winslow ? Son cousin le roi Henri connaissait-il l'existence de Diana, quand il avait décidé de l'envoyer à Kirkby Keep ?

Non, il se laissait emporter par son imagination. Personne n'avait jamais pu fournir la preuve qu'il avait tué son frère. Devenu vicomte à son tour, il s'était cru intouchable. Mais peut-être s'était-il trompé.

Il devait absolument découvrir si Diana était la première femme à avoir intégré la Ligue.

Quand tous les chasseurs regagnèrent le château, au début de l'après-midi, Diana supervisa la distribution de la viande dans les cuisines. Elle remarqua que Cicely se tenait à côté de Bannaster qui assistait d'un air solennel à la répartition. Elle s'efforça de les ignorer. Au bout d'un moment, cependant, les serviteurs devant elle semblèrent hésiter et lancèrent des regards curieux par-dessus son épaule. Elle finit par se retourner, et découvrit Bannaster.

— Oui, messire ? lança-t-elle, étonnée.

Pourquoi venait-il la distraire de sa tâche ?

— Votre sœur souhaite me faire visiter le village. Comme c'est la veille de Noël, et que vous avez des serviteurs pour préparer le repas…

— Je ne peux pas vous accompagner, répliqua-t-elle, sans le laisser finir sa phrase. Vous venez de le dire, c'est la veille de Noël. La plupart des villageois vont bientôt arriver pour le souper.

— Ils ne viendront pas avant plusieurs heures. Nous avons encore du temps devant nous, tant qu'il fait jour.

Cicely s'approcha alors et glissa son bras sous celui du vicomte.

— Lord Bannaster, je vous ai bien dit que ma sœur était beaucoup trop occupée pour se livrer à ce genre de distractions. Vous savez, elle n'apprécie pas les amusements, ajouta-t-elle à voix basse.

Cependant, sa voix portait suffisamment pour que Diana l'entende.

— Cicely a raison, déclara-t-elle avec un sourire contraint. Même à Noël, les repas ne se préparent pas tout seuls.

Tom lui avait déjà promis de ne pas révéler ses secrets, aussi put-elle refuser son invitation sans hésitation.

— Dans ce cas, nous devrions rester ici, suggéra-t-il en se tournant vers Cicely.

Cette dernière s'agita un peu, comme si elle avait eu envie de taper du pied.

— Lady Cicely, reprit-il, je comprendrais que vous vouliez aider votre sœur.

Diana remarqua les regards horrifiés des serviteurs. Quand Cicely était présente, le rythme de travail ralentissait toujours.

La cuisinière s'avança précipitamment.

— Lady Diana, c'est Noël ! J'ai toute l'aide qu'il me faut à l'office. Allez vous promener avec votre jeune monsieur.

En entendant ces mots, Cicely pivota vivement sur les talons et se dirigea vers la porte du château. Diana connaissait bien sa sœur, et elle devina à sa démarche raide qu'elle contenait sa fureur. Elle ne se sentait pas d'humeur à essuyer une nouvelle querelle, mais elle avait pitié des serviteurs.

— Allons-y, Lord Bannaster, déclara-t-elle alors avec lassitude.

Ils descendirent le chemin couvert de neige dans un silence pesant. Bannaster posa des questions sur le village et la campagne qui l'entourait. Les réponses de Cicely étaient très vagues, mais cela l'obligea à parler. Ils croisèrent plusieurs familles qui se rendaient au château, et des vœux furent échangés joyeusement. Diana se dit que plus d'un villageois avait dû commencer à boire pour se détendre.

Alors qu'ils parvenaient aux abords du village, ils entendirent des rires, et presque aussitôt une grosse boule de neige atteignit Bannaster au visage. Diana et Cicely demeurèrent un moment bouches bées. Il n'y avait plus aucun bruit, à l'exception du sifflement du vent dans les branches.

Puis, des rires étouffés leur parvinrent encore, de derrière le puits couvert de neige, dans le pré communal. Bannaster s'essuya calmement le visage de ses mains gantées.

Qu'allait-il faire ? se demanda Diana, avec appréhension. Il devait bien se rendre compte que les enfants qui jouaient à lancer des boules de neige n'avaient pas de mauvaises intentions.

Oui, mais il n'avait pas eu d'enfance. Savait-il ce qu'était un jeu ? Et comment il convenait d'y répondre ?

Cicely souleva le bord de sa jupe et fit mine d'avancer seule.

— Comment ces enfants osent-ils frapper un pair du royaume ?

Avant que Diana ait pu réagir, Bannaster retint sa sœur par le bras et posa un doigt sur ses lèvres. Il jeta un coup d'œil au puits, se pencha, et ramassa une bonne quantité de neige. Souriant, il avança sur la pointe des pieds, d'une démarche étonnamment légère pour un homme de sa carrure, fit un bond derrière le puits et laissa tomber la neige sur ses assaillants.

— Ah, ah ! cria-t-il.

Deux petits garçons s'enfuirent en poussant des cris stridents, et en secouant la tête pour se débarrasser de la neige. Cicely demeura sidérée, tandis que Bannaster riait à gorge déployée. Son visage était rouge et humide, mais son regard si joyeux que Diana en éprouva un pincement d'envie, en même temps que de l'admiration. Malgré son enfance malheureuse, il était capable de comprendre des enfants et de participer à leurs jeux.

— Vous devez être transi de froid, messire, dit gauchement Cicely. Si vous voulez rentrer…

Il l'ignora et ramassa un peu plus de neige.

Cicely soupira, agacée.

— Allons donc, vous ne pourrez pas rattraper ces garnements.

Sans prévenir, il lui fit tomber le paquet de neige sur la tête. Diana étouffa une exclamation de stupeur. Mais elle ne put réprimer un rire en voyant la neige glisser dans les cheveux de sa sœur, et un gros flocon lui tomber sur le bout du nez. Elle n'aurait su dire quand elle s'était amusée pour la dernière fois. En fait, elle n'avait vraiment pas de quoi rire. Sa vie était pleine de dangers. La présence de Bannaster, les sentiments étranges qu'elle éprouvait pour lui, son avenir incertain au sein de la Ligue…

Cicely poussa un cri aigu et se secoua la tête, se penchant en avant, comme un chien. Puis elle reprit à grandes enjambées le chemin du château.

— Lady Cicely ! lança Bannaster.

Comme elle ne répondait pas, il lança un coup d'œil à Diana et haussa les épaules.

— Je ferais mieux d'aller m'occuper d'elle, dit Diana, avant qu'il n'ait l'idée de la faire participer au jeu.

Il n'était pas question qu'elle joue avec lui. Plus jamais.

Diana s'affairait dans les cuisines, et dans la cour où les hommes avaient mis un gros sanglier à rôtir sur le feu, pour le festin de Noël. Plusieurs autres feux avaient été allumés, afin de faire cuire la viande pour la foule attendue le lendemain au château. Le tronc d'arbre coupé par le veneur et son apprenti avait été rapporté pendant la chasse, et la bûche serait brûlée le soir même.

Des villageois avaient défilé toute la journée, apportant du pain, de la bière, des poulets. Des femmes s'étaient regroupées dans les cuisines pour préparer des tartes aux fruits et les crèmes qui les accompagneraient.

Il allait falloir installer des tables à tréteaux supplémentaires pour les invités. Ceux-ci avaient apporté leurs propres tranchoirs et des cuillères.

Le feu fut allumé sous la bûche dans un joyeux tapage. Des chants de Noël s'élevèrent dans la grande salle, ainsi que des cris de joie. Entre chaque plat, les chants se poursuivaient. Une superbe bougie de Noël sculptée fut placée sur la table d'honneur, et Diana contempla la flamme, fascinée. L'atmosphère de fête, les cris et l'allégresse des invités l'aidèrent à chasser momentanément les soucis qui la troublaient.

Noël était sa période de l'année préférée, car tout le monde était de bonne humeur. Les ménestrels chantèrent toute la soirée, et les mimes accomplirent leurs saynètes silencieuses pour les enfants. Diana parvint presque à se persuader que tout allait pour le mieux.

Puis elle aperçut Bannaster, jouant à un jeu de société avec le régisseur. Elle se détourna quand il croisa son regard, bien décidée à l'ignorer pendant le reste de la soirée.

Soudain, le silence se répandit dans la salle, et elle perçut la musique d'un luth. Une voix d'homme pure et grave, douce comme du miel, s'éleva. Elle ferma les yeux et fit semblant de ne pas savoir qui chantait. Mais elle finit par se retourner. Elle se trouvait plus près des cuisines que du groupe qui s'était formé devant la cheminée, ce qui ne l'empêcha pas de voir Bannaster jouant du luth et chantant un cantique de Noël.

— Que Dieu vous garde en joie, messieurs, Que rien ne vous consterne…

Il se tenait devant Cicely et chantait pour elle. Elle avait été renfrognée tout l'après-midi, après le refus de Bannaster de l'embrasser, puis ses taquineries dans la neige. Mais de toute évidence, ce chant de Noël lui rendait sa joie. Ses joues s'enflammèrent.

— Ô nouvelles de consolation et de joie, continua-t-il sur un ton si suggestif, que la foule éclata de rire.

Cicely rougit jusqu'à la racine des cheveux.

Puis il repéra Diana. Elle s'efforça alors de se fondre dans la foule, mais des mains la poussèrent en avant, et elle se retrouva malgré elle face à Bannaster, qui chanta alors pour elle.

Elle garda une expression d'indifférence polie, mais sa voix grave semblait résonner en elle, faisant surgir de petites explosions de plaisir, et elle craignit de se trahir.

Il dardait sur elle des yeux langoureux et continua de chanter, visiblement ravi de voir son embarras.

Tom devinait sans peine que Diana n'aimait pas qu'un homme fixe son attention sur elle devant tous ses gens, et devant Cicely. Ses joues étaient aussi rouges qu'une pomme d'automne. Mais ses yeux gris croisèrent les siens sans fausse timidité. Elle ne fit pas mine de lui lancer un défi, mais il le sentait contenu, couvant tel un feu de braises prêt à se réveiller au premier souffle de brise. Que cachait-elle d'autre, derrière ces yeux ?

Participait-elle à un complot pour le piéger et prouver qu'il était un meurtrier ? Elle l'avait déjà enfermé dans un cachot, mais il avait réussi à déjouer ce plan. Elle ne pouvait avoir obtenu ce qu'elle voulait, en le maintenant en captivité. Non, il y avait autre chose.

Quand la chanson s'acheva, des applaudissements et des cris retentirent dans le hall. Il sentit la cordialité de ces gens, qui étaient encore des étrangers pour lui. Sans doute se moquaient-ils de savoir laquelle des deux sœurs il allait épouser, tant qu'il rendait heureuse l'une des deux.

Ensuite, il vit les chapeaux, les écharpes et les mitaines que les sœurs Winslow distribuaient aux serviteurs et aux fermiers. Il avait déjà découvert les piles de bois et de nourriture qu'ils emporteraient tous au petit matin, quand ils rentreraient chez eux. Le domaine de Kirkby Keep ne rapportait pas grand-chose, mais les Winslow s'assuraient que ses occupants ne manquent de rien et que Noël soit fêté dignement.

Il ne se demandait pas qui était à l'origine d'une telle générosité, ni qui avait sans doute cousu toute l'année avec les servantes, pour préparer ce jour de fête. Peut-être faisait-il une injustice à Cicely. Mais elle avait paru s'ennuyer pendant cette distribution, tandis que les yeux de Diana brillaient d'excitation. Il en déduisait donc que ses conclusions étaient exactes.

Cependant, les yeux de Cicely s'illuminèrent quand elle déplia la longue écharpe de soie bleue qu'il avait apportée pour elle. Il avait offert la verte à Diana et, bien qu'elle ait été plus réservée que sa sœur, elle l'avait également remercié pour ce présent.

Quand Diana partit dans les cuisines, Tom put se retrouver seul avec Cicely devant la cheminée et lui parler en privé, malgré la centaine de personnes se pressant dans le hall.

— Messire, vous n'étiez pas obligé de m'offrir un présent, dit-elle avec coquetterie.

— Cela m'a fait plaisir. J'aurai autre chose pour vous, pour la nouvelle année. Mais je tenais à ce que vous ayez cette soie plus tôt.

— C'est tellement généreux de votre part ! Nous pourrions sans doute commencer une nouvelle tradition, et offrir des cadeaux pendant la veillée de Noël.

— Nous avions d'autres traditions de Noël, chez moi. Est-ce qu'ici, les gens racontent des histoires au cours de cette veillée ?

— Non, nos divertissements préférés ont toujours été

la danse et la musique. J'admets que peu de traditions avaient cours à Kirkby Keep, au moment de mon arrivée. Mais j'ai engagé chaque année les meilleurs ménestrels et, depuis, les fêtes sont devenues plus joyeuses.

— C'est une bonne chose pour les occupants du château.

— De quel genre d'histoires parliez-vous ? s'enquit-elle, donnant à la conversation exactement le tour qu'il espérait.

— Nos préférées étaient celles qui avaient trait à la Ligue de L'Épée.

— Oh ! j'en ai entendu parler, répondit Cicely avec assurance. Mais certains disent que l'existence de cette Ligue est une légende.

— Ces hommes ne sont donc jamais venus en aide à quelqu'un de votre connaissance ?

Cicely fit un signe négatif de la tête.

— Diana m'a parlé d'eux une ou deux fois, quand nous étions enfants. Mais elle a toujours aimé les mondes imaginaires qui ne conviennent pas aux dames.

Tom se tendit, aussitôt intéressé. Diana avait-elle fait appel à la Ligue, après avoir grandi fascinée par la légende ?

— J'ai déjà rencontré un homme de la Ligue, lui confia-t-il à voix basse, en regardant autour de lui pour s'assurer que Diana n'était pas dans les parages. Un peu plus tôt cette année, ils ont aidé la fille du comte d'Alderley à retrouver le fiancé auquel elle était promise depuis l'enfance.

Cicely le dévisagea.

— Diana m'a dit que vous aviez voulu obliger une femme à vous épouser. Était-ce elle ?

Tom redressa les épaules, un peu mal à l'aise. Puis il décida que la franchise était le meilleur choix qui s'offrait à lui.

— Oui, c'était elle. J'espérais l'épouser. Mais en fin de compte, son fiancé s'est présenté, et le roi Henri a accepté de faire appliquer l'ancien contrat de mariage.

Cicely sourit en se penchant vers lui.

— J'en suis heureuse car, sans cela, je ne vous aurais pas connu.

— Vous n'êtes pas des femmes ordinaires, c'est certain, dit-il, un peu surpris. Vous êtes la beauté de la famille, cependant votre sœur a des qualités peu communes.

Il vit Cicely se raidir quand il fit allusion à Diana, mais décida néanmoins de persister dans cette voie.

— A-t-elle déjà participé à un tournoi ?

Si c'était le cas, cela aurait sans doute permis à un membre de la Ligue de connaître son existence.

— Je suis certain que les gens viendraient de très loin pour voir une femme provoquer les hommes sur le terrain, ajouta-t-il.

Cicely hésita un instant, se demandant visiblement quelles conséquences auraient pour elle certaines révélations concernant sa sœur.

— C'est arrivé une fois, quand elle avait dix-sept ans, avoua-t-elle, d'un air dédaigneux.

Tom éprouva une vive satisfaction. Il avait donc bien deviné.

— Nos parents étaient déjà morts, et Archie n'attachait pas d'importance à ses agissements, tant qu'elle ne lui faisait pas honte en laissant voir qu'elle était une fille.

— Elle a dû se déguiser ?

Cicely hocha vigoureusement la tête, comme si elle pensait qu'il estimerait moins Diana à cause de cela.

— Comme vous l'avez sans doute remarqué, elle a une silhouette de garçon. Elle a affronté des écuyers à la dague et à l'épée. De toute évidence, elle ne pouvait se battre contre des chevaliers en armure.

— Je l'ai vue s'entraîner. J'imagine qu'elle a gagné le combat à la dague ?

Cicely se rembrunit.

— Oui, mais elle n'a pas gagné dans le combat à l'épée. Lorsque j'ai vu un inconnu l'approcher, j'ai craint que notre réputation ne soit ruinée, car le mensonge avait été découvert. Mais elle m'a dit plus tard que cet homme était simplement venu la féliciter pour son adresse, et que son déguisement n'avait pas été découvert.

Cela avait-il été son premier contact avec la Ligue ?

— Ensuite, reprit Cicely, Diana a provoqué la fureur d'Archie en allant séjourner plusieurs mois chez une amie, sans avoir demandé sa permission. À son retour, il l'a envoyée à Kirkby Keep pour la punir.

— Elle n'a plus jamais rendu visite à ses amis ? Après tout, cela s'est passé il y a plusieurs années.

Cicely secoua la tête.

— Archie le lui a interdit. Je suis certaine que quelqu'un, dans la maison, le tient informé de ses faits et gestes.

Tom aurait aimé parler encore de la mystérieuse disparition de Diana, mais il sentit que Cicely était à bout de patience. Il n'obtiendrait plus rien d'elle à ce sujet.

— Vous étiez restée auprès de votre frère ? s'obligea-t-il à demander.

— Oui, jusqu'à son mariage, l'année suivante. Son épouse souhaitait être la seule beauté à vivre sous son toit, et j'ai alors été obligée de rejoindre Diana dans ce manoir campagnard, éloigné de tout.

— Mais les rumeurs sur votre beauté ne se sont pas éteintes, milady, dit-il en souriant. Sinon, pourquoi serais-je là ?

Le sourire qu'elle lui adressa était vraiment éblouissant et, l'espace d'un instant, il tomba sous son charme. Mais Diana venait de réintégrer la grande salle. Il vit ses gestes efficaces, son attitude raisonnable et compétente, la façon gracieuse dont elle passait parmi ses invités, les traitant tous en égaux, depuis le plus pauvre des valets de ferme jusqu'au propriétaire terrien d'un manoir voisin. Il songea avec satisfaction qu'elle ne resterait pas longtemps une énigme pour lui. Il avait probablement percé le mystère à jour.

S'il fallait en croire Cicely, Diana n'avait plus jamais quitté Kirkby Keep. C'était le seul détail qui l'intriguait. N'avait-il pas entendu dire que la Ligue faisait appel à ses membres au moins une fois par an ?

Un jour, son royal cousin avait fait allusion à un médaillon qui permettait aux membres de la Ligue de se reconnaître entre eux. Il n'avait pas vu de collier particulier au cou de Diana, mais elle ne porterait certainement pas un tel objet à la vue de tous. Peut-être était-il caché quelque part dans sa chambre ?

— Lord Bannaster ? le rappela à l'ordre Cicely d'un ton amusé.

Il reporta son attention sur elle, et elle désigna le

bouquet de gui suspendu au-dessus de la cheminée. Avant qu'il ait pu esquisser un geste, elle se tourna vers lui et l'embrassa sur les lèvres. Puis elle baissa la tête, avec une timidité feinte.

Les gens qui les entouraient les regardèrent en souriant, et il partit lui-même d'un petit rire. Cependant, il songea qu'il aurait dû se sentir plus troublé par le baiser d'une si jolie femme.

À l'autre extrémité du hall, il vit Diana se retourner brusquement, pour accomplir une nouvelle corvée. Ou pour lui prouver qu'elle ne l'avait pas vu en train d'embrasser Cicely.

Il éprouva un bref pincement au cœur, en songeant qu'il lui avait promis de ne pas séduire sa sœur. Il n'avait d'ailleurs rien fait pour cela, ajouta-t-il en lui-même, pour se rassurer.

Et puis c'était elle qui mentait. Il allait devoir le prouver.

Chapitre 14

Tard ce soir-là, quand Diana se retira enfin dans sa chambre, elle emporta avec elle le cadeau de Bannaster. Elle avait trop mangé et était rompue de fatigue après cette longue journée de préparations. La soie verte glissa entre ses mains, tombant en cascade sur l'édredon. La couleur était superbe, et elle n'avait jamais vu d'étoffe aussi fine et délicate. Il y avait assez de tissu pour faire une robe. Bannaster l'avait-il acheté pour Cicely, avant de décider de se montrer aussi généreux envers elle ? À moins qu'il ne lui ait fait ce présent dans l'espoir d'acheter son affection ?

Quoi qu'il en soit, c'était un cadeau somptueux, et elle n'avait rien à lui offrir en échange. Cicely lui avait donné plusieurs mouchoirs qu'elle avait elle-même brodés. Mais elle-même ignorait qu'il aurait autant d'attentions pour elle que pour sa sœur.

C'est alors qu'elle vit un objet sombre, posé sur un coussin à la tête du lit. Elle le souleva pour l'examiner à la lumière de la chandelle et vit que c'était le recueil de poésies qu'elle avait vu dans le sac de voyage de Bannaster.

Il avait eu envie toute sa vie de lire ce genre de livres,

lui avait-il confié. Il avait l'intention de l'offrir à Cicely et, finalement, c'était à elle qu'il le donnait. Cela faisait naturellement partie de son plan de séduction.

Elle ouvrit le recueil et passa le doigt sur les pages.

— Et je n'ai rien à lui offrir en échange. Quelle idiote !

Soudain, elle ressentit un picotement dans la nuque et une sensation étrange. Elle eut la certitude qu'elle n'était pas seule. Son entraînement lui revint immédiatement en mémoire. Sortant la dague de sa ceinture, elle plongea le regard dans les coins sombres de sa chambre. Un homme surgit derrière elle et lui agrippa le poignet.

— Si je vous tords le bras, vous lâcherez le poignard, lui souffla Bannaster à l'oreille. Il semble que nous passions notre temps à nous désarmer mutuellement. C'est une façon intéressante de se faire la cour.

Elle poussa un long soupir de soulagement et se détendit.

— Oh ! c'est donc vous.

— Et vous n'avez même pas peur ! répondit-il, légèrement offensé. Je suis bien marri que ma présence dans une chambre déserte ne vous inspire aucune inquiétude.

Elle esquissa un sourire malgré elle, mais ne lui laissa pas voir son amusement. Remettant la dague dans son fourreau, elle se tourna vers lui. Une seule bougie brûlait dans la chambre, éclairant partiellement son visage. La lumière mettait en valeur sa mâchoire puissante et la courbe de ses lèvres. Le sourire de Bannaster s'effaça. Son regard était sombre, et il l'observait de trop près.

Elle eut l'impression que ses yeux la transperçaient. Elle frissonna.

— Quel dommage qu'il n'y ait pas de bouquet de gui ici, dit-il en faisant un pas vers elle.

Elle ne recula pas et leva crânement le menton.

— Je laisse le gui à Cicely.

— Puisque vous nous avez vus, vous savez donc qui a pris l'initiative de ce baiser. Croyez-moi, je ne vous ai pas trahie avec votre sœur.

— Il n'y a rien entre nous pour que vous puissiez parler de trahison, répondit-elle, en s'efforçant de feindre l'indifférence.

— Alors, pourquoi regrettez-vous de ne pas avoir eu de cadeau pour moi ?

— Ce n'est pas ce que j'ai dit.

Elle avait la gorge sèche, sa voix était rauque. Ils se trouvaient très proches l'un de l'autre ; si elle inspirait assez profondément, ses seins toucheraient son torse.

— J'ai dit simplement que j'avais l'air d'une idiote, car je n'avais rien à vous offrir, alors que vous m'avez fait non pas un, mais deux cadeaux.

Le regard de Bannaster se fixa sur ses lèvres.

— Il y a un moyen très simple de me prouver votre gratitude.

Elle regardait également sa bouche. Elle n'était plus consciente de ce qui se trouvait en dehors du cercle de lumière. Il se tenait en partie dans l'ombre, et il émanait de son corps une chaleur qu'elle connaissait, qu'elle voulait éprouver encore. Elle cligna les yeux, en essayant de recouvrer l'usage de la parole.

— Vous m'avez promis de ne pas m'obliger à quoi que ce soit.

— Je tiens parole. Ne vous ai-je pas donné la preuve de mes bonnes intentions, hier soir ?

Elle sentit son estomac se contracter en entendant sa voix chaude et veloutée. Il fallait qu'elle s'écarte de lui, qu'elle résiste au sentiment merveilleux qu'il lui faisait éprouver.

— Mais que dois-je penser de vos intentions, reprit-il, lorsque je m'aperçois que vous m'avez espionné ?

Une sensation de terreur s'abattit sur elle. Craignant d'avoir été découverte, elle chuchota, avec un semblant d'espoir :

— Lorsque je vous ai vu sous le gui, avec Cicely ?

— Non, ce matin, dans la forêt.

Le soulagement fut tel, qu'elle chancela. Levant les yeux vers lui, elle fit un effort pour se souvenir.

— Vous avez quitté le groupe de chasseurs pour rester seul avec Cicely.

— Et comme vous avez pu le constater, je n'ai rien fait de mal.

— Il est de mon devoir de protéger ma sœur, répondit-elle machinalement.

— En êtes-vous certaine ? Il me semble que vous seriez toutes deux plus heureuses si vous viviez séparément.

— Voulez-vous l'emmener ?

Il leva la main et lui caressa la joue. Elle en éprouva un choc. Ses doigts brûlants firent naître en elle une flamme et un désir qu'elle n'avait jamais connus.

— Je ne pense pas à votre sœur, généralement, murmura-t-il en faisant glisser son pouce sur sa lèvre inférieure. Diana, offrez-moi un cadeau de Noël.

Il fit un nouveau pas en avant, et elle gémit en sentant son torse se presser contre ses seins. Vacillant, elle dut faire un effort pour ne pas s'appuyer à lui, comme s'il était son seul repère solide dans la vie. Par miracle, elle parvint à se ressaisir. Il pencha la tête, approchant les lèvres des siennes. Leurs souffles se mêlèrent, provoquant en elle la plus troublante des sensations. Elle attendit son baiser, mais il ne le lui accorda pas.

— Si c'est un cadeau, murmura-t-il, il faut qu'il soit donné de bon cœur.

Le seul baiser qu'ils avaient échangé avait été avide et passionné… et c'était lui qui en avait pris l'initiative. À présent, elle hésitait, sur le point de tenter une nouvelle expérience. Elle voulait aller plus loin et oubliait tout ce à quoi elle avait accordé jusque-là de l'importance.

— Appelez-moi Tom, dit-il, alors qu'elle demeurait figée.

— Tom…

Elle prononça son prénom dans un souffle, tout en se haussant sur la pointe des pieds pour presser les lèvres contre les siennes. Le baiser fut très doux et contenait une promesse de tendresse. Elle se sentit… perdue, désorientée. Finalement, elle posa la main sur sa poitrine, comme si elle craignait de tomber et voulait se raccrocher à lui. Le cœur de Tom battait rapidement sous sa paume, tandis qu'il explorait sa bouche. Elle entrouvrit les lèvres pour l'accueillir, et il approfondit le baiser.

Elle s'abandonna contre lui, la tête posée sur son épaule solide. Il passa les bras autour d'elle et l'attira contre lui. Ce fut elle qui, la première, glissa la langue contre la sienne. Le grognement qu'il laissa échapper l'emplit de désir et de satisfaction. Il était le premier homme à la traiter comme une femme, à la désirer pour la féminité qu'elle avait sans le savoir. La réaction de Tom la désarçonna et fit basculer toute sa conception de la vie.

Pendant des années, elle n'avait eu qu'un seul but : devenir un membre de la Ligue de L'Épée et se rendre utile. Maintenant, elle embrassait l'homme sur lequel elle était censée enquêter ! Toute sa vie était remise en question.

Confuse, elle interrompit leur baiser et se détourna.

Tom ne la lâcha pas immédiatement. Les mains plaquées sur ses reins, il la tenait contre lui, pressant ses cuisses contre les siennes. Elle sentait son sexe dur et dressé sous sa tunique et eut la certitude qu'il la désirait.

— Puis-je avoir un deuxième cadeau de Noël ? demanda-t-il, les lèvres contre sa tempe.

Elle secoua la tête, recula et lui tourna le dos. Elle fut presque déçue qu'il la laisse faire. Ne devrait-elle pas prolonger ce moment, se servir de la passion qu'elle lui inspirait pour accomplir sa mission et découvrir tout ce qu'elle pouvait sur lui, afin de faire un rapport à la Ligue ?

Dans le fond, le but de faire la cour à une femme n'était-il pas d'apprendre à mieux la connaître, et de se faire connaître d'elle ?

Le regarder faire la cour à Cicely ne servait à rien. En lui autorisant quelques moments d'intimité avec elle, elle le tiendrait sûrement à l'écart de sa sœur.

Elle ne parvenait plus à garder les idées claires.

— Je suis fatiguée, Tom, dit-elle. Et j'ai encore tant à faire demain.

Il s'approcha derrière elle et lui saisit les bras.

— J'aime la façon dont vous prononcez mon prénom. C'est aussi un cadeau que vous me faites.

Sur ces mots, il sortit de la chambre. Diana se laissa tomber sur le lit et regarda le recueil de poèmes.

Tom se mit à faire les cent pas dans sa chambre. Il aurait aimé demander un bain froid, mais il était tard. C'était la veille de Noël… et Diana l'avait embrassé de son plein gré.

Il avait fait appel à toute sa volonté pour la quitter. S'il était resté, il aurait eu envie d'aller plus loin. Or, il ne tenait pas à l'effrayer, comme la dernière fois qu'il avait laissé la passion le submerger. Maintenant, elle savait au moins qu'il respectait ses souhaits.

Mais lui mentait-elle sur son identité et ses intentions ? Était-il possible qu'elle soit un membre de la Ligue, sans pour autant être chargée d'une mission le concernant ? Ses contacts lui avaient peut-être seulement demandé de l'éloigner de sa sœur.

Il fallait qu'il en ait le cœur net !

Le jour de Noël, la neige tombait doucement. Agenouillée sur la pierre froide de la chapelle, Diana cherchait la paix de Dieu, mais ses prières demeuraient sans réponse. Une fois de plus, Bannaster, ou plutôt Tom, n'avait pas assisté à la messe. Elle fit le vœu de le présenter au prêtre. Ainsi verrait-il que les hommes de Dieu étaient souvent de bonnes personnes.

Au cours des douze prochains jours, personne ne travaillerait. Tout le monde profiterait de cette période de fêtes pour se détendre, et on établirait un tour pour effectuer les corvées indispensables. Le château était encore occupé par les villageois et les paysans. La plupart s'étaient trouvé un coin dans la grande salle, pour y passer la nuit, enveloppés dans des couvertures. Diana avait dû enjamber les dormeurs quand elle s'était levée avant l'aube pour se rendre à la chapelle.

Après la messe, elle trouva Tom dans la grande salle. Il se tenait près de la cheminée avec un groupe d'hommes. Leurs regards se croisèrent de loin, et le lien qui s'établit entre eux fut aussi fort que s'ils s'étaient touchés. Intimidée, elle détourna les yeux et feignit l'indifférence.

Que devait-elle faire ? Quand les fêtes seraient terminées, il deviendrait peut-être son beau-frère. À moins qu'elle ne parvienne à le détourner de Cicely. Si elle faisait en sorte de le distraire, qu'exigerait-il d'elle ? Qu'était-elle prête à lui offrir ? La Ligue la soupçonnerait de manquer d'objectivité, en raison de ses rapports avec lui.

Non, elle devait commencer sa lettre dès ce soir, avant que la situation ne lui échappe. Tant qu'elle pouvait encore être objective. Le rapport ne serait pas complet, mais elle en savait assez sur lui pour l'écrire. Ensuite, elle réfléchirait au meilleur moyen de faire parvenir cette missive à la Ligue.

Les fêtes passèrent dans un tourbillon. Les chants et les jeux pour jeunes et vieux se succédaient. Ils jouèrent au « roi de la fève », et ce fut Tom qui trouva le haricot sec dans son pain et fut proclamé roi de la fête pour un soir. Diana soupçonna Cicely d'avoir habilement orienté le hasard dans cette affaire. Tom se montra très gracieux ; il accepta même le rôle qui lui fut imposé dans le jeu de colin-maillard.

Les joueurs formèrent un cercle autour de lui et Nashe, le capitaine des gardes de Kirkby, lui noua un foulard sur les yeux. Puis ils le firent tourner sur lui-même, et la foule poussa un rugissement de joie lorsque Tom vacilla, avant de reprendre son équilibre. Il avança alors prudemment, en tendant les bras et en cherchant quelqu'un qu'il pourrait reconnaître uniquement par le toucher. Les femmes s'enfuyaient à son approche en poussant de petits cris aigus, tandis que les hommes se contentaient de le pousser en riant dans une autre direction.

Tom parvint à attraper le col d'un garçon et l'arracha sans le vouloir, lorsque le gamin se mit à quatre pattes pour se faufiler dans l'assemblée. Soudain, des mains poussèrent Diana à l'intérieur du cercle. Cicely apparut de l'autre côté un instant plus tard. Elle feignait de chanceler, mais Diana n'était pas sûre que quelqu'un l'avait réellement poussée.

— Qui est là ? lança Tom.

Il pencha la tête de côté, comme s'il se fiait plus à son ouïe qu'au toucher pour deviner l'identité des joueurs.

Cicely se mit à glousser bruyamment. Diana adopta la tactique opposée et garda le silence en passant sur le côté, comme elle le faisait quand elle se trouvait face à un adversaire sur le terrain de joutes. Tom tourna la tête, et elle pensa qu'il la suivait au bruit de ses pas. Pourquoi la foule ne criait-elle pas, quand cela lui aurait rendu service ? Elle ne percevait que des rires étouffés et, de temps en temps, un « Oh », lorsque Tom était sur le point de l'attraper.

Elle baissa la tête, passa sous son bras, et se retrouva derrière lui. Les spectateurs se penchèrent en avant, tendant les mains pour l'empêcher de s'enfuir. Elle fut donc obligée de se retourner et d'attendre le prochain passage de Tom.

Cicely avait visiblement atteint les limites de sa patience. Elle s'écarta avec tant de lenteur, qu'il l'attrapa facilement.

— Ah, ah ! s'écria Tom. Cela veut dire que j'ai gagné !

— Non, vous devez encore nommer la personne que vous avez attrapée, lança Nashe.

Nashe attachait toujours trop d'importance aux règles, songea Diana, exaspérée. Elle avait hâte que ce jeu se termine.

Tom fit glisser les mains sur les bras de Cicely. Celle-ci, faussement effarouchée, poussa une petite exclamation.

— Il me semble que c'est une femme, déclara Tom.

— Mon Dieu, ce que vous êtes malin ! lança une voix dans la foule.

Les gens poussèrent des exclamations de stupeur et échangèrent des regards inquiets. Un noble n'allait-il pas s'offenser de ce genre de remarque ?

Diana constata avec surprise que c'était Talbot qui avait lancé cette remarque insolente. Il souriait, et elle vit Tom se tourner vers le point d'où provenait la voix et sourire à son tour.

Ensuite, il posa les mains sur la tête de Cicely et fit glisser les doigts dans ses cheveux.

— Je pense qu'il s'agit de Lady Cicely, dit-il en reculant.

Cicely fit la moue lorsqu'il ôta ses mains.

— Comment avez-vous deviné ?

— Personne n'est coiffé comme vous. Et votre parfum est caractéristique.

— Je suis contente que vous l'ayez remarqué, commenta-t-elle en hochant la tête.

Les yeux toujours bandés, Tom pivota sur les talons.

— Il y avait quelqu'un d'autre avec nous, dans le cercle.

Diana, qui était sur le point de s'éclipser, fut de nouveau poussée vers lui. Elle fut tentée d'annoncer que le jeu était terminé, puisqu'il avait gagné, mais ses invités seraient déçus. D'un autre côté, Cicely lui lança un regard noir.

Que devait-elle faire ?

Plus rien ne pouvait détourner Tom de son but, à présent. Tendant les bras devant lui, il se dirigea vers elle d'un pas décidé. Une fois de plus, elle tenta de l'esquiver en se faufilant sur le côté, mais il pivota plus rapidement et faillit lui attraper les cheveux. Les spectateurs poussèrent un cri. Puis, un des hommes arrêta Tom avant qu'il ait atteint la limite du cercle, et le fit pivoter dans la bonne direction.

Diana fut tentée de crier à l'injustice, mais elle se contint. Ce n'était qu'un jeu, après tout. Peu importait de perdre ou de gagner. Elle songea avec un brin d'agacement que la loyauté n'avait pas cours. Mais elle devait affronter Tom, et l'idée d'avoir le dessus, même dans un jeu, était une motivation suffisante.

Il se dirigea vers elle, alors qu'elle s'était trop approchée des autres joueurs. Elle ne put passer sur le côté, car ils lui barraient le passage, à droite comme à gauche. Elle fit la seule chose possible, elle s'accroupit. Tom tendit les mains et ne rencontra que le vide, au-dessus de sa tête. Si elle n'avait pas porté de robe, elle aurait roulé sur elle-même et se serait relevée derrière lui. Elle essaya donc de rester accroupie et de se déplacer, mais il avait senti sa présence et ne comptait pas la lâcher. Sa main balaya l'air et rencontra le sommet de sa tête, la faisant tomber en arrière. Elle s'empressa de rabattre ses jupes, avant qu'on n'aperçoive ses mollets nus. Un murmure se propagea dans la foule, mais Tom l'aidait déjà à se relever.

Diana ne dit rien, essaya de ne pas respirer trop vite et de ne pas trembler quand il posa les mains sur elle, bien que submergée par le souvenir de leur baiser.

— Je vous ai fait mal ? s'enquit-il d'un ton soucieux.

Elle ne pouvait répondre sans révéler son identité, aussi se couvrit-elle la bouche de la main, faisant rire tout le monde.

Tom sourit d'un air chagriné en constatant que sa ruse n'avait pas marché. Puis il lui tâta la tête, feignant de vérifier qu'elle n'était pas blessée. Il savait s'y prendre pour défaire les rubans, car très vite ses cheveux retombèrent librement sur ses épaules.

Il y eut des « oh ! » et des « ah ! ». Diana songea que plus d'une personne devait la dévisager avec curiosité, comme si le fait de voir ses cheveux défaits leur rappelait soudain à tous qu'elle était une femme. Elle attendit patiemment que Tom prononce son nom. Mais la confusion s'inscrivit sur son visage.

— N'est-ce pas encore une fois Lady Cicely ? demanda-t-il, en jouant les innocents.

Tout le monde éclata de rire, excepté Cicely, qui les observait, les bras croisés, avec un sourire figé.

— Qui d'autre se coifferait ainsi ? continua-t-il, l'air songeur.

Diana fut encore plus étonnée, quand il fit glisser les doigts sur son visage, caressant lentement son front, son nez, ses joues. Le souffle court, elle le regarda sourire à la foule tout en passant le pouce sur ses lèvres. Des hommes s'esclaffèrent, et elle posa les poings sur les hanches, l'air exaspéré. En réalité, elle avait hâte que ce jeu finisse, avant qu'elle ne trahisse ses sentiments confus et désordonnés.

— Ah, je vous reconnais à présent ! s'exclama Tom, triomphant. Cette bouche est celle qui sait si bien donner les ordres. Lady Diana !

Il y eut plus de rires, et des cris de joie fusèrent, tandis que Tom retirait son bandeau dans un grand geste. Elle eut envie de lui décocher un bon coup de pied mais se contenta de lui faire une brève révérence pour saluer sa victoire.

— À présent, vous êtes en dette envers moi, dit-elle doucement, tandis que la foule se dispersait pour passer à un autre jeu.

— J'ai gagné. Comment puis-je être en dette ?

Alors qu'il se réjouissait encore de sa victoire, elle l'entraîna vers la cheminée et lui présenta le prêtre du château. Celui-ci avait insisté pour faire la connaissance du noble invité qui ne venait pas à la messe. Le père Francis était un homme bon et indulgent ; elle savait qu'il ne sermonnerait pas Tom.

Lorsqu'elle les laissa en tête à tête, Tom écouta poliment le prêtre. Peut-être allait-il reconnaître que tous les hommes d'Église ne ressemblaient pas à ceux qu'il avait connus dans son enfance.

Dès que Diana l'eut abandonné avec le père Francis, Tom se prépara à subir un sermon sur les flammes de l'enfer qui menaçaient tous ceux qui manquaient la messe. Cependant, le vieil homme semblait vouloir simplement parler avec lui, et Tom fit la conversation pendant un bon moment. Le père Francis souhaitait savoir s'il avait vu la nouvelle église en construction à Londres.

Comme Tom avait une mission personnelle à accomplir, il ne tarda pas à trouver une excuse pour fausser compagnie à son interlocuteur. Il alla se poster près des cuisines, et sa patience fut récompensée quand la jeune servante Mary apparut. Il avait déjà parlé avec Cicely, il était temps maintenant d'avoir une discussion avec les amies de Diana. Mary l'avait aidée pour l'enlever, aussi les deux femmes devaient-elles être très proches.

Mary déposa des salières sur plusieurs tables, puis retourna dans le couloir qui menait aux cuisines. Tom lui emboîta le pas et l'appela.

Elle se retourna brusquement, surprise. Quand elle le vit, elle ne put dissimuler une brève expression de peur et de culpabilité. Il aurait voulu ne plus jamais voir ce regard chez ceux auxquels il s'adressait.

— Ne craignez rien, Mary, murmura-t-il.

Il attendit que plusieurs serviteurs trop curieux soient passés, pour reprendre d'un ton apaisant :

— Y a-t-il un endroit où nous pourrions parler en privé ?

Visiblement habituée à obéir, elle inclina la tête et le guida vers un autre couloir. Ils descendirent un escalier et se retrouvèrent dans la cour adjacente aux cuisines. Plusieurs feux y avaient été allumés ; des lapins et de la volaille rôtissaient pour les prochains repas des invités. Des garçons de cuisine leur jetèrent un coup d'œil indifférent et continuèrent de tourner leurs broches. À côté du puits, les sillons couverts de neige du potager attendaient le printemps pour reverdir. Mary finit par se tourner vers lui, les bras frileusement croisés, comme si elle s'attendait au pire.

— Vous n'avez pas à avoir peur, répéta-t-il. Je n'ai dit à personne ce que vous aviez fait, votre maîtresse et vous. Je sais qu'elle a commis une erreur stupide.

Mary hocha la tête, sans poser les yeux sur lui.

— Nous vous en sommes très reconnaissantes, monsieur le vicomte.

— Vous savez que je suis venu ici dans le but de courtiser Lady Cicely. Pour contrarier votre maîtresse, j'ai décidé de lui faire également la cour.

Mary fit un nouveau signe de tête.

— J'étais furieux d'avoir été emprisonné et je pensais trouver un moyen de la punir. Mais au cours de ces derniers jours j'ai fini par mieux la connaître. Il m'est plus facile de lui pardonner, car je suis très attiré par elle, ajouta-t-il avec douceur.

Mary leva ses yeux bruns et le scruta dans la pénombre, comme pour évaluer sa sincérité. Il ne mentait pas. Du moins, pas au sujet de son attirance pour Diana.

— Dites-moi quelque chose sur elle, Mary. Dites-moi pourquoi je devrais la choisir elle, plutôt que sa sœur.

Le visage de Mary s'éclaira brièvement, elle ouvrit la bouche pour parler mais sembla soudain consternée et baissa de nouveau la tête.

— Je ne sais pas ce que vous voulez que je dise, messire.

— Comment puis-je être sûr qu'elle fera une bonne épouse, alors que je constate qu'elle a les qualités d'un homme ?

— Elle est forte, messire. Et elle a besoin de trouver sans cesse de nouvelles choses à apprendre. Mais, bien qu'elle ait choisi le terrain de joutes pour s'exercer, elle a un cœur de femme.

— Pourquoi le terrain de joutes ? grommela-t-il, avec une exaspération grandissante. À quoi lui serviront ses talents de guerrière, alors qu'elle aura un jour un mari pour la défendre ?

— Peut-être pensait-elle ne jamais trouver de mari, messire. Peut-être craignait-elle qu'il ne soit fait appel à elle pour assurer la défense du château.

— Elle était très jeune quand son père lui a donné la permission de s'entraîner. Elle ne pensait sûrement pas devoir diriger un château un jour, sans le soutien d'un époux.

Mary haussa les épaules et regarda derrière lui, vers l'entrée du château, d'un air de regret. Tom soupira. Elle ne lui apprendrait rien d'autre.

— Pardonnez-moi, Mary. J'essaye simplement d'apprendre tout ce que je peux sur chacune des sœurs, avant de prendre une décision. Vous pouvez retourner à votre travail.

Mary s'échappa, avec un regard de reconnaissance. Tom se sentait à la fois frustré et déterminé. Il était temps de chercher une preuve que Diana était liée à la Ligue. Si elle possédait le fameux médaillon, celui qui prouvait son appartenance à la société secrète, elle devait le conserver dans sa chambre.

Le jour de Noël, elle avait tant à faire qu'elle n'y retournerait sûrement pas avant la nuit tombée. Cela lui laissait amplement le temps de fouiller dans ses affaires.

Chapitre 15

Diana passa l'après-midi de Noël à regarder ses gens s'amuser, en laissant pour une fois leur travail de côté. Les villageois et les paysans aidaient tour à tour les serviteurs à préparer le festin du soir qui serait servi à une foule immense dans la grande salle.

Elle n'aurait su dire comment cela était possible, mais elle avait perdu la trace de Bannaster. Il ne se trouvait pas avec Cicely, qui brodait avec ses demoiselles de compagnie, tout en riant avec elles d'une plaisanterie de Talbot.

Diana fut dépitée de ressentir un si grand soulagement en constatant que Tom n'était pas auprès de sa sœur. Devait-elle ajouter la jalousie à ses nombreux péchés ?

— Milady ?

Mary se dirigeait vers elle, l'air soucieux.

— Oui, Mary. Y a-t-il un problème ?

— C'est Lord Bannaster.

— Je ne le vois pas, répondit Diana en balayant la pièce du regard.

— Je viens de parler avec lui, dans la cour de la cuisine. Il m'a posé des questions sur vous. Il voulait savoir pourquoi vous vouliez avoir les mêmes aptitudes au combat qu'un homme. Je n'ai rien dit, bien entendu, se hâta-t-elle de préciser.

Diana lui posa la main sur l'épaule.

— Je le sais, Mary. Ne t'inquiète pas. Il a des soupçons sur moi depuis le début, et il a de bonnes raisons pour cela, puisque je l'ai enfermé dans un cachot. Il n'y a donc rien de nouveau.

Mary s'éloigna, tranquillisée. Diana, en revanche, ne pouvait que concevoir de nouvelles inquiétudes. Elle avait vu Tom parler avec Cicely un peu plus tôt, ensuite, il était allé trouver Mary. Avait-il parlé d'elle chaque fois ? Qu'allait-il faire, à présent ? Était-il possible qu'il commence à se souvenir d'elle ? S'il la reconnaissait, il tiendrait enfin une bonne occasion de se débarrasser des soupçons qui pesaient sur lui, depuis la mort de son frère.

Que ferait-elle à sa place, si elle avait des soupçons à son sujet ?

Elle commencerait par fouiller sa chambre, dans l'espoir d'y trouver une piste.

Aurait il eu la même idée ?

Elle quitta furtivement la grande salle et monta prestement l'escalier sans regarder derrière elle, au cas où quelqu'un voudrait lui faire signe. Arrivée devant la porte de sa chambre, elle ne marqua pas de pause et ouvrit simplement…

Tom Bannaster était agenouillé devant un de ses coffres, une main sur le couvercle fermé.

Il leva les yeux et, sans manifester la moindre culpabilité, lui adressa son sourire enjôleur.

Elle referma la porte.

— Que faites-vous ici ? demanda-t-elle, glaciale.

— Je vous attendais.

Il se redressa et s'approcha d'elle d'un air nonchalant.

— Nous avons des cadeaux de Noël à échanger.

Ce qui était à la fois vrai et faux. Elle savait qu'il voulait badiner avec elle et la mettre dans son lit. Faudrait-il en arriver là, pour dissiper ses soupçons ?

— Si vous étiez si sûr de vous, dit-elle, vous m'auriez attendue dans mon lit, au lieu de fouiller dans mes affaires.

Il lui posa la main sur l'épaule et la fit lentement glisser sur son bras. Elle le laissa faire, espérant lui faire oublier ses soupçons en le distrayant.

Même si c'était perturbant pour elle.

— Je ne fouillais pas dans vos affaires, murmura-t-il. Pas vraiment. Je cherchais une robe que vous pourriez porter ce soir. Quelque chose qui serait plus festif et plus féminin.

— Je ne vous conviens donc pas, telle que je suis ? demanda-t-elle en haussant les sourcils.

Elle voulait jouer avec lui, le manipuler, alors pourquoi était-elle offensée par ses paroles ?

Il lui prit les mains et la regarda avec sincérité.

— Je n'ai jamais dit cela. Vous n'avez pas besoin d'une robe spéciale pour accentuer votre féminité. Pour moi, c'est évident.

Son attitude envers elle, depuis le début, confirmait cette déclaration. Et pourtant il inspectait le contenu de son coffre.

Il l'attira à lui, très lentement, comme s'il s'attendait à ce qu'elle résiste.

Diana eut l'impression que deux voix s'opposaient à l'intérieur d'elle-même. L'une lui ordonnait de le repousser, l'autre, plus rusée, lui rappelait qu'elle devait le distraire et endormir sa méfiance, afin de mener à bien sa mission. Bannaster était-il le genre d'homme en qui la Ligue et le roi pouvaient avoir confiance ? Elle ne savait pas elle-même si elle pouvait avoir confiance en lui, cependant, elle l'autorisait à la toucher.

Ses mains se posèrent sur ses hanches et remontèrent doucement sur sa taille. Elle devait garder l'esprit pratique, et faire son devoir pour la Ligue. Mais ses yeux se fermèrent malgré elle, son corps tituba, et sa logique menaça de s'évaporer.

Une autre petite voix, désespérée, lui souffla que ce n'était pas la bonne méthode pour l'écarter de Cicely.

Mais elle ne pensait plus vraiment à cela. Son monde se réduisait à l'instant présent. Les mains de Tom avaient glissé dans son dos, et il tirait sur les lacets de son corsage. Elle sentit ses lèvres se presser sous son oreille, ses dents s'emparer délicatement de son lobe. Elle poussa un gémissement et pencha la tête pour mieux s'offrir. Du bout de la langue, il traça un sillon vers sa gorge. Son corsage dégrafé retomba sur sa taille, tels les pétales d'une fleur fanée, dans une invitation muette à prendre ce qu'il voulait. Elle sortit les bras de ses manches et laissa le tissu s'étaler mollement.

Elle demeura immobile, se laissant envahir par le désir qui enflammait peu à peu tout son corps. Penchée en arrière, elle agrippa le montant du lit et s'y adossa, pour éviter de tomber. Une brise fraîche effleura ses seins nus, juste avant qu'il ne les réchauffe de sa bouche. Il prit chacun de ses seins au creux de ses mains, les soulevant pour les porter à ses lèvres. Elle arqua le corps, tremblant tandis que les flèches délicieuses du plaisir la transperçaient. Les yeux mi-clos, elle le regarda tracer de sa langue de petits cercles autour d'un mamelon et en taquiner délicatement la pointe. Elle poussa un soupir de déception quand il s'interrompit et souleva la tête, mais alors il reporta son attention sur l'autre sein.

Un brasier surgit en elle, et sa chaleur se concentrait entre ses jambes. Elle était impatiente, en proie à un désir grandissant. Son corps ne semblait plus lui appartenir. Elle ne pouvait plus prétendre qu'elle n'était pas consentante. Abandonnant le montant du lit, elle posa les mains sur son torse puissant, ses épaules dures, puis laissant ses doigts s'aventurer dans ses cheveux, elle maintint sa tête contre la sienne. Ses boucles soyeuses s'enroulèrent autour de ses doigts.

Une fois de plus, elle sentit ses mains viriles glisser le long de son dos. Il repoussa ses vêtements, qui tombèrent sur le sol, et elle se retrouva uniquement vêtue de ses bas et de ses chaussures. Elle se raidit soudain. Elle n'était pas sûre de souhaiter qu'il voie son corps, si différent de celui des autres femmes, avec ses cicatrices, ses marques de coups et son allure efflanquée.

Mais il poussa un nouveau grognement sourd et fit remonter ses lèvres le long de sa gorge pour prendre sa bouche. Son baiser balaya ses dernières craintes, et il resserra les bras autour d'elle. Elle sentit la douceur de son gilet de soie contre sa peau nue, la chaleur de sa cuisse s'insinuant entre ses jambes. Il approfondit son baiser, chercha sa langue et fit naître en elle une passion nouvelle, comme pour la distraire des caresses étranges et excitantes qu'il lui prodiguait.

Soudain, il lui agrippa la taille et la souleva pour la faire asseoir au bord du lit. Avant qu'elle ait pu protester, il l'embrassa de nouveau et se pressa entre ses cuisses, l'obligeant à écarter davantage les jambes. Tout à coup, elle eut la sensation de perdre le contrôle. Elle voulait l'attirer contre elle, avait besoin de le sentir en elle, à l'endroit où le désir la dévorait.

— Attends, attends ! dit-elle, les lèvres contre les siennes.

Il s'immobilisa et la regarda. Elle sut alors qu'elle pouvait encore tout arrêter. Il ferait ce qu'elle lui demanderait. Il dardait sur elle un regard brûlant, plein de promesses, mais il lui laissait le choix. Pour cela au moins, elle lui faisait confiance.

— Tu portes trop de vêtements, s'entendit-elle marmonner, haletante.

Un sourire de soulagement s'inscrivit sur ses traits. Aussitôt, il tira sur les boutons de son gilet et sur les lacets de sa chemise, les faisant passer en un clin d'œil par-dessus sa tête. Son torse était couvert d'une toison sombre, sous laquelle apparaissaient ses muscles saillants.

Son sourire s'évanouit sous son regard intense.

— Touche-moi, Diana, dit-il d'une voix rauque.

Elle lui obéit, posant ses doigts tremblants sur sa poitrine chaude et ferme. Ses muscles étaient durs comme du fer, et il inspira violemment quand elle fit passer son pouce sur ses mamelons.

— Cela te plaît ? demanda-t-elle.

Il acquiesça dans un grognement et s'allongea au-dessus d'elle, l'obligeant à prendre appui sur les coudes. Ses genoux se trouvaient de chaque côté de ses hanches musclées.

— Attends, attends ! cria-t-elle de nouveau, en se mordant les lèvres pour contenir un rire.

Elle n'avait jamais songé que la passion pouvait aussi s'exprimer par le jeu.

Une fois de plus, il s'immobilisa. Mais, cette fois, elle le sentit trembler, tandis qu'il croisait son regard, attendant qu'elle lui donne une permission. Diana laissa le moment se prolonger. Elle aimait cette impression d'anticipation, et le fait de sentir son sexe se presser contre elle. Enfin, n'y tenant plus, elle céda à la tentation et se colla à lui en ondoyant des hanches.

— Tu portes encore trop de vêtements !

Il parut déconcerté, comme s'il s'était attendu à ce qu'elle le repousse. Il enleva son haut-de-chausses avec une expression satisfaite et primitive, et elle se sentit plus femme que jamais. Il n'était plus qu'un homme qui la désirait, qui avait désespérément besoin de ce qu'elle pouvait lui donner.

Il revint au-dessus d'elle, posant les mains de part et d'autre de ses épaules. Diana se figea de nouveau en sentant son sexe dur peser entre ses cuisses. Elle ferma les yeux, se préparant à ce qu'il la pénètre, consciente que cela pouvait être douloureux.

Mais au lieu de cela, elle sentit sa bouche déposer de légers baisers sur le bout de ses seins, tandis que ses doigts s'insinuaient entre ses cuisses pour la caresser doucement. Elle ouvrit largement les yeux quand il toucha les pétales humides de sa féminité, qu'aucun homme n'avait jamais effleurés. Elle se mit à trembler et se crispa, ne sachant ce qu'elle devait faire.

— Détends-toi, Diana, murmura-t-il, les lèvres contre sa peau. Je veux te donner autant de plaisir que tu m'en as donné.

— Je t'ai donné du plaisir ? demanda-t-elle, avec un filet de voix.

— Depuis que nous nous connaissons, je rêve de te toucher et de t'embrasser. Même lorsque j'étais en colère, je ne pensais qu'à cela.

Elle se tendit lorsque ses doigts s'aventurèrent plus loin, pénétrant en elle. Sa respiration se fit haletante, elle ne savait plus ce qu'elle voulait.

— Le seul fait de te toucher et de sentir tes mains sur moi me donne du plaisir.

— Mais… Je ne sais pas quoi faire, finit-elle par avouer.

Il eut un sourire coquin, et ses yeux bruns s'assombrirent.

— Fais-moi confiance, tu apprendras vite.

Puis son sourire disparut, et il ne la quitta plus des yeux, tandis que ses doigts exploraient la chaleur de son corps. Elle aurait dû détourner pudiquement le regard, mais elle était captivée, prise dans l'enchantement de l'intensité du moment. Lorsqu'il retira ses doigts pour remonter un peu plus haut et effleurer le bouton secret du plaisir, elle frémit et fut submergée par une explosion de sensations inconnues, qui amplifia son désir.

— Oh ! je t'en prie, chuchota-t-elle en l'attirant à elle. Finissons-en !

Pour une fois, il ne fit pas ce qu'elle voulait. Il continua de taquiner ses lèvres des siennes, tandis que ses doigts poursuivaient leurs caresses, ralentissant parfois jusqu'à ce qu'elle soit folle d'impatience, puis accélérant et l'emportant dans un tourbillon enivrant.

Puis il retira sa main, et elle poussa un cri désespéré.

Toujours debout devant elle, il lui prit les hanches,

l'attira au bord du lit, et la pénétra d'un puissant coup de reins. Elle éprouva une vive douleur qui disparut presque immédiatement, alors qu'il pressait les hanches entre les siennes, caressant l'endroit que ses doigts venaient de quitter. Aussitôt, elle sentit la passion resurgir.

— Oh ! oui…, marmonna-t-elle.

Elle essaya de bouger en se pressant contre lui, mais elle était maladroite et manquait de confiance en elle.

Il se retira presque complètement, et s'enfonça de nouveau profondément en elle. Diana se tendit et rejeta la tête en arrière, alors qu'il posait les lèvres sur un sein. Le monde sembla basculer, tandis qu'elle se laissait emporter par un plaisir immense, frissonnant de plus belle chaque fois qu'il venait en elle. Elle ne comprenait pas ce qu'elle avait vécu à l'instant, mais il devait probablement rechercher la même chose, car il pénétrait en elle de plus en plus vite. Elle alla à sa rencontre, adoptant instinctivement le même rythme que lui, impatiente de lui offrir le plaisir qu'elle venait elle-même d'éprouver.

Elle noua les bras autour de lui et sentit sous ses doigts les cicatrices qu'elle n'avait encore vues que de loin et qui formaient de larges sillons sur son dos. Elle en fut choquée. Il avait dû terriblement souffrir.

Soudain, il poussa un grognement et frissonna de tout son corps, avant de se laisser tomber sur elle, immobile. Elle demeura lovée contre lui, et une sensation de paix les enveloppa.

Enfin, il se dressa sur les coudes et la regarda. Elle soutint son regard, incapable d'identifier ce qu'elle distinguait dans ses yeux apaisés, dans le pli de sa bouche.

Elle s'était donnée à lui. Encore une action impulsive qu'elle avait été incapable de contrôler. Mais dans ce moment de sérénité, elle ne regrettait rien. Cela viendrait peut-être plus tard, et elle trouverait alors le moyen d'affronter ses regrets.

Malgré le froid hivernal qui imprégnait les murs de pierre, le corps de Tom la tenait au chaud. Leur peau était humide de sueur. Intimement unie à lui, elle avait l'impression d'être une partie de lui-même.

Les yeux plongés dans ceux de Diana, Tom ne savait que penser. Il ne s'attendait pas à ce qu'elle s'offre à lui, et l'idée qu'il ne s'était pas préparé à faire l'amour avec elle l'accablait. Il n'avait jamais été aussi troublé, aussi ému de sa vie. Elle lui avait offert sa virginité. S'était-elle sentie libre de le faire parce qu'elle pensait ne jamais se marier ? L'idée qu'elle serait toujours seule, excepté lors d'une brève étreinte avec un homme, le troubla.

La chaleur de son corps l'enveloppa, et ses pensées s'évaporèrent peu à peu. Le désir de la posséder de nouveau s'empara de lui. Il la pénétra doucement, mais le frisson qui la parcourut trahissait plus la douleur que le plaisir.

Il s'immobilisa aussitôt.

— Diana ? Est-ce que je t'ai fait mal ?

Elle eut un sourire tendre et un peu embarrassé.

— Je suis… endolorie.

Elle se détourna en battant des cils.

Avec un peu de regret, il roula sur le côté et s'allongea près d'elle en poussant un grognement.

— Tu as mal ? s'enquit-elle, visiblement surprise.

Il s'accouda, posant la tête sur une main, et sourit.

— Non, je suis simplement un peu fatigué. Tu m'as pris toute mon énergie, mais je me sens bien. Est-ce que je t'ai donné du plaisir ?

Il fut étonné de la voir rougir, elle qui paraissait toujours franche et imperturbable. Sa gorge prit un ton rosé, et il traça du bout des doigts un sillon entre ses seins. Elle se mit à trembler.

— Tu sais que tu m'as donné du plaisir, répondit-elle à voix basse. Je n'ai pas pu cacher ce que je ressentais. De plus, j'ai crié.

— Personne ne t'a entendue, dit-il en riant. Ils sont tous trop occupés à fêter Noël.

Il se pencha pour l'embrasser, et elle s'accouda sur le lit.

— Je devrais être avec eux. Que diront-ils, s'ils ne me trouvent pas ?

Tom lui embrassa l'épaule et fit glisser ses lèvres sur un sein.

— Ils sont trop absorbés par les jeux et les douceurs qu'on leur sert pour se soucier de toi, à mon avis.

Malgré ces paroles rassurantes, elle s'assit en regardant autour d'elle, comme si elle se demandait ce qu'elle devait faire.

Il lui posa une main sur la cuisse, et elle se figea.

— Diana, tu ne dois pas avoir de regrets à cause de ce que nous avons fait.

Elle lui prit la main, la pressa doucement et se décida enfin à croiser son regard. Quelque chose en lui se dénoua. Il se rendit compte alors que ce qu'elle éprouvait était très important pour lui.

— Je ne regrette rien, Tom. Mais… Je ne veux pas penser maintenant à ce que cela signifie, ou… au fait que cela puisse se reproduire. Tu vas peut-être épouser Cicely…

Il lui posa une main sur les lèvres.

— Ne dis pas cela. Tu sais bien que je n'épouserai pas ta sœur. Sur ce plan, tu as gagné.

Elle élargit les yeux, l'air stupéfait, et s'écarta.

— Tu ne penses tout de même pas que… que je me suis offerte, juste pour t'empêcher de…

Il s'assit au bord du lit et lui passa un bras sur les épaules.

— Non, je ne pense pas cela. Tu me désirais autant que je te désirais. En ce qui concerne Cicely, que voudrais-tu que je fasse ? Qu'est-ce qui sera plus facile pour toi ?

— Je… Je ne sais pas. Tu… Tu ne dois pas lui faire de mal en lui annonçant que ce n'est pas elle que tu veux.

— Parce que c'est toi que je préfère ? suggéra-t-il avec un brin de malice.

Elle fut parcourue d'un frémissement.

— Ne lui dis jamais rien de tel ! J'ignore de quoi elle serait capable. Je vois bien qu'elle est de plus en plus en proie au désespoir. Tu dois être bon envers elle.

— Et toi, Diana ? demanda-t-il, conscient que, pour lui, sa réponse avait beaucoup plus d'importance.

Cette fois, lorsqu'elle fit mine de se lever, il ne chercha pas à l'en empêcher. Elle reprit ses vêtements et enfila sa chemise, sans le regarder. Une fois qu'elle fut couverte, sa nature froide et autoritaire se réaffirma.

Elle posa sur lui un regard calme, mais il était encore nu, et elle eut du mal à respirer normalement.

Il roula sur le côté, s'accouda une fois de plus sur les oreillers, et elle le contempla.

Elle s'humecta les lèvres mais ne détourna pas le regard.

— Moi ? répéta-t-elle. Je… Je réfléchirai à ce qui vient de se passer entre nous. Je n'avais pas prévu cela.

— Je le sais. C'est moi qui t'ai surprise en me trouvant dans ta chambre.

Il eut une brève hésitation, et ajouta :

— Tu dis ne pas avoir de regrets, mais tu ne supportes pas de me regarder.

Sans répondre, elle se pencha pour ramasser sa robe, mais il s'assit prestement et lui agrippa les bras pour l'attirer vers lui.

— Diana…

Elle fixa sa bouche. Il vit son expression s'adoucir, et elle lui caressa les lèvres du bout des doigts.

— Je ne peux m'empêcher de ressentir de l'embarras. Et je ne me servirai pas de ce qui s'est passé pour envisager un mariage entre nous. Je ne sais même pas si c'est vraiment ce que je veux.

— Tu me l'as déjà dit. Mais pourquoi est-ce qu'une femme aussi ravissante que toi ne voudrait pas se marier ?

Elle sembla réfléchir un moment à la question. Il se demanda si elle hésitait à lui dire la vérité… ou si elle cherchait à lui cacher quelque chose.

— J'ai su dès l'enfance que j'étais différente, expliqua-t-elle avec douceur. Or, la plupart des hommes veulent une épouse qui ne sort pas de l'ordinaire.

— En dehors de tes talents de guerrière, tu me parais

comme toutes les autres. Du moins, s'il est possible de dire que toutes les femmes se ressemblent.

— Mes qualités sur le terrain font partie de moi. Je ne renoncerai jamais à mon entraînement pour un homme, quel qu'il soit.

Elle s'exprima d'une voix ferme, sûre d'elle. Sur ce point au moins, elle disait la vérité. Il en avait la certitude.

— Je comprends.

Elle enfila sa robe, et Tom fut conscient de la surprendre lorsqu'il la fit pivoter pour attacher lui-même les lacets de son corsage.

— Je suis très directe, lui dit-elle par-dessus son épaule. À présent, dis-moi si tu regrettes ce qui s'est passé entre nous.

— Je suis un homme. Les hommes ne regrettent jamais ce genre de choses.

Il lui mordilla tendrement le cou, la faisant tressaillir.

— Il y a quelques années, tu n'aurais jamais cru possible de faire cela à une femme, fit-elle remarquer, sans cacher sa curiosité.

Tom quitta le lit et s'habilla à son tour.

— En effet, j'aurais dû me consacrer à l'église. Après mes vœux, j'aurais été obligé de renoncer aux femmes. Tout cela, parce que ma famille l'exigeait.

— Ta famille ou ton père ?

Il esquissa un demi-sourire, tout en tirant sur les lacets de sa chemise.

— Mon père, puis mon frère. Après la mort de mon père, j'ai cru que je serais libre de vivre comme je l'entendais, mais Nicholas en a décidé autrement.

— Tu as donc considéré son attitude comme une double trahison.

Tom haussa les épaules.

— À l'époque, je commençais à comprendre quel genre d'homme était Nicholas. Aussi, je n'aurais pas dû être étonné de sa position à ce sujet. Mais j'étais encore jeune et naïf, je me faisais des illusions.

— Est-ce lui qui a donné l'ordre de te fouetter ?

Tom avait l'habitude d'entendre des questions à ce sujet de la part des femmes avec lesquelles il couchait. Une ou deux fois, ses cicatrices avaient fait fuir sa partenaire avant même qu'il y ait eu quoi que ce soit entre eux. D'autres fois, il avait été rebuté par leurs regards de pitié. Diana, cependant, n'exprimait aucun apitoiement. Elle l'observait, d'un air grave.

— C'était le prêtre qui me guidait dans mes études, finit-il par dire.

Il vit une brève surprise dans son regard.

— Un homme de Dieu ?

— J'avais quatorze ans, et il m'avait surpris en train de loucher sur une fille, expliqua-t-il d'un ton détaché. Il a décrété que la douleur m'aiderait à renier mes bas instincts.

— Ton père permettait que tu sois traité ainsi ? s'exclama-t-elle, horrifiée.

— Mes parents ne l'ont appris qu'après. Mon père n'a rien trouvé à redire. Ma mère a nettoyé mes plaies elle-même, sans cesser de pleurer.

— Et cet idiot de prêtre a cru que ce genre de tactique serait efficace avec toi ?

Il pencha la tête de côté, en souriant.

— Tu penses que ce n'est pas le cas ?

— Non. Tu as probablement appris à dissimuler davantage, voilà tout.

— Tu me connais déjà trop bien, déclara-t-il en lui caressant la joue.

Ils cessèrent de parler pendant un moment. Tom la regarda dans les yeux et vit en elle une douceur qui l'attendrit.

Il n'aurait pas dû éprouver de tels sentiments pour elle.

Elle pensait qu'il maîtrisait l'art de la dissimulation depuis son jeune âge et ne se trompait pas : il excellait même dans ce domaine. Il ignorait toujours si elle appartenait à la Ligue – il n'avait pas trouvé de médaillon prouvant qu'elle en était membre. Tout ce qu'il avait découvert, c'était une tablette de cire. Les dernières lettres qu'elle y avait gravées avaient été effacées, mais elle aurait pu écrire n'importe quoi. Enfin, elle l'avait jeté dans un cachot !

Mais à peine en était-il sorti qu'il avait admiré son audace.

Il passa les bras dans les manches de son gilet.

— En général, ce prêtre avait des punitions plus originales.

Diana s'adossa à l'un des montants du lit et attendit en silence qu'il poursuive. Il avait envie de lui raconter une foule de choses, mais il était obligé de se contenir. Comment pouvait-il envisager de lui faire confiance, quand elle lui cachait tant de choses ?

— J'ai su dès mon plus jeune âge que j'étais censé être différent des autres garçons. Je ne devais pas m'intéresser aux choses terrestres. Pourtant, tout ce que je voulais, c'était une épée. Une épée en bois, comme en possédaient les garçons de mon âge.

— J'en avais une aussi, avoua-t-elle en souriant.

— Naturellement ! s'exclama-t-il, en levant les yeux au ciel.

Puis il reprit, sur un ton plus grave :

— Une des raisons pour lesquelles je ne pouvais pas penser de mal de Nicholas, c'était qu'il me défendait toujours, quand j'étais petit. Lorsque les autres enfants se moquaient de moi, je n'avais pas le droit de répondre, et Nicholas les corrigeait à ma place.

— C'était un homme complexe.

Diana avait le plus grand mal à garder une expression impassible, à le laisser parler sans lui témoigner une compassion dont il ne voulait pas. Qu'avait-il dû ressentir, à la pensée que le frère qui l'avait toujours protégé pouvait se transformer en monstre et violer des femmes innocentes ?

— Tu ne m'as pas dit quel genre de punitions te réservait le prêtre ?

Tom l'observa un instant, en inclinant la tête de côté.

— Tu t'intéresses donc à moi ?

— Tu ne trouves pas cela normal, après ce que nous venons de faire ?

Il sourit.

— Pour m'accorder ce que je veux, tu m'obliges à te raconter les sordides petits secrets de mon enfance ?

— C'est toi qui as commencé.

Il la prit dans ses bras et la serra contre lui. Diana s'abandonna à son étreinte, tout en se promettant de ne pas lui permettre d'aller plus loin.

— Non, ma douce. C'est toi qui as commencé, lorsque tu m'as jeté dans un cachot.

— Et je n'aurais pas été obligée de le faire, si tu ne l'avais pas mérité. Mais tu oublies de me parler de cette fameuse punition.

Il soupira, en pressant doucement la joue contre ses boucles soyeuses. Diana demeura immobile, troublée par la tendresse inattendue de ce geste. En était-il conscient ? Elle se sentait en sécurité dans ses bras, et ce sentiment était déconcertant. Car, en réalité, elle lui mentait… Elle le trahissait, songea-t-elle, consternée. C'était ce qu'il penserait, s'il découvrait la teneur de sa mission.

— Quand le prêtre m'a surpris avec une épée, il a décidé que j'avais beaucoup trop d'énergie pour un futur homme d'Église. Si j'étais fatigué, je serais moins enclin à jouer avec des objets qui m'étaient interdits. À l'époque, mon père faisait construire une nouvelle église en lisière de forêt, aux abords du village. Le prêtre m'a donc obligé pendant des heures à transporter des blocs de pierres sur le site. Pendant que j'accomplissais ce travail, il exigeait que je réfléchisse à mes péchés.

— Et comme tu étais un jeune homme, tu devais avoir des milliers de mauvaises pensées, fit-elle remarquer d'un ton léger.

— Je dois avouer que ce dur travail a fini par se révéler payant. Car, lorsque je suis devenu vicomte, j'ai dû prouver que j'étais capable de diriger des hommes, bien que je ne sois pas encore chevalier. Mes soldats ont vu ma force, et ils ont compris que le reste viendrait vite, avec un peu d'entraînement.

Malgré les traumatismes de son enfance, il ne se

laissait pas submerger par l'amertume. Ce trait de caractère plut à Diana. Sans penser aux conséquences de son geste, elle fit glisser ses mains sur ses bras musclés, puis sur son large torse. Il se figea, le souffle court. Quand elle leva les yeux, elle vit qu'il la regardait, et qu'il n'y avait plus trace d'amusement dans ses yeux.

— En somme, ce prêtre t'a rendu service, dit-elle dans un souffle. Je comprends maintenant pourquoi tu as un corps aussi impressionnant.

Il ne répondit pas mais se pencha pour l'embrasser.

Elle pivota sur les talons, échappant à son étreinte.

— Non, Lord Bannaster. Mes gens m'attendent pour le festin de Noël.

Il lui saisit la main et l'obligea à se retourner vers lui.

— Appelle-moi par mon prénom ! répéta-t-il d'un ton dédaigneux.

— Très bien… Tom. Cela me paraît étrange, après t'avoir si longtemps nommé Bannaster, dans ma tête.

— Si longtemps ? Il y a à peine quinze jours que nous nous connaissons.

Elle sourit, pour masquer son trouble. L'erreur qu'elle venait de commettre aurait pu être terrible. Elle devait surveiller sa langue !

— J'ai eu l'impression que ton séjour dans ce cachot durait une éternité.

— Tu te sens coupable ? s'enquit-il en souriant.

Elle retira sa main.

— Pas le moins du monde. Sois très prudent en partant. Personne ne doit te voir. Je laisserai passer un peu de temps avant de te suivre.

— Encore un baiser.

— Sors ! lui ordonna-t-elle d'un ton sévère, en lui montrant la porte.

Il prit un air exagérément déçu puis ouvrit prudemment le battant de chêne, regarda à droite et à gauche dans le corridor et finit par sortir.

Diana ferma les yeux et se laissa tomber sur un banc. Sans le vouloir, elle venait de tout compliquer.

Quand Tom la touchait, elle oubliait tout. La Ligue, son avenir sans mari encombrant… Elle ne pensait plus qu'à ce qu'il lui faisait ressentir, et au plaisir qu'elle voulait lui donner en retour.

Une petite voix anxieuse lui suggérait cependant qu'elle n'avait cédé à Tom que pour remporter une victoire sur sa sœur. Elle croisa les bras, pendant que des milliers de pensées passaient dans son esprit. Non. Elle s'était intéressée à Tom dès l'instant où elle l'avait enfermé dans le donjon. Cicely n'avait rien à voir dans tout cela.

Elle renversa la tête en arrière et soupira lourdement. Tom était quelqu'un de bien. Elle ne pourrait jamais oublier la gratitude qu'elle avait éprouvée quand il lui avait permis de s'échapper de la chambre de son frère. Il avait dû faire face aux soupçons, aux accusations à peine voilées. Pour la protéger, il avait enduré les conséquences de son acte, alors qu'elle n'était qu'une étrangère pour lui.

Et maintenant elle le trahissait en l'espionnant en secret.

Mais était-ce vraiment une trahison, si elle prenait sa défense face à ceux qui se méfiaient de lui ? Peut-être parviendrait-elle à le racheter aux yeux du roi !

Tout en se disant qu'elle devait se sentir soulagée de

lui rendre ce service, elle sortit sa tablette de cire du coffre et mit un peu d'ordre dans ses idées.

Cicely n'en croyait pas ses yeux. Elle se cacha dans un renfoncement pour éviter Lord Bannaster qui avançait dans le corridor menant à la chambre de sa sœur. Plaquée contre le mur, elle attendit qu'il se soit éloigné, tout en se répétant que cela ne voulait rien dire. Il y avait d'autres chambres à cet étage, dont la sienne, d'ailleurs.

Mais celle de leur hôte se trouvait à l'étage supérieur, il n'avait rien à faire ici.

D'autre part, Diana ne se trouvait pas dans la grande salle.

L'espace d'une seconde, elle avait pu voir l'expression sereine du vicomte, son pas léger.

Que se passait-il ?

Chapitre 16

— Un tournoi, le jour du nouvel an ? s'exclama Tom.

Deux jours avaient passé, et ils étaient assis à table, pour le repas de midi.

Diana hocha vigoureusement la tête et regarda les convives, croisant en dernier le regard suspicieux de sa sœur.

— Cicely, le temps a été fort clément pendant les fêtes de Noël, les routes sont dégagées, et le voyage ne sera pas difficile. Nos valets iront porter les invitations. Les chevaliers de la région seront contents de se voir proposer cette rencontre. Le tournoi ne durera qu'un jour, ainsi les participants pourront arriver la veille, passer une journée à concourir, puis retourner dans leur famille le lendemain matin.

Par ailleurs, ils n'épuiseraient pas leurs provisions pour l'hiver, ajouta-t-elle en elle-même.

Le regard de sa sœur s'était illuminé quand elle avait prononcé le mot chevaliers.

— Mais, Diana, notre frère a demandé expressément à être consulté, si nous souhaitions faire quelque chose sortant de l'ordinaire ici, dans son château.

Diana eut un sourire confiant.

— Il nous faudrait plusieurs jours pour le joindre, et les fêtes de Noël ne durent que jusqu'au Jour des Rois. Il comprendra que nous nous soyons passées de son accord.

Pour une fois, elles tombèrent d'accord, et Cicely lui rendit son sourire.

— Oui, je le pense aussi. D'autre part, nous ne lui avons jamais désobéi jusqu'à maintenant.

Cette réponse était plus agréable que la froideur à laquelle Diana avait droit depuis plusieurs jours. Bien qu'elle ait pris soin de garder ses distances vis-à-vis de Tom, craignant que son regard ne la trahisse, Cicely semblait deviner qu'il s'était passé quelque chose. Leurs conversations étaient plus tendues que jamais.

Tom, de son côté, continuait de passer autant de temps avec l'une qu'avec l'autre. Ce matin encore, en revenant du terrain d'entraînement, il avait emmené Cicely faire une longue promenade.

Diana avait trouvé que c'était une très bonne chose. Quoi qu'il se passe entre Tom et elle, elle ne voulait pas avoir à affronter la colère de sa sœur avant de savoir exactement quelles étaient ses propres intentions.

Pour le moment, elle n'en avait aucune idée. Jusqu'ici, elle avait mis un point d'honneur à ne jamais rester seule en présence de Tom. Ses pensées étaient encore confuses, et elle hésitait. Elle n'était pas habituée à de tels sentiments.

Quel genre de relation avaient-ils ? Se servaient-ils physiquement l'un de l'autre ? Si c'était le cas, ils ne pouvaient se permettre de continuer et de prendre le risque de concevoir un enfant.

Elle frémit en imaginant la réaction d'Archie, si une

telle honte s'abattait sur elle et sur leur famille. Elle serait bannie, une fois de plus.

Mais sa lettre à la Ligue était écrite. La seule façon de la faire parvenir à ses destinataires, à cette période de l'année, était d'organiser un tournoi auquel participeraient des chevaliers étrangers au château. Les hommes de la Ligue auraient un excellent prétexte pour se mêler aux autres combattants. Alors, sa mission serait accomplie.

En dépit de cela, si elle espérait prendre un nouveau départ avec Tom, elle se faisait des illusions. Avec tous les secrets qui existaient entre eux, comment pourraient-ils se faire mutuellement confiance ?

Ces deux derniers jours, alors qu'elle s'était tenue à l'écart, elle s'était demandé ce qu'il pensait de la distance qu'elle avait instaurée entre eux, après leur moment d'intimité. Tom avait fait preuve d'une extrême patience. Il ne s'était pas introduit dans sa chambre et n'avait pas essayé de se retrouver en tête à tête avec elle.

Cependant, elle sentait qu'il concentrait son attention sur elle. À certains moments, elle le surprenait à la regarder discrètement. Son regard était si intense qu'elle avait l'impression qu'il la touchait, ravivant en elle la flamme qui couvait. Elle savait ce qu'il voulait. Il attendait simplement qu'elle prenne sa décision.

Il n'essaierait pas de la persuader, ni d'utiliser la force. Une petite partie d'elle-même aurait préféré qu'il le fasse. Dans le fond, elle avait conscience de chercher une excuse pour faire retomber la faute sur lui, plutôt que sur elle.

Car elle ne pouvait penser qu'à lui. S'ils s'exerçaient au même moment sur le terrain, elle était tellement tentée de le regarder qu'elle parvenait à peine à se concentrer sur son adversaire. Il avait un style d'attaque agressif et très rapide, qui désarmait toujours son ennemi.

Elle l'avait affronté dans un lit. Maintenant, elle voulait se battre contre lui en utilisant les talents qu'elle avait perfectionnés toute sa vie, et qu'elle maîtrisait. Car elle n'était pas sûre de posséder les qualités ordinaires d'une femme.

Cependant, elle craignait de s'entraîner avec lui devant ses hommes. Elle avait déjà bien assez de mal à cacher ses sentiments dans la grande salle. Sur le terrain d'entraînement, elle risquait de perdre ses facultés de concentration, d'être trop troublée pour utiliser ses compétences contre lui, ou pour triompher.

Alors qu'elle se préparait pour le tournoi qui aurait lieu quatre jours plus tard, elle préférait garder ses distances, afin de ne pas se laisser troubler.

Deux jours avant le tournoi, tard dans la soirée quelqu'un frappa à la porte de sa chambre. Diana posa son ouvrage de broderie. Partagée entre l'espoir et l'inquiétude, elle imagina Tom pénétrant chez elle. Que lui dirait-elle ? Que ferait-elle, s'il la prenait dans ses bras ?

Mais ce fut Joan qui entra et referma précipitamment derrière elle. Diana en éprouva une profonde déception.

La servante s'adossa au battant et inspira longuement, en fermant les yeux.

— Tu as couru ? lui demanda Diana en souriant.

Joan secoua la tête.

— Non, milady. Mais je quitte rarement les cuisines,

et quand cela m'arrive je ressens le besoin d'aller vite pour ne pas être remarquée.

— Joan, je suis désolée. Quand Tom… Bannaster partira, tu seras de nouveau libre d'aller et venir. Mais…

— Oui, je sais. S'il me voit et qu'il me reconnaît, cela ne sera pas bon pour Mary et vous.

— Ni pour toi. Et je me fais du souci pour vous deux.

Diana soupira et retourna s'asseoir au bord du lit. Les mensonges ne cesseraient donc jamais ?

— Je suis venue, parce que les gens parlent et que vous devez le savoir, reprit Joan, un peu hésitante.

— Ils parlent ? répéta Diana, intriguée.

— Avant Noël, Lord Bannaster partageait son temps entre votre sœur et vous. Mais depuis… Eh bien, vos gens se font du souci pour vous, car ils trouvent qu'il vous néglige, au profit de Lady Cicely.

Diana eut du mal à contenir un petit rire, tant elle fut déconcertée.

— Je sais ce que vous pensez, se hâta d'ajouter Joan, sans lui laisser le temps de parler. Vous ne vouliez pas de ses attentions, de toute façon. Pas après… Vous savez… ce que nous lui avons fait.

Diana hocha la tête, s'efforçant de conserver un air grave.

— En effet.

— Si vous espériez qu'il choisisse votre sœur, tout irait très bien. Mais vous voulez qu'il s'en aille, n'est-ce pas ?

Encore des mensonges, songea Diana. Elle ne pouvait révéler à Joan ou à Mary ce qui s'était passé entre Tom et elle.

— Tu as raison, Joan. Il ne faut pas que les gens se

posent de questions sur l'attitude du vicomte. Et oui, il doit quitter le château… sans Cicely.

Joan hocha la tête et saisit la poignée.

— Je dois retourner à mon travail, milady.

— Je te remercie, répondit Diana en lui posant la main sur l'épaule. Tu es une amie fidèle et tu ne mérites pas de vivre dans cette solitude forcée.

Joan s'empourpra.

— Cela m'est égal. Je n'oublierai jamais que vous m'avez secourue quand j'étais seule au monde.

Une fois la jeune femme partie, Diana prit la résolution de faire de son mieux pour détourner les soupçons de ses gens.

Le jour suivant, l'excitation régnait au château. Dans les cuisines, on préparait des repas pour des douzaines de chevaliers et de soldats et pour leurs familles. Les chambres étaient aérées et nettoyées, et des lits rajoutés afin d'accueillir plusieurs personnes.

Durant le repas de midi, Diana prit une longue inspiration et s'adressa à Tom.

— Monsieur le vicomte, me ferez-vous la faveur d'examiner les terrains de joutes, afin de nous faire bénéficier de votre expérience ?

Avant qu'il ait pu répondre, elle se tourna vers sa sœur.

— Tu l'as eu tout à toi ce matin, dans le jardin des dames.

Diana n'aurait su dire de quoi ils parlaient, assis sur des couvertures, posées sur les bancs de pierre. Mais elle avait vu Cicely désigner plusieurs variétés de plantes. Elle se demandait si sa sœur avait exposé sa connaissance des fleurs qui dormaient en attendant le printemps.

— Très bien, répondit Cicely d'un ton guindé. Les servantes ont besoin de moi dans la salle de couture. Nous avons presque fini les bannières qui décoreront le château, ajouta-t-elle fièrement en se tournant vers Tom.

— J'ai hâte de les voir !

Puis il reporta son attention sur Diana qui sentit son estomac se contracter. Cela faisait des jours qu'elle évitait de lui parler. Combien de temps encore paraîtrait-elle crédible ?

Après avoir pris leurs manteaux, ils sortirent ensemble. Il faisait si froid que leur souffle formait de petits nuages blancs devant leur bouche. Le ciel gris laissait prévoir de la neige. Mais celle-ci n'arriverait sans doute que le lendemain, au moment où le tournoi commencerait.

Diana sentit les regards qui convergeaient vers elle, mais quand elle jeta un coup d'œil à la ronde, les gens retournèrent promptement à leurs occupations.

— Je suis étonné que vous ayez requis ma présence, dit Tom, en gardant les yeux fixés au loin. Vous m'évitiez, ces derniers temps.

— Oui, c'est vrai, reconnut-elle dans un murmure.

— Cependant, la façon dont votre sœur vous a regardée à l'instant n'a pas pu vous échapper.

— Je pense qu'elle s'interroge sur mes raisons d'agir comme je le fais. Mais nous devons aussi apaiser les inquiétudes de mes gens.

Elle lui rapporta la visite de Joan.

— Donc, je suis autorisé à vous tenir compagnie uniquement pour la galerie ?

Elle lui lança un regard en coin, mais ses traits ne révélaient rien de ses pensées.

— Je me sens… confuse.

— Eh bien, pas moi.

Ils s'arrêtèrent devant la loge d'entrée, juste à l'extérieur du château. Les villageois avaient fait un travail considérable, élevant des palissades et traçant des allées où les cavaliers allaient s'affronter, puis disposant autour du terrain des bancs pour les spectateurs.

Alors qu'ils se retrouvaient seuls dans la campagne silencieuse, Tom murmura :

— Mes idées ne sont pas confuses. Je n'ai qu'une envie, c'est de te tenir dans mes bras et de t'embrasser… partout.

Elle ferma les yeux, frémissante.

— Tes baisers sont…

— Je n'ai pas eu le temps de t'embrasser beaucoup, ma douce. Tu n'as encore rien vu.

L'esprit de Diana, toujours actif, était maintenant en ébullition, et des scènes imaginaires défilaient dans sa tête. Comme s'il n'était pas déjà assez difficile d'oublier les caresses qu'il lui avait prodiguées, ou son corps se pressant contre le sien. Mais penser de plus à sa langue…

— J'ai beaucoup à faire, s'entendit-elle déclarer, de très loin.

— Tes gens ne vont-ils pas s'étonner, si nous nous quittons aussi brusquement ?

Elle prit conscience que sa respiration était saccadée, comme si elle manquait d'air.

— Continuons notre promenade, proposa-t-il en se dirigeant vers la lice.

Diana n'eut pas le choix, elle dut le suivre. Mais

en elle couvait un brasier de sentiments ardents et contradictoires. Que ressentait-elle vraiment pour cet homme ? Comment cette histoire allait-elle finir ?

Voulait-elle vraiment qu'elle finisse ?

Le jour suivant, qui était la veille du nouvel an, Tom passa peu de temps en compagnie de Diana. Les concurrents arrivèrent pour le tournoi, certains à cheval, par groupes de deux ou trois, d'autres suivis par des voitures transportant leur famille. Cicely accueillit les dames, leur montra leur chambre et les invita à venir broder avec elle devant l'imposante cheminée de la grande salle qui diffusait une douce chaleur.

Tom ne put s'empêcher de sourire en l'entendant s'informer du statut marital des hommes qui allaient participer au tournoi. Il comprenait son inquiétude, car Kirkby Keep était un château isolé, éloigné de tout. Bien qu'elle ne soit pas une femme pour lui, elle ferait certainement une bonne épouse pour un homme sachant la rendre heureuse. Il était fort dommage que son frère ne s'en rende pas compte.

Puis Cicely l'aperçut, et le sourire radieux qu'elle lui adressa le ramena brusquement à la réalité. Il ne devait pas oublier qu'il était sa cible principale.

Diana reçut les hommes, et Tom demeura dans les parages chaque fois qu'un nouveau groupe arrivait. De toute évidence, la plupart de ces hommes étaient ses voisins et la connaissaient depuis des années. Plus d'un lui demanda à quel combat elle comptait participer, laissant sous-entendre d'un air amusé qu'il ne tenait pas à l'affronter.

Des inconnus venant au château pour la première fois observaient Diana avec des expressions allant de la curiosité au déplaisir. Tom eut lui-même droit à quelques regards hostiles, lorsque son identité fut dévoilée.

Il ressentait aussi de la curiosité vis-à-vis de Diana, comme certains des autres concurrents. Il supposait que son adresse lors des tournois avait probablement attiré l'attention de la Ligue. Au cours des derniers jours, il avait été si préoccupé par sa relation avec elle, qu'il avait eu tendance à oublier le danger que la Ligue représentait pour lui. L'organisation ne risquait-elle pas d'envoyer l'un de ses membres prendre part à un tournoi dans le Yorkshire ?

La plupart des chevaliers participant aux festivités lui étaient inconnus. Tout ce qu'il pouvait faire était de rester sur ses gardes. Il avait l'habitude de vivre de cette manière, bien que son titre et son lien de parenté avec le roi lui procurent généralement une protection.

S'il y avait des hommes de la Ligue parmi les invités, Diana le saurait-elle ? Il ne pouvait pas croire qu'elle lui voulait du mal. Mais la connaissait-il vraiment ?

Seule dans sa chambre, ce soir-là, Diana pensait avec satisfaction à cette première journée. Parmi les nombreux inconnus présents au château se trouvaient certainement un ou deux membres de la Ligue. Ils s'étaient préparés à ce qu'elle organise ce tournoi. Le message codé qui leur était destiné était caché à l'écurie, en un lieu convenu, accessible à tous, et signalé d'une façon spéciale, que seul un membre de la société secrète pourrait reconnaître.

Après le souper, la musique s'était répandue dans le vieux château et lui avait redonné vie. Les invités s'étaient abandonnés à la danse, se donnant la main, effectuant avec adresse et enthousiasme des pas compliqués. Quand Tom l'avait entraînée parmi eux, elle n'avait pas pu protester. Très vite, ils avaient ri ensemble, alors qu'il la soulevait et la faisait virevolter. Ses mains étaient si fortes qu'elle s'était sentie aussi à l'aise qu'un oiseau en plein vol. Une seule chose lui avait gâché son plaisir, le fait de savoir que Mary avait attrapé froid, et qu'elle s'était couchée plus tôt que d'habitude.

Soudain, la porte de sa chambre s'ouvrit à la volée, et Cicely entra, les poings sur les hanches.

Le sentiment de satisfaction de Diana s'évapora aussitôt et elle poussa un lourd soupir.

— Oui, Cicely ?

— Tu as dansé avec Lord Bannaster plus souvent que moi, déclara sa sœur, glaciale.

— Je ne l'ai pas fait exprès, répondit Diana, d'un ton las.

— Et je n'ai pas aimé la façon dont tu le regardais ! Que vont croire les gens ?

— Ils croiront que je tiens à ce que mes invités passent du bon temps. Et Bannaster n'est pas ton jouet, Cicely, il est notre invité.

Sa sœur cadette fit un pas vers elle.

— C'est moi qui l'aurai !

— Essaierais-tu de m'intimider ? demanda Diana, incrédule.

Elle était si surprise et si agacée par l'attitude de Cicely, qu'elle parla sans réfléchir.

— Tu ne comprends donc pas ? Ce n'est pas l'homme

qu'il te faut. Je t'ai expliqué qu'il avait voulu obliger une femme à l'épouser, et tu n'as pas voulu m'écouter. Mais il a aussi longtemps été suspecté du meurtre de son frère. Est-ce le genre d'homme dont tu voudrais pour mari ?

À peine les mots eurent-ils franchi ses lèvres, qu'elle regretta de les avoir prononcés. Comment avait-elle pu faire état d'un crime qu'elle avait elle-même commis, pour déprécier Tom aux yeux de sa sœur ?

Elle n'avait pas le droit de parler de lui ainsi et de répandre des commérages. Quand les invités étaient arrivés, elle avait vu plus d'un homme se rembrunir, en apprenant que le vicomte de Bannaster était au château.

Cicely se contenta de lever le menton avec détermination.

— Je sais quel genre d'homme il est. Crois-tu donc que je n'ai pas d'oreilles ? Que je n'écoute pas, et que je ne comprends pas ce qu'on dit de lui ? J'avais aussi entendu parler de son frère. Apparemment, l'ancien vicomte méritait de mourir… Cependant, je ne crois pas Lord Bannaster capable d'avoir accompli un tel acte.

Non, mais moi je l'ai été, songea tristement Diana.

— Je veux passer avec lui le temps auquel j'ai droit, Diana. Mes amis sont ici, et ils s'attendent à le voir en ma compagnie.

— Sors, répondit Diana en lui montrant la porte. J'ai tellement à faire, que tu pourras passer tout le temps que tu voudras avec lui.

Cicely hocha la tête et se dirigea vers la porte. Diana se laissa tomber sur le lit. Ses secrets devenaient trop pesants, elle ne parvenait plus à les porter dans son cœur. Mais elle redoutait ce qui arriverait si la vérité éclatait.

Le matin suivant, la lice résonna des cavalcades des chevaux et des cris des cavaliers s'affrontant sur le terrain. Les lances se brisaient avec fracas contre les armures et les boucliers, les encouragements fusaient de toutes parts. Le temps était frais, les amas de neige voisinaient sur le sol avec les flaques de boue, et les spectateurs étaient enthousiastes.

Abritée par les tentures et les tapisseries, Diana regarda la compétition de lancer de dagues, en attendant son tour. Elle portait ses hauts-de-chausses et son gilet de cuir, sur une lourde chemise de laine. Plusieurs femmes la considérèrent avec stupéfaction. Bien qu'elle fasse rarement étalage de ses talents devant des inconnus, elle était habituée aux regards de surprise.

La dernière fois qu'elle avait pris part à un tournoi, elle avait dix-sept ans. C'était à cette occasion que la Ligue de l'Épée l'avait remarquée, perçant à jour son déguisement de garçon. Ses représentants étaient sûrement là, encore aujourd'hui. Ils l'observaient et allaient décider si elle était digne ou non de faire encore partie de leur société secrète. Elle avait accompli sa mission avec succès. À présent elle allait vaincre son adversaire.

Quand elle regarda le parchemin sur lequel étaient inscrits les noms des concurrents, elle vit que le nom d'un voisin figurant en face du sien avait été rayé et remplacé par celui de Tom.

Surprise, elle leva les yeux et regarda autour d'elle pour comprendre ce qui s'était passé. Tom la guettait de loin, s'amusant à lancer sa dague en l'air et à la rattraper. Ses yeux ne se posaient jamais sur la lame, il l'attrapait souplement par la poignée et la lançait de nouveau, sans s'arrêter.

Elle avait décidé de l'éviter pendant le tournoi, pour ne pas contrarier Cicely. Mais elle ne pouvait pas protester contre cette modification dans les rencontres, sans attirer l'attention sur elle. Elle fixa Tom en haussant les sourcils, et son sourire se fit malicieux. Comme s'il ne pensait pas du tout à l'affronter avec une dague en main, mais plutôt dans des circonstances bien plus intimes.

Elle aimait sa présence, songea-t-elle brusquement. Comment pourrait-elle souhaiter mettre fin à cette situation ? Sans lui, sa vie redeviendrait une longue suite de besognes ennuyeuses. Elle ne pouvait demander à un homme de l'épouser, mais pourrait-elle se contenter d'être sa maîtresse ?

Même une telle relation souffrirait, si des mensonges subsistaient entre eux.

Un grand panneau de bois avait été dressé. Comme pour le concours d'archers, on y avait dessiné une cible, avec plusieurs cercles concentriques. La plupart du temps, dans les compétitions au poignard, les adversaires s'affrontaient arme à la main. Diana avait décidé que, pour une fois, il n'y aurait pas de combat. Chacun serait jugé selon son habileté au lancer de lame, et son capitaine avait approuvé son choix.

Tom et elle se tenaient maintenant côte à côte, à une distance réglementaire de la cible. Ils avaient droit à trois essais chacun, et le meilleur serait proclamé vainqueur. S'ils étaient à égalité, ils reculeraient de plusieurs pas et recommenceraient.

Leurs dagues atteignirent toutes le centre du cercle, et ils durent reculer pour un deuxième round. De jeunes valets leur ramenaient les dagues après chaque lancer, et une foule de plus en plus nombreuse se massait autour d'eux. Diana refusait de se laisser distraire par les spectateurs, ou par sa sœur.

Cette fois, le poignard de Tom se planta deux fois à l'extérieur du cercle, mais le troisième atteignit le centre. Diana parvint à atteindre la cible chaque fois.

Une voix s'éleva dans la foule pour proclamer qu'elle avait gagné.

— Mais mon tir gagnant est le meilleur ! protesta Tom.

La foule éclata de rire. Tous deux reculèrent encore de dix pas. Cette fois, aucune des dagues de Tom ne toucha le centre. Une seule des lames de Diana l'atteignit.

Tom ne fut pas étonné, mais l'adresse de Diana l'impressionna, et il s'inclina devant elle, comme si elle avait été une grande dame à la cour du roi. Les gens riaient et applaudissaient. Pour sa part, il eut le plaisir de la voir rougir.

Elle avait une telle obstination qu'elle réussissait tout ce qu'elle entreprenait. Peut-être même avait-elle réussi à entrer dans la Ligue. Ses membres ne pouvaient qu'avoir été impressionnés par son habileté à manier le poignard. Il soupesa sa dague en la regardant, espérant en voir davantage. Elle soutint son regard, un sourire aux lèvres. La tension entre eux était presque palpable, telle une vague portant en elle la passion et une compréhension mutuelle. Les spectateurs les observaient en chuchotant.

Il croyait qu'elle serait gênée de se trouver ainsi au centre de l'attention, mais elle fit tourner pensivement la lame sur laquelle se reflétait la lumière. Allait-elle souhaiter croiser le fer avec lui ? se demanda-t-il, décontenancé. Après sa défaite, il ne demandait pas mieux que d'avoir une seconde chance de la vaincre.

— Des épées ! cria une voix, dans la foule.

Nashe, le capitaine des gardes de Diana, s'interposa.

— Ma maîtresse ne participe pas aux combats à l'épée.

— Mais je veux bien défier Lord Bannaster, répondit Diana, d'une voix égale.

Tom eut un sourire de satisfaction. En moins de temps qu'il n'en fallait pour le dire, ils furent équipés de cuirasses, de heaumes et d'épées aux lames émoussées. Les compétitions de la matinée étaient terminées, et les spectateurs sortaient de la lice et venaient rejoindre la foule déjà massée autour d'eux.

L'air désapprobateur, Nashe lança :

— Si aucun des combattants ne parvient à toucher l'armure de son adversaire de la pointe de l'épée, alors celui qui gardera son épée en main sera déclaré vainqueur.

Après avoir acquiescé d'un signe de tête, Tom et Diana se placèrent au centre du terrain d'entraînement couvert de boue. Tom ne voyait pas le visage de Diana à travers la visière, aussi, quand elle se mit à tourner autour de lui, tenant son épée à deux mains, il put presque oublier qui était son adversaire.

Mais il aurait eu du mal à ignorer ses longues

jambes, moulées par le pantalon de laine. Alors qu'il les admirait, elle lança le premier coup. Il eut tout juste le temps de l'éviter avant qu'elle ne frappe son armure, ce qui lui aurait valu une victoire immédiate.

Les cris et les rires s'éteignirent peu à peu, tandis qu'il se concentrait sur elle.

— Très bien, dit-il, alors qu'ils se remettaient à décrire un cercle sur le terrain.

— Vous vous laissez trop facilement distraire.

Sa voix était légère, amusée. C'était celle d'une femme de la Ligue, qui se savait assez forte pour affronter un homme. Et il désirait désespérément la posséder de nouveau. Mais avant tout, il voulait la vaincre. Il attaqua, envoyant deux coups de son épée alors qu'elle reculait. Au troisième coup, elle repoussa sa lame et lui donna un violent coup à l'épaule, avec la cuirasse qui lui recouvrait le bras. Il vacilla, surpris, et fut à deux doigts de tomber à genoux. Une sourde clameur s'éleva dans la foule, mais il recouvra l'équilibre.

— Vous ne gagnerez pas aussi facilement, milady ! lança-t-il joyeusement.

Diana ne répondit rien et attaqua de nouveau. Leurs épées se heurtèrent et, pendant un instant, elles restèrent suspendues au-dessus de leurs têtes, scintillant au soleil. Tom fut sur le point de lui envoyer un coup de genou entre les jambes, comme il l'aurait fait si son adversaire avait été un homme, mais se retint au dernier moment. Faisant tourner son poignet, il dégagea son épée et recula.

— N'ignorez pas vos instincts, dit-elle, haletante. Moi, je ne le ferai pas.

— Vous auriez voulu recevoir un coup de pied dans l'estomac ?

— J'aurais paré le coup, répliqua-t-elle avec assurance.

Ils passèrent plusieurs minutes à décrire des cercles, chacun testant les réflexes de l'autre, en faisant mine d'attaquer. Finalement, Tom parvint à la persuader d'engager le combat, et son épée passa sous le bras de Diana, glissant contre sa cuirasse. Ils se dévisagèrent longuement. Tom eut l'impression qu'il pouvait tout découvrir d'elle dans ses yeux gris, mais que son désir de la posséder ne serait jamais complètement satisfait.

— Vainqueur ! cria une voix.

Soudain, Nashe surgit entre eux et les sépara avec brusquerie, comme s'il craignait qu'ils ne poursuivent malgré tout le combat. Tom songea que si l'affrontement avait duré une minute de plus, ils n'auraient plus été des combattants, mais des amants. Il retira son casque et regarda Diana ôter le sien. Ses cheveux se dénouèrent, et ses boucles retombèrent sur ses épaules, scintillant au soleil comme leurs lames un peu plus tôt. Nashe lui dégrafa son armure, et Talbot vint aider Tom. L'attention de la foule se porta alors sur le combat suivant, et Tom se retrouva seul face à Diana.

— Je vais me laver avant le dîner, dit-elle, d'un ton distant.

Mais ses yeux ne quittaient pas les siens.

— Je vous accompagne au château, suggéra-t-il.

Ils marchèrent côte à côte, sans se toucher. Cependant, Tom était si conscient de sa présence, qu'il avait l'impression qu'ils ne formaient plus qu'un et que leurs gestes étaient identiques. Il aurait voulu effleurer son épaule de la sienne, mais le contrôle qu'il exerçait sur lui-même était si fragile qu'il n'osa même pas esquisser ce geste.

— Nous allons passer par le jardin des dames, suggéra-t-elle. C'est l'entrée la plus proche.

Tom ne répondit pas, résistant à l'envie de la prendre dans ses bras. Il n'y avait personne dans le jardin. Les branches étaient nues, et les allées de gravier parsemées de petits tas de neige fondant doucement. La porte menant aux cuisines se trouvait sous une treille, dont les branches étaient desséchées en cette saison. Tom retint la porte et la referma derrière eux. Le corridor, éclairé par des torches espacées, était désert.

Alors, il ne put plus se retenir. Il saisit le bras de Diana et la fit pivoter vers lui pour la prendre dans ses bras. Elle ne fit pas mine de résister, lui entoura les épaules de ses bras et poussa un gémissement lorsque leurs lèvres se joignirent en un baiser passionné. Ses joues étaient fraîches, mais son corps embrasé par l'ardeur du combat. Ils s'affaissèrent contre le mur, comme s'ils n'avaient plus la force de rester debout, après avoir résisté si longtemps au désir qui les poussait l'un vers l'autre.

Diana releva soudain la tête en poussant une exclamation.

— N'importe qui pourrait nous voir, ici ! Je ne veux pas que tu sois obligé de prendre une décision contre ton gré.

— Quelle décision ? demanda-t-il en traçant un sillon de baisers le long de sa joue. Dis-moi seulement où nous pouvons aller pour être seuls et viens avec moi.

Pendant un long moment, ils se regardèrent, leur

cœur battant à l'unisson. Tom pensa qu'elle allait refuser. Elle allait se ressaisir et prendre conscience du danger.

Mais il se trompait. Elle s'humecta les lèvres, les yeux fixés sur sa bouche, et finit par chuchoter :

— Il y a un escalier, au bout du couloir, qui mène à la cave.

— Pourquoi n'irions-nous pas dans le cachot ? Tu pourrais m'enchaîner au mur et faire ce qui te plaît.

Il avait rêvé plus d'une fois de tout ce qu'il aurait aimé faire avec elle, dans sa cellule.

Elle écarquilla les yeux.

— Mais…, ce matin, les valets ont emporté bien des victuailles pour préparer le dîner. La cave est beaucoup moins pleine. Et c'est juste à côté, ajouta-t-elle en l'embrassant doucement.

— Bien, dit-il, les lèvres contre les siennes. Emmène-moi là-bas.

Une porte s'ouvrait sur l'obscurité. Diana saisit une torche accrochée au mur et passa devant lui. Lorsqu'ils descendirent dans l'escalier en colimaçon, l'air devint plus froid. Tom sentit l'odeur des graines et des fruits mûrissant dans les cageots. Des tonneaux étaient empilés sous les voûtes, et le plafond disparaissait dans l'obscurité.

Dès que Diana eut déposé la torche sur un support, Tom la prit dans ses bras et la plaqua contre le mur, plongeant les doigts dans sa chevelure soyeuse.

Il lui agrippa les cheveux, l'obligeant à renverser la tête en arrière. Son souffle, doux et léger, lui effleura le visage, et il pressa les hanches contre les siennes.

— J'ai vécu l'un des moments les plus stimulants de ma vie, en t'affrontant sur le terrain.

Elle laissa fuser un rire étouffé, lui prit le visage à deux mains et l'embrassa, le caressant du bout des pouces.

— Nous aimons tous les deux les défis. Et nous nous apprêtons à en relever un, ajouta-t-elle, en regardant autour d'elle d'un air dubitatif.

Le sol de terre battue était glacé. Des sacs de grains étaient empilés un peu partout.

— Où allons-nous…

Sans lui laisser terminer sa phrase, Tom lui agrippa les hanches et la souleva, puis l'adossa au mur.

Elle poussa un petit cri de surprise.

— Nous pouvons… faire cela ?

Il sentit ses longues jambes se nouer autour de sa taille.

— Oui, nous le pouvons. Mais pas avec tous ces vêtements.

Il la reposa sur le sol, et ils se déshabillèrent mutuellement, tout en échangeant des baisers furtifs.

— Je veux voir tes seins, murmura-t-il en les prenant au creux de sa main, à travers le gilet de cuir. Mais ce n'est pas possible.

Quand leurs jambes furent dénudées, Diana parut soudain intimidée. Mais Tom ne lui laissa pas le temps de changer d'avis. Une fois de plus, il la souleva et l'adossa au mur. Elle était si chaude et humide, que pendant un moment il se contenta de presser son sexe contre le sien, puis de se frotter lentement contre elle. Elle poussa de petits gémissements, nouant les jambes autour de ses reins et se pressant contre lui.

C'était ce qu'il voulait. Le mystère et la passion que Diana représentait. Il les voulait dans son lit chaque nuit, toute sa vie. Il voulait se demander chaque jour quel nouveau défi elle allait relever. Il voulait qu'elle soit sa femme.

Était-il tombé amoureux d'elle ? Cela changerait tout. Il pourrait alors attendre patiemment de connaître ses secrets, car il savait qu'elle finirait par les lui dévoiler.

Il plongea en elle et eut l'impression de trouver la paix au milieu d'un orage. Les lèvres contre son oreille, il chuchota :

— Je veux tout savoir de toi, Diana. Confie-toi à moi.

Elle répondit d'un baiser, et il oublia tout.

Chapitre 17

Diana gémit de bonheur, blottie entre les bras de Tom. Le temps semblait en suspens, ses peurs avaient disparu, il pénétrait profondément en elle, l'emmenant à chaque coup de reins vers un plaisir si intense qu'il lui paraîtrait un rêve lorsqu'elle y repenserait plus tard. Sous les voûtes de cette cave se trouvait un monde à part, où régnaient la passion et le secret.

Les bras noués autour de son cou, elle s'offrait à lui en toute confiance.

Quelque chose se produisit en elle, et elle demeura suspendue un instant au bord d'un précipice. Elle entendit la respiration saccadée de Tom, sentit la force de ses mouvements et s'abandonna, précipitée dans une cascade de plaisir, consciente qu'elle l'entraînait avec lui.

Lorsque enfin il s'écarta et la redéposa délicatement sur le sol, ils s'affaissèrent ensemble contre le mur.

Diana eut un petit rire tremblotant.

— Je… Je ne sais pas quoi dire…

— C'était magnifique.

Ils remirent tous deux leurs vêtements. Le silence se prolongea. Ils percevaient les bruits lointains du château, mais d'épais murs de pierres les séparaient du monde réel. Diana aurait aimé rester dans cette pièce, et faire comme si rien n'existait en dehors d'eux.

Elle se rappela alors les paroles qu'il avait prononcées un instant auparavant, quand il lui avait demandé de tout lui dire. Elle eut l'impression que son cœur se serrait douloureusement. S'il apprenait ce qu'elle avait fait, elle le perdrait.

— C'est l'heure du dîner, finit-elle par dire.

Tom s'assit sur un sac de grains et lui prit la main. Quand elle voulut s'asseoir à côté de lui, il la fit tourner pour qu'elle s'asseye sur ses genoux.

— Nous devrions combattre plus souvent, dit-il en pressant le visage au creux de son cou.

Elle éclata de rire.

— Si nous disparaissions plus souvent ensemble, mes gens finiraient par s'en apercevoir.

Il avait mis une main sur sa cuisse, elle posa la sienne par-dessus.

— Je t'ai trouvé impressionnant, sur le terrain. On croirait que tu as passé toute ta vie à t'exercer.

— Je n'ai pas eu l'entraînement d'un chevalier, comme toi, répondit-il en souriant.

— Ah, oui, dit-elle tristement. J'ai eu la satisfaction d'atteindre mon but… en sacrifiant au passage ma relation avec mon frère. Et je suis pratiquement devenue un écuyer aux yeux de mes gens. Ils ne me considèrent pas comme un homme, mais pas tout à fait comme une femme non plus.

— Tu penses qu'ils ne s'intéressent pas à toi, mais en réalité, ils sont contents de te voir dans tes pantalons étroits.

— Mais…

— D'autre part, ne sont-ils pas tous tes soldats ?

— Eh bien… Si.

— Par conséquent, ils ne peuvent te témoigner que du respect. Et non de l'affection. Car tu es d'un rang supérieur au leur.

— Oh. Et toi ?

— Je te respecte.

Sa main glissa sur sa cuisse et s'insinua sous son gilet.

Diana la repoussa d'une tape et se leva.

— Nous devons remonter. Les invités auront des soupçons, si nous ne sommes pas là pour le dîner.

Ils se dévisagèrent à la lueur de l'unique torche, et leurs sourires s'évanouirent. Tom prit délicatement son visage entre ses mains rudes et l'embrassa.

Elle attendit, le cœur serré. Qu'attendait-elle, au juste ? Une déclaration ? Elle venait de l'espionner pour la Ligue, elle avait tué son frère et l'avait laissé payer les pots cassés. Comment pourrait-elle lui avouer tout cela ?

C'était impossible.

— Je vais remonter la première, dit-elle en lui tournant le dos. Tu prendras la torche. Si tu m'entends faire claquer la porte, cela signifiera qu'il y a quelqu'un dans le couloir. Tu devras attendre un peu avant de sortir.

Elle remonta l'escalier, en faisant comme si elle ne l'entendait pas l'appeler, comme si les larmes ne lui piquaient pas les yeux, comme s'ils pouvaient continuer de s'aimer.

*
**

Cicely emporta un plateau couvert d'un linge à l'arrière du château, où se trouvaient les chambres des serviteurs. Elle fulminait intérieurement, furieuse contre elle-même de s'être mise dans cette situation. Elle avait appris que Mary, la femme de chambre, était tombée malade et, Diana, qui soignait habituellement les domestiques, ne se trouvait nulle part. Elle était sûrement dehors, en train de prouver sur le terrain d'entraînement à quel point elle manquait de féminité.

Cicely avait stupidement proposé d'apporter son dîner à la malade, pour s'apercevoir peu après que Lord Bannaster n'était même pas dans la grande salle pour constater à quel point elle était généreuse. Il ne fallait pas que ses efforts soient inutiles, elle s'arrangerait donc pour qu'il entende parler plus tard de sa bienveillance envers ses serviteurs.

Parvenue devant la porte, elle ne prit pas la peine de frapper et entra. Elle trouva Mary allongée sur le sol, comme si elle était tombée de son petit lit étroit. Son visage était rouge et fiévreux, et bien qu'elle ait les yeux fermés, elle marmonnait des paroles inintelligibles. Cicely regarda autour d'elle d'un air écœuré. Les trois autres femmes qui partageaient habituellement la chambre n'étaient pas là.

Elle posa brusquement le plateau sur la table et alla se camper devant Mary, les mains sur les hanches.

— Peux-tu te relever ? demanda-t-elle, d'une voix forte.

Mary poussa un petit gémissement et secoua faiblement la tête. Cicely poussa un soupir exaspéré, s'agenouilla et lui agrippa les deux mains pour la faire asseoir. Mary s'affaissa contre elle. Sa peau était humide, et Cicely perçut la chaleur qui émanait de son corps.

Avec une grimace de dégoût, elle passa un bras dans le dos de la servante et la souleva. Mary parvint à se mettre sur ses pieds, et Cicely la ramena dans son lit. Mais son contact sembla perturber la malade qui se mit à marmonner et à la repousser, quand elle tenta de la couvrir.

— Non, ne me touchez pas ! murmura-t-elle d'une voix éteinte, en s'agitant.

— Je n'ai certainement pas l'intention de te toucher davantage !

— Lady Diana, vous m'avez sauvée ! s'exclama Mary, en ouvrant brièvement les yeux.

Elle la regardait mais ne semblait pas la voir.

— Je t'ai sauvée ? Comment cela ? s'enquit Cicely, avec une pointe de curiosité.

Mary recommença à s'agiter. Il y avait une bassine pleine d'eau sur une table. Cicely alla y tremper un linge qu'elle lui passa sur le visage. La servante parut soulagée par la fraîcheur.

— Ils ne vous trouveront pas, milady... Nous avons quitté... le domaine de Bannaster.

Cicely réprima un petit cri de surprise. La fièvre faisait délirer la jeune femme. Quand Diana aurait-elle pu se rendre au château de Bannaster ?

Mary leva faiblement la main.

— Il méritait de mourir... à cause de la façon dont il nous traitait, toutes... Ils ne sauront jamais ce que vous avez fait pour me secourir...

— Qui méritait de mourir ?

Mais Mary s'était tue, et elle sembla sombrer dans

un profond sommeil. Cicely passa encore une demi-heure à lui rafraîchir le visage et les bras à l'aide du linge pour l'encourager à parler de nouveau. Diana avait-elle tué quelqu'un au château de Bannaster ? Elle n'aurait pas été étonnée si cela avait été le cas, avec toutes ces tactiques de combat que sa sœur avait voulu à tout prix apprendre. Mais qui avait mérité de mourir ? La seule personne à laquelle elle pensait était l'ancien vicomte, connu pour abuser de ses servantes. Cependant, plusieurs d'entre elles avaient dû lui céder facilement, pensant qu'elles seraient récompensées.

Diana n'avait-elle pas dit que Lord Bannaster avait été soupçonné, lors de la mort de son frère ? S'il avait été suspecté, cela signifiait que le véritable meurtrier n'avait jamais été attrapé.

Cicely se redressa, laissant le linge tomber au bord du lit. Diana avait-elle tué le vicomte, pour secourir les femmes dont il abusait ? Des années plus tôt, elle était revenue d'un séjour de plusieurs mois chez une amie. Elle avait ramené Mary et Joan avec elle, deux nouvelles servantes pour le château.

C'était à cette époque qu'Archie, rendu furieux par sa conduite, l'avait bannie, en l'envoyant à Kirkby Keep.

Mary se mit à battre des paupières.

— Mary ? Je t'ai apporté de la soupe. Tu veux manger ?

La servante sembla faire un violent effort pour ouvrir les yeux. Elle parut décontenancée en la reconnaissant.

— Lady… Cicely ?

Cette dernière lui sourit, découvrit le plateau et posa le bol sur ses genoux. Elle remplit une cuillère de bouillon.

— Ouvre la bouche.

Mary obéit docilement et avala plusieurs cuillerées.

— Mary, reprit Cicely en s'efforçant de maîtriser sa voix. Ou viviez-vous, Joan et toi, avant de venir à Kirkby Keep ?

— Dans… Dans un château, milady.

— Mais où ? Tu viens de me dire que tu venais du domaine de Bannaster.

La servante était trop faible pour dissimuler sa terreur.

— Je… J'ai dit cela ?

— N'y pense plus, répondit Cicely avec une profonde satisfaction. J'ai dû mal comprendre.

Elle était si contente, qu'elle lui fit avaler la moitié du bol de soupe, avant de se lever.

— Dors bien, Mary. J'enverrai quelqu'un voir comment tu vas, cet après-midi.

— Je… Je vous remercie, milady.

Cicely était en retard pour le dîner, mais cela lui était égal. Elle se sentait aussi légère qu'un papillon et voyait un avenir radieux se profiler pour elle à l'horizon. Elle allait pouvoir remettre Diana à sa place.

Elle ne se sentirait plus impuissante, offensée et désorientée en voyant le regard de Lord Bannaster se fixer sur sa sœur. Elle avait eu l'impression, ces derniers temps, de revivre son enfance. Elle avait beau être une fillette parfaite et adorable, ses parents s'extasiaient toujours sur Diana et ses nombreux exploits.

Diana allait devoir cesser d'encourager Lord Bannaster. Sinon, elle subirait les conséquences de son obstination.

Tout de suite après le dîner, Diana et Cicely ouvrirent le paquet que leur frère leur avait envoyé pour les fêtes de Noël. Pour une fois, Archie avait pensé à elles et leur avait offert un collier chacune. Les pierres n'étaient que semi-précieuses, mais Diana lui en était reconnaissante tout de même.

Elle avait confectionné une coiffe et un voile pour Cicely, et celle-ci lui avait offert plusieurs mouchoirs brodés de sa main. Tom les avait surprises une fois de plus en leur offrant de petites tasses en or. Celles-ci ne se trouvaient pas dans ses sacs de voyage lorsqu'elle les avait fouillés. Tandis qu'elle le remerciait, et qu'ils discutaient de la superbe facture des tasses, Cicely attendit gracieusement son tour pour parler, sans les interrompre. Diana en fut un peu intriguée.

Dans l'après-midi, elle participa à la compétition de lancer de dagues et termina première. Elle songea alors à ce que lui avait dit Tom. Les hommes avec lesquels elle s'entraînait ne se considéraient pas comme ses égaux. Pour eux, elle serait toujours la maîtresse du château. Mais il y avait d'autres hommes ici, aujourd'hui, qui ne lui étaient pas redevables. Certains avaient paru… impressionnés.

Cependant, un seul homme comptait pour elle, et c'était Tom. Il la regardait avec fierté, parfois même avec un soupçon de tendresse qu'il s'empressait de dissimuler. Cela la troublait et lui faisait battre le cœur, ce qu'elle trouvait très inquiétant.

Elle se trouvait dans sa chambre et se changeait pour le dîner quand la porte s'ouvrit brusquement. Cicely entra sans s'annoncer, comme à son habitude.

Diana savait qu'il était inutile de lui en faire le reproche, car elle ne changerait pas.

— Tu arrives juste à temps pour m'aider à serrer les lacets de ma robe, dit-elle sèchement.

Cicely arborait un sourire radieux.

— Bien sûr, ma chère.

Diana fut parcourue d'un frisson d'appréhension. Quand sa sœur était de si charmante humeur, cela ne laissait généralement rien augurer de bon.

— Eh bien, parle. Dis-moi tout de suite pourquoi tu es venue.

— Lord Bannaster va cesser de te courtiser.

Une fois les lacets noués, Cicely se laissa tomber sur le lit et s'appuya nonchalamment sur ses mains, sa jupe étalée autour d'elle.

Diana la dévisagea avec circonspection.

— Je croyais qu'il avait décidé de nous traiter exactement de la même façon ?

— En effet. Mais à partir de maintenant tu vas le dissuader de te faire la cour.

— Pourquoi ferais-je cela ?

— Parce que je sais que tu as tué son frère, afin de sauver Mary et Joan.

Diana eut l'impression de recevoir un coup de poing au creux de l'estomac. Elle avait passé des années à craindre d'être découverte. Puis, peu à peu, elle avait relâché sa vigilance. Jusqu'à l'arrivée de Tom à Kirkby Keep.

Entendre ces mots, dans la bouche de sa sœur, la stupéfia. Elle dut faire appel à toutes ses forces pour se maîtriser.

— De quoi veux-tu parler ? demanda-t-elle d'une voix égale.

— Tu ne dois pas en vouloir à Mary. Elle était très malade, et tu n'étais pas là pour lui apporter son repas.

Parce que j'étais avec Tom, songea Diana, étourdie.

— La pauvre est encore malade ?

— Je lui ai fait avaler presque tout son bol de soupe, je pense donc qu'elle va se rétablir. Mais, au début, elle avait de la fièvre et parlait beaucoup. C'était absolument fascinant. Quand je pense que tu l'as tirée des griffes de ce diable de Bannaster ! Je suis si fière de toi !

Interdite, Diana la regarda, assise sur le lit comme une reine, son beau visage rayonnant de plaisir.

Cicely secoua la tête, l'air navré.

— Que dirait notre Lord Bannaster, s'il savait ? Non seulement tu as tué son frère, mais tu as laissé tous les soupçons peser sur lui.

Diana ne trouva rien à répondre. Elle continua de regarder sa sœur, l'air vaguement étonné, en se demandant comment il était possible qu'elles aient un lien de parenté.

— Je suis certaine que tu l'as tué afin de sauver toutes les femmes du château. C'était un geste très noble. Mais je pense que Lord Bannaster… et le roi, ne verront pas les choses sous cet angle.

— Que veux-tu, Cicely ? demanda Diana avec froideur.

— Tu ne nies pas, tu ne donnes pas d'explication ? Comme je suis déçue ! Je ne sais même pas ce que tu faisais au château de Bannaster, à cette époque.

Diana noua les mains derrière le dos, pour résister à la tentation de gifler sa sœur.

— Je vois que tu n'es pas d'humeur à satisfaire ma curiosité, reprit Cicely, avec une moue de déception. Je vais donc simplement répéter ce que tu sembles avoir oublié. Tu vas dire à Lord Bannaster que tu ne veux plus qu'il te fasse la cour. Je te donne la permission d'inventer l'excuse qui te plaira, du moment qu'il te croit. Ensuite, je l'aurai pour moi seule. Bientôt, nous n'aurons plus besoin de nous voir, toi et moi. Je serai enfin libre de quitter cet affreux château en ruines.

— Tu crois qu'il sera aussi facile de le persuader de t'épouser ?

Cicely eut un sourire réjoui.

— C'est un homme, n'est-ce pas ? Je n'aurai aucun mal à me retrouver en tête à tête avec lui, et à lui accorder certaines… libertés. Après cela, l'honneur exigera qu'il m'épouse.

— Puisque tu penses que ce sera si facile, pourquoi éprouves-tu le besoin de m'écarter ? Pourquoi veux-tu absolument que je le dissuade ? Tu sembles avoir déjà prévu de passer à l'attaque.

Le sourire de Cicely s'effaça, et elle se leva.

— Fais ce que je dis, et je n'aurai pas besoin de révéler à tout le monde ce que tu as fait.

Après avoir prononcé ces paroles, Cicely sortit. Diana était si crispée, qu'elle eut de la peine à desserrer les poings et déplier les doigts. Son cou et ses épaules étaient si tendus qu'ils en étaient douloureux. Elle s'assit lentement sur un banc.

Elle savait que ce secret demeurerait entre Tom et elle. C'était peut-être mieux ainsi, se dit-elle, les yeux trop secs pour laisser échapper une larme. Elle aurait tôt fait de le repousser, et il était trop fier pour la supplier de revenir vers lui. Après tout, il ne lui avait pas proposé le mariage. Ils étaient juste deux personnes qui prenaient du plaisir ensemble.

Mais, même cela, c'était fini à présent. Il lui restait la Ligue, et elle n'en demandait pas davantage.

*
* *

Après l'agréable après-midi qu'il avait passé avec Diana, Tom avait pris la décision de l'épouser. Maintenant, il attendait le dîner avec impatience. Il ne savait pas encore quelle serait la meilleure façon d'annoncer à Cicely que son choix était fait. Mais il trouverait le moyen de la ménager.

Il ne savait pas très bien comment, de prisonnier furieux, il s'était transformé en amoureux transi, songea-t-il, amusé. Il s'assit à la table d'honneur, autour de laquelle se trouvaient de nombreux visiteurs. Tout en parlant avec eux des diverses compétitions de la journée, il regardait autour de lui, attendant de voir Diana apparaître. Puis il la vit, vêtue d'une robe rouge sombre qui mettait en valeur sa silhouette souple. Tous les hommes présents ce soir, qui l'avaient affrontée comme adversaire dans la journée, allaient se rendre compte qu'elle était aussi une très belle femme.

Il ne fut pas étonné quand Cicely obligea encore une fois sa sœur à s'asseoir à sa gauche, le plus loin possible de lui. En revanche, il fut surpris que Diana évite de lui parler, même de le regarder, pendant tout le repas. Il savait qu'elle avait des problèmes avec sa cadette. Peut-être se sentait-elle coupable de ce qui s'était passé entre eux. Elle avait tort. Il n'avait fait aucune promesse à Cicely.

Cependant, le visage de Diana était très pâle, et son expression sombre, ce qui ne lui ressemblait pas.

Ses inquiétudes au sujet de la Ligue lui revinrent en tête. Ses membres avaient-ils infiltré le tournoi ? Si Diana appartenait à l'organisation, elle pensait certainement ne pas être libre de le lui dire. Mais il était confiant. Tôt ou tard, il la persuaderait qu'il ne devait plus y avoir de secrets entre eux.

Après le repas, les festivités de la soirée commencèrent. Cicely ne le quitta pas un instant. Elle ne cessait de lui prendre le bras et se pressait contre lui à tout bout de champ, pour lui montrer un jongleur, ou louer les voix des ménestrels.

Diana resta de l'autre côté de la grande salle. Ne lui avait-elle pas dit récemment que ses gens étaient inquiets, parce qu'il ne courtisait pas les deux sœurs de la même façon ? Alors, pourquoi l'évitait-elle ? Pourquoi ne lui laissait-elle pas une chance de passer du temps avec elle ?

Bien que Cicely s'efforce de monopoliser son attention, il vit Diana danser à plusieurs reprises avec le même homme, Sir Bevis de Richmond. Pour la première fois de sa vie, il éprouva de la jalousie à cause d'une femme. Ce matin encore, il l'avait pénétrée, lui avait donné du plaisir et avait envisagé de lui demander sa main.

Quelque chose n'allait pas. Et le plus inquiétant, c'était qu'elle ne se confiait pas à lui.

Si elle quitta la salle, ce soir-là, il ne la vit pas. Il ne put donc se retrouver un seul instant seul avec elle. Finalement, il parvint à l'approcher alors qu'elle parlait avec une servante, près de l'entrée des cuisines. Elle se retourna et s'arrêta brusquement en le trouvant derrière elle.

— Mary, ma femme de chambre, est malade, dit-elle en évitant son regard. Je vais aller la voir.

— Diana, que se passe-t-il ?

Elle leva les yeux mais fixa un point derrière lui. Il vit

ses yeux s'étrécir, sa mâchoire se crisper. Jetant un coup d'œil par-dessus son épaule, il s'aperçut que Cicely les observait. Mais au lieu d'arborer une moue boudeuse, comme elle le faisait chaque fois qu'il l'ignorait, elle sourit, leur fit un petit signe et tourna le dos d'un air plein d'assurance.

Tom considéra Diana en fronçant les sourcils.

— Que se passe-t-il entre vous ?

— Je ne peux pas… rester plus longtemps avec vous, déclara-t-elle, avec raideur.

Furieux qu'elle ne lui en dise pas davantage sur ce brusque revirement, il grommela :

— Regarde-moi, si tu ne veux pas que je te prenne par les épaules et te secoue devant tous tes gens !

Elle finit par croiser son regard. Ses yeux gris et froids ne laissaient rien filtrer de ses sentiments.

— Ce matin, j'ai compris que vous pouviez envisager de m'épouser, dit-elle à voix basse. Mais vous voyez bien que je ne suis faite que pour participer aux tournois, et non pour accomplir les devoirs stupides d'une épouse. Je pensais que c'était évident. Mais après ce qui s'est passé entre nous ce matin, j'ai vu qu'il fallait que je clarifie la situation.

Il cligna les yeux, désarçonné.

— Donc… Tu veux être ma maîtresse, et non mon épouse ?

Elle secoua la tête, et il vit l'exaspération se peindre sur ses traits figés.

— Ce n'était qu'une aventure passagère. Vous en avez sûrement connu d'autres. C'est fini.

Elle voulut passer à côté de lui, et comme il tentait de lui attraper le bras, elle se déroba.

— Ne me touchez pas ! ordonna-t-elle, furieuse.

Puis elle s'échappa, et il la regarda s'éloigner d'une démarche raide.

Elle ne pouvait pas croire qu'il allait accepter ces excuses ridicules ? Elle n'était pas le genre de femme à accorder facilement sa confiance. Or, en lui offrant son corps, elle lui avait donné la plus grande preuve d'amour et d'espérance.

Il s'était donc passé quelque chose de grave, pour qu'elle se comporte de cette façon. Et il allait découvrir quoi.

Chapitre 18

Pour Diana, le reste de la soirée s'écoula dans un brouillard. Elle parvint pourtant à parler avec ses invités, à applaudir au bon moment, à divertir les convives et à diriger les serviteurs. Cicely, pour sa part, était aussi étincelante que les joyaux de la couronne, mais elle ne faisait pas attention à elle.

Elle avait le cœur brisé.

Le fait de devoir dire ces choses terribles à Tom l'avait déchirée. Plus jamais elle ne serait la même. Elle avait vu la colère et l'incompréhension se peindre sur ses traits, mais elle avait senti qu'il n'était pas encore prêt à la croire. Elle allait devoir en faire plus pour le convaincre que tout était fini entre eux. Et regarder son visage tandis qu'elle prononcerait d'affreuses paroles, jusqu'à ce qu'il n'éprouve plus pour elle que du dégoût.

Pour couronner le tout, elle vit Cicely l'entraîner hors de la grande salle, comme s'ils cherchaient un endroit où ils pourraient être seuls.

Réprimant à grand-peine ses larmes, elle monta dans sa chambre.

***

Quand tout le monde se fut enfin retiré pour la nuit et que le silence s'abattit sur le château, Tom se rendit jusqu'à la chambre de Diana. Debout devant sa porte, il songea à la meilleure façon de l'approcher. Il savait qu'elle l'avait vu partir avec Cicely, et elle n'avait rien fait pour le retenir. Croyait-elle qu'il allait coucher avec les deux sœurs le même jour ?

Quoi qu'il se passe entre elles, il ne voulait pas aggraver la situation. Aussi avait-il délicatement repoussé les avances de Cicely, en lui rappelant qu'elle était la fille d'un baron et qu'il la respectait infiniment. Puis il l'avait quittée en laissant sous-entendre qu'il n'avait encore pris aucune décision pour l'avenir. Bien qu'elle se soit montrée compréhensive, elle n'était pas contente, il l'avait senti.

Il frappa à la porte.

— Qui est là ? lança Diana d'une voix agréable.

Il entra et referma posément la porte derrière lui.

— Ce n'est ni votre sœur ni une servante, alors vous pouvez abandonner votre attitude mensongère.

Il entendit une exclamation de stupeur. Puis, durant quelques secondes, il fut totalement absorbé par la silhouette féminine vêtue d'une chemise, qui se tenait près du lit, préparée pour la nuit.

Il se rendit alors compte que ce n'était pas Diana qui avait poussé cette exclamation.

Une servante qu'il ne connaissait pas se trouvait devant la table de toilette, tenant un linge pressé contre la poitrine, comme si son entrée l'avait profondément choquée. Ce qui était naturel. Mais si elle se trouvait là avec Diana, cela signifiait qu'elle était une servante fidèle, et qu'elle tiendrait sa langue.

— Joan, tu peux te retirer, dit doucement Diana. Ce vicomte mal élevé ne tardera pas à partir.

La jeune femme se détourna et quitta précipitamment la chambre. L'espace d'une seconde, Tom crut déceler quelque chose de familier dans son allure. Mais comme il était déjà depuis quinze jours à Kirkby Keep, il avait déjà dû la voir parmi les serviteurs.

Un silence glacial s'installa. Il croisa les bras et observa Diana. Celle-ci fit mine de secouer le coussin posé sur son lit, puis alla tremper un linge dans la bassine d'eau.

Il ricana.

— Tu ne t'imagines pas que je vais partir parce que tu m'ignores ? Pas après que tu m'as dit toutes ces choses ridicules !

Elle soupira lourdement.

— Tom…

Il fit quelques pas et se campa devant elle.

— Tu m'as vu sortir avec Cicely et tu n'as rien fait pour m'en empêcher. J'ai eu l'impression que tu lui faisais un cadeau de nouvel an en m'abandonnant à elle.

Les joues de Diana s'empourprèrent.

— Que vouliez-vous que je fasse ? Que je hurle de jalousie ? Avez-vous été privé si longtemps de femme, pour demander une attention constante ?

La remarque le fit tressaillir. Il lui agrippa les épaules et s'aperçut qu'elle tremblait.

— Diana, dis-moi ce qui ne va pas, la supplia-t-il à voix basse. Tu sais que je ne veux pas de Cicely. C'est toi, que je veux.

— Eh bien, ce n'est pas possible, répliqua-t-elle en se dégageant.

— Diana…

— Il vaut mieux ne pas poursuivre cette conversation. Sinon, je serai obligée de vous dire des choses que vous n'avez pas envie d'entendre !

Tom fut déconcerté par sa véhémence.

— Tu ne dois plus avoir de secrets pour moi. Dis-moi tout, maintenant.

Elle s'écarta, il ne la retint pas. Les bras croisés, elle détourna le regard et laissa fuser un petit rire amer.

— Quand vous êtes arrivé, j'ai cru que vous alliez enfin découvrir la vérité, après toutes ces années. C'est la raison pour laquelle je vous ai enfermé dans ce cachot.

Tom sentit un frémissement lui parcourir le dos. Mais il ne dit rien, de crainte qu'elle ne s'interrompe.

— Nous nous sommes croisés il y a six ans, déclara-t-elle à voix basse. Au château de Bannaster.

Il la considéra avec stupeur.

— C'est impossible. Je t'aurais reconnue.

Elle fit un signe négatif de la tête et poursuivit tristement :

— J'étais différente. D'un rang inférieur au vôtre. Je faisais partie de ces pauvres femmes qui travaillaient au château. J'avais entendu parler d'elles à Londres et je savais comment votre frère les traitait. J'étais si fière de mes qualités de guerrière ! Je pensais que ce n'était pas pour rien que Dieu m'avait donné l'habileté d'un homme, au combat. Aussi, j'ai pris un déguisement. Je me suis fait passer pour une de ces servantes ; je voulais les encourager à exiger un meilleur traitement.

Cicely avait confirmé sans le vouloir une partie

de ce récit, en lui disant que Diana s'était absentée pendant plusieurs mois. Soudain, il comprit ce qu'elle essayait de lui dire.

— C'était moi, cette nuit-là, dans la chambre de votre frère, chuchota-t-elle en fermant les yeux. Je venais de sauver Mary, mais le vicomte a essayé de me violer, et j'ai été obligée de le tuer.

Il tressaillit, en se rappelant la lumière vacillante projetée par les flammes dans l'âtre, la femme recroquevillée sur le sol à côté du corps de son frère, cachant honteusement son visage dans les plis de son fichu.

— Vous m'avez libérée, vous m'avez sauvée, continua-t-elle d'une voix sourde. Et, lâchement, je vous ai remercié en vous laissant endosser la responsabilité de ce qui venait de se passer. Voilà ce que Cicely vient de découvrir et la menace qu'elle brandit au-dessus de ma tête.

Quelque chose dans son récit n'avait pas de sens, mais il ne parvenait pas à distinguer ce que c'était. Tout ce qu'il voyait, c'était la culpabilité et la souffrance qu'elle portait en elle depuis six ans.

— J'ai pris la décision de te laisser partir. Je croyais que tu étais une servante. Tu aurais été pendue pour ce crime, quoi que mon frère ait pu faire pour justifier ta réaction. Tu dois comprendre cela, n'est-ce pas ?

— Mais je n'étais pas une servante. Si j'étais restée, si j'avais assumé ma responsabilité, j'aurais pu leur faire comprendre…

— Ils t'auraient jetée en prison et auraient demandé au roi de décider de ton sort. Ta réputation aurait été perdue, et ta famille déshonorée.

Diana enfouit le visage entre ses mains.

— Au lieu de cela, c'est vous qui avez dû subir cette honte. Quand vous êtes arrivé ici, j'ai été prise de panique. Je pensais que vous aviez découvert le rôle que j'avais joué dans la mort de votre frère. Comment aurais-je pu vous laisser courtiser ma sœur, alors que je l'avais tué ?

S'était-il trompé sur tout ? Particulièrement au sujet de la Ligue ? Si les raisons de Diana pour l'enlever étaient aussi personnelles, cela signifiait que la Ligue n'avait rien à voir dans cette affaire.

— Non, cela n'a pas de sens, finit-il par dire. Tout le monde savait comment était mon frère. J'aurais compris ce que tu avais fait, je t'aurais aidée.

— Mais comment aurais-je pu le savoir ? J'avais peur et je ne parvenais pas à réfléchir. Vous savez que je suis très impulsive. Notre relation n'a cessé de pâtir des erreurs que j'ai commises, parce que je ne prends pas le temps de réfléchir.

Il avança vers elle, et elle se retrouva plaquée contre le montant du lit.

— Diana, tu ne me dis pas tout. Je ne peux pas croire qu'une jeune fille de dix-sept ans ait pu prendre l'initiative de traverser seule le pays, de se déguiser, et de risquer sa vie, pour des femmes qu'elle ne connaissait pas.

— Vous savez que je suis comme cela ! s'écria-t-elle, avec l'accent du désespoir.

— Oui. Je sais que tu es douée et que tu as fait une démonstration de tes talents pour la première fois lors d'un tournoi. Est-ce à ce moment-là que la Ligue est entrée en contact avec toi ?

Elle ne manifesta pas la moindre émotion et le regarda d'un air perplexe. Oh ! elle savait mentir.

— De quoi parlez-vous ? demanda-t-elle. Pourquoi évoquez-vous cette légende ?

— Nous savons tous les deux que ce n'est pas une légende. J'ai travaillé avec eux, cette année. Je sais qu'ils interviennent chaque fois que survient une injustice, et que les puissants font du mal aux plus faibles qu'eux. Avec tes talents de combattante, tu as dû attirer leur attention. Ils ont vu l'avantage d'introduire une femme dans la maison de mon frère. Une servante ne serait jamais soupçonnée de vouloir détruire un vicomte. Cependant, je ne crois pas que tu avais pour mission de le tuer.

Elle garda le silence, mais il vit diverses émotions traverser son regard. La panique, la tristesse, la crainte. Parviendrait-il un jour à percer ses secrets ? Lui accorderait-elle sa confiance ? Elle se serait enfuie s'il ne l'avait pas prise au piège contre son grand lit. Elle ne pouvait s'échapper sans le repousser, donc le toucher.

Il recula d'un pas.

— Je parlerai avec Mary. Elle était une de ces servantes, n'est-ce pas ? Ainsi que la fille qui était ici il y a un instant. Je l'ai reconnue.

— Ne les mêlez pas à cette affaire, dit-elle, les dents serrées. Elles sont innocentes. Malgré ce que votre frère leur a fait, elles sont innocentes.

Tom se rappela son propre sentiment d'impuissance, la tristesse d'avoir été trahi par son frère, les sentiments contradictoires que ce dernier avait fait naître en lui.

— Je ne leur ferai aucun mal. Je suis content que tu les aies protégées. Mais j'ai besoin de connaître la vérité.

— Seigneur, Tom, ne pouvez-vous oublier tout cela ? Cela ne vous…

Elle s'interrompit, et il enchaîna :

— Ne me regarde pas ? Est-ce ce que tu étais sur le point de dire ? Mon frère a fait en sorte que je sois concerné, il y a déjà fort longtemps.

— Oui, oui, vous avez raison, maugréa-t-elle. Je fais partie de la Ligue, et ma mission était de pousser les servantes à se révolter contre votre frère et de convaincre le shérif qu'il se passait des choses terribles au château. Si le vicomte avait été dénoncé par des hommes plus puissants que lui, ou même réprimandé par un tribunal, il aurait cessé d'agresser ces femmes.

— Mais les choses ne se sont pas passées comme prévu, dit-il doucement.

Diana était submergée par les regrets. Il y en avait tant ! Ils lui vinrent tous en foule à l'esprit. Elle ne voyait plus Tom, ni sa chambre, seulement le visage en larmes de Mary, fuyant la chambre de son agresseur. Les visages blêmes et fermés des servantes qui accomplissaient corvée après corvée au château, en se demandant quand leur tour viendrait.

— J'ai passé ces six années à me convaincre que j'avais pris la seule décision possible, reprit-elle d'une voix blanche. Ces femmes n'ont plus rien à craindre, à présent.

— Tu ne t'imagines tout de même pas que je préférerais que tu te sois laissé violenter ?

Elle leva vers lui un regard surpris.

— Peut-être pas. Mais, certains jours, vous avez dû regretter de m'avoir permis de m'enfuir.

L'expression de Tom s'assombrit.

— Certains jours, oui. Mais j'étais plus en mesure qu'une servante de défier les rumeurs. J'étais devenu vicomte, et il n'existait aucune preuve que j'avais tué mon frère. Est-ce que la Ligue sait ce qui s'est passé ?

Elle acquiesça d'un signe de tête.

— Je leur ai dit tout de suite ce que j'avais fait.

— Donc, ils ne m'ont jamais soupçonné. Ils n'ont pas cherché à prouver que j'étais un meurtrier.

Diana secoua la tête, mais elle ne se sentait pas à l'aise. Si elle voulait avoir encore une chance de rester un membre de la Ligue, elle ne devait pas tout lui révéler.

— Ils m'ont reproché de n'avoir pas su maîtriser la situation, ajouta-t-elle avec amertume. D'avoir été trop jeune et trop impulsive. Ils ont dit que j'avais commis une erreur, qu'ils réévalueraient la possibilité de m'admettre au sein de leur société, mais que, jusque-là, je devais attendre.

— Et tu attends toujours.

Elle ne répondit pas. Elle n'aurait jamais cru qu'elle devrait choisir un jour entre la Ligue et l'homme qu'elle aimait. Elle était vraiment trop jeune, quand elle avait pris la décision de rejoindre ce groupe secret. À l'époque, elle n'imaginait pas ce qu'elle ressentirait, si elle tombait amoureuse.

Une première larme roula sur sa joue. Elle devait être vraiment amoureuse de Tom, car il était très douloureux de lui mentir. Elle avait cru qu'elle serait soulagée de lui révéler une partie de la vérité. Mais il était assez généreux pour comprendre ce qu'elle avait fait et ne pas lui adresser de reproches.

Elle avait beau se répéter sans cesse qu'elle aiderait

Tom à se disculper aux yeux de la Ligue et du roi, cela ne l'aidait pas à se sentir mieux.

Elle tressaillit quand il lui posa la main sur la joue, essuyant la larme du bout du pouce.

— Je sais que tu t'es donné beaucoup de mal pour devenir membre de la Ligue. Tu as été la première femme à y parvenir, et c'est un exploit. Mais s'ils ne comprennent pas que tu étais obligée d'agir comme tu l'as fait, cela signifie peut-être que ta place n'est pas parmi eux.

Diana frissonna. Il laissa retomber sa main.

— Réfléchis. Et souviens-toi que je ne t'ai pas repoussée, comme ils l'ont fait.

Quand il sortit de la chambre, elle se laissa tomber assise sur le lit, étourdie. Tom ne lui reprochait pas tous les ennuis qu'il avait eus à cause d'elle, après la mort de son frère. Il était un héros, dans tous les sens du terme.

Maintenant, elle ne savait plus du tout que penser. À qui devait-elle allégeance ? À la Ligue, ou bien à l'homme dont elle était amoureuse ?

Tom regagna sa chambre, bien qu'il ait souhaité plus que tout rester avec Diana et la convaincre qu'elle pouvait avoir confiance en lui.

Cependant, il était sûr qu'elle lui cachait encore quelque chose. Après avoir passé une heure à arpenter sa chambre en mettant de l'ordre dans tout ce qu'il avait appris ce soir et en laissant de côté ses sentiments de plus en plus profonds pour Diana, il découvrait des zones d'ombre dans cette histoire. Il était vraiment très étrange que le roi Henri lui ait suggéré avec tant d'insistance de rendre visite aux sœurs Winslow.

Cela ne pouvait pas être une coïncidence.

La Ligue de l'Épée était forcément encore impliquée. Et il voulait que Diana lui avoue de son plein gré tout ce qu'elle savait.

Chapitre 19

Tôt le matin, avant la messe, Tom frappa à la porte de Cicely. Le château commençait à peine à s'éveiller, après une soirée de danses et de chants de Noël, et personne ne l'avait vu monter. Il savait que Diana était déjà levée et occupée à superviser le travail des serviteurs pour la préparation du dernier repas, avant le départ des invités.

Cicely vint lui ouvrir, enveloppée dans une robe de chambre, et eut un sourire enjôleur en le voyant.

Ce sourire cachait une hideuse cruauté : pour obtenir ce qu'elle voulait, elle avait menacé sa sœur du déshonneur. Diana risquait même la peine de mort pour avoir tué un vicomte. Il espérait que Cicely n'avait pas conscience du danger qu'elle pouvait faire courir à Diana.

Elle l'accueillit à bras ouverts.

— Entrez donc, messire, minauda-t-elle.

Il obéit et referma la porte si brusquement, que la cape suspendue à un crochet près du battant tomba sur le sol. Le sourire de Cicely vacilla, et elle recula d'un pas, devant son expression.

— Diana m'a tout dit, annonça-t-il.

— Je ne vois pas ce que…

— Je sais tout sur votre chantage au sujet de la mort de mon frère.

Elle devait croire qu'elle avait encore l'avantage, car les rides qui lui plissaient le front disparurent, et son visage s'éclaira.

— Elle peut nier autant qu'elle veut, il y a des témoins.

Sa voix était froide, comme si elle parlait d'une étrangère et non de sa sœur.

— En effet, j'ai moi-même été témoin de la scène.

Cicely pâlit.

— Je ne savais pas qui elle était, ajouta-t-il. Je n'ai pas vu son visage, mais je l'ai trouvée sous le corps de mon frère. Il avait essayé de la violenter. Vous êtes-vous déjà demandé ce qu'elle avait dû ressentir ? Votre sœur, si douée, si sûre d'elle, sur le point d'être violée, après avoir secouru une autre femme ? Qu'auriez-vous fait, à sa place ?

— Je… Je…

— Je vais vous dire ce que j'ai fait, moi. Je l'ai laissée partir, je lui ai conseillé de s'enfuir. Je n'avais pas vu son visage. Je savais simplement qu'elle aurait souffert cent fois plus que moi, si la vérité avait éclaté.

— Eh bien… C'était idiot, déclara Cicely, se ressaisissant tout à coup. Elle n'avait pas besoin que vous preniez des risques pour la défendre. À sa place, je ne me serais jamais retrouvée dans une telle situation.

— Parce que vous n'auriez jamais accepté de vous exposer au danger pour aider de pauvres femmes innocentes !

Cicely était probablement incapable de comprendre la souffrance des autres, mais elle comprit qu'il venait de l'insulter. Ses yeux brillèrent de colère, mais Tom lui agrippa les épaules, sans lui laisser le loisir de parler.

— Voici ce qui va se passer, poursuivit-il à voix basse. Je ne vous ferai pas honte devant vos gens, en révélant que vous avez menacé de trahir votre sœur. Non pas pour vous épargner, bien entendu, mais pour ménager Diana. Je veux l'épouser.

— Comment pouvez-vous…, s'écria-t-elle, outrée.

— Vous feriez mieux de m'écouter. Vous en serez récompensée.

Elle ne dit mot, l'air boudeur.

— Vous avez fait tout cela, parce que vous vouliez désespérément un époux. Votre frère est en grande partie responsable de cette situation, car votre place et celle de Diana devraient être à la cour, auprès de lui. À présent, vous allez laisser le passé dormir en paix. Vous n'évoquerez plus jamais la mort de mon frère. En échange, je financerai votre séjour à Londres.

Elle écarquilla des yeux stupéfaits.

— Vous aurez une maison à vous, des serviteurs et de nouveaux vêtements. J'aurai bientôt persuadé Diana de devenir ma femme, et elle sera vicomtesse. Si vous parlez de ce que vous savez, elle sera protégée mais, vous, vous perdrez tout. Pensez-vous pouvoir trouver un époux à Londres ? Ma générosité ne sera pas éternelle, cependant je vous accorderai une dot, s'il le faut, par amour pour votre sœur.

Cicely était si abasourdie qu'elle ne sut quoi répondre. Elle finit par sourire.

— Oui, messire. J'accepte vos conditions. Et soyez certain que je trouverai un riche mari.

— Vous comptez beaucoup sur votre beauté et

vous avez raison, dit-il avec une lassitude mêlée de soulagement.

La voyant se rengorger, il ajouta :

— Mais la beauté est passagère. Il faudra cultiver d'autres qualités, si vous voulez rendre un homme heureux toute sa vie.

Elle sembla n'attacher aucune importance à ces dernières paroles, mais cela lui était égal. Il sortit de sa chambre, sachant qu'elle était bien trop fine pour briser l'accord qu'ils venaient de conclure. Elle considérait sans doute qu'elle avait gagné la partie, mais il n'était pas de cet avis. Il voulait rendre Diana heureuse. Si celle-ci savait que l'avenir de sa sœur était assuré, elle n'éprouverait pas de culpabilité en quittant Kirkby Keep.

Diana passa la journée partagée entre plusieurs sentiments. D'une part, elle était soulagée de ne plus avoir à porter tout le poids de sa culpabilité, d'autre part elle se demandait ce que Tom attendait d'elle.

Il savait maintenant qu'elle faisait partie de la Ligue, et semblait… fier de ce qu'elle avait accompli. Beaucoup d'hommes se seraient offusqués à l'idée qu'une simple femme ait pris la place d'un chevalier dans la société secrète. Mais ce n'était pas son cas.

Il ne savait sans doute pas à quel point les membres de la Ligue étaient prêts à se sacrifier pour l'organisation. Ils promettaient de garder le secret quand ils y entraient. Or, elle avait brisé son vœu en lui avouant qu'elle faisait partie de la Ligue. Mais elle avait simplement confirmé ce qu'il avait déjà deviné.

En revanche, comment pourrait-elle lui avouer

qu'il était l'objet de sa mission ? Il l'avait protégée, au château de Bannaster, il avait souffert à sa place des conséquences de son acte. Pourtant, elle l'avait trahi, et plus d'une fois. Si elle lui révélait le but de sa mission, la Ligue ne le lui pardonnerait jamais. Peut-être que Tom non plus. En fin de compte, elle l'aidait en remplissant cette mission. Mais il ne verrait peut-être pas les choses sous le même angle qu'elle.

Allait-elle devoir choisir entre son appartenance à la Ligue et lui ? Ne pouvait-elle être à la fois une femme de l'Épée et… une épouse ?

Elle s'était rarement imaginée dans la situation d'une femme, soumise à son mari. Ses ambitions étaient si peu féminines qu'elle ne les avait jamais crues compatibles avec le mariage. Mais son amour pour Tom lui faisait voir tout cela sous un jour nouveau. Comment pourrait-elle retourner à sa vie d'avant… sans son regard, sa conversation… ou son lit ?

Elle passa la journée avec les invités qui quittaient le château. Tom ne la poussa pas à prendre de décision au sujet de leur relation. Il ne l'approcha qu'une seule fois et la prit discrètement à part pour lui expliquer qu'il s'était entretenu avec Cicely et que celle-ci ne les ennuierait plus jamais. Ils avaient été interrompus presque aussitôt, et elle n'avait pas eu le temps de lui demander comment il avait réussi à la faire changer d'avis.

Malgré tout, Cicely se pavanait, toujours aussi imbue d'elle-même.

Diana essaya de ne plus y penser. Elle avait encore une journée de répit. Après cela, elle réfléchirait à son avenir et à ce qu'elle devait faire.

Elle eut un sommeil agité, cette nuit-là. Et le lendemain matin, une nouvelle surprise l'attendait. Tom assistait à la messe.

Il lui adressa un sourire en coin, avant de baisser la tête pour réciter les prières. Quel message voulait-il lui transmettre ? Devait-elle comprendre que s'il pouvait changer, elle le pouvait aussi ?

Tard dans l'après-midi, il devint clair toutefois que le répit était terminé. Son frère Archie venait d'être aperçu se dirigeant vers Kirkby Keep, avec une petite troupe d'hommes.

Cicely pénétra dans la grande salle et se précipita aussitôt vers Diana, comme si elle ne lui avait pas dit toutes sortes d'horreurs la veille.

— Est-ce que c'est vrai ? Archie est là ?

— Qu'est-ce que cela peut faire ? répondit Diana. Ne vas-tu pas lui dire ce que j'ai fait ?

Cicely leva les yeux au ciel, l'air excédé.

— Pourquoi prendrais-je le risque de perdre ce que je viens de gagner ?

— De gagner ? Que veux-tu dire ?

— Ton cher Lord Bannaster ne t'a donc pas parlé de notre accord ? Il va financer mon séjour à Londres ! Aussi, je te suggère de me laisser gérer ma situation avec Archie. N'interviens surtout pas.

Diana la considéra, bouche bée.

— J'ai bien d'autres sujets à aborder avec lui. Mais… Tu vas vraiment partir à Londres ? ajouta-t-elle, stupéfaite.

Apparemment, sa sœur était loin d'être punie pour sa cruauté.

Mais elle aussi avait commis des péchés. Comment aurait-elle pu la juger ?

Archie entra dans la grande salle, suivi de quatre hommes d'armes qui secouèrent leurs bottes pleines de neige sur les branchages qui recouvraient le sol. Leur frère était un homme grand et massif, qui avait un peu plus de graisse que de muscles, car il ne s'était jamais entraîné au combat très régulièrement. Il repoussa son capuchon, laissant apparaître une masse de boucles blondes et rebelles. Diana constata avec surprise que ses cheveux étaient un peu plus rares sur les tempes. Elle était en train d'essayer de se rappeler quand avait eu lieu leur dernière rencontre, lorsqu'il les repéra toutes les deux devant la cheminée.

Il se dirigea vers elles à grands pas, l'air revêche.

— Vous avez osé organiser un tournoi sans ma permission ? cria-t-il, d'une voix tonitruante.

Il avait toujours aimé beugler.

— Heureuse nouvelle année, mon cher frère, lança Diana.

Il cligna les paupières.

— Merci pour votre charmant présent, ajouta Cicely. Avez-vous reçu les mouchoirs que je vous ai envoyés ?

Archie se racla la gorge.

— Oui. Je vous remercie.

Puis il sembla se rappeler la raison de sa présence et se rembrunit.

— Avez-vous une explication à me fournir, au sujet de ce tournoi ?

— Oui, reprit calmement Diana. Si nous avions

sollicité votre permission, des semaines se seraient écoulées avant d'avoir votre réponse.

Et elle aurait été négative.

— Les fêtes auraient été terminées, et nous n'aurions pu compter sur la douceur du temps, en cette période de l'année. Comment avez-vous pu venir si vite ?

Il prit la chope de bière que lui tendait un serviteur, et but longuement.

— Nous avons passé Noël à York.

La ville était proche du château, et un autre frère que lui aurait fait venir ses sœurs auprès de lui, songea Diana. Cicely était sûrement de son avis, mais, toute à ses nouvelles perspectives d'avenir, elle haussa les épaules, comme si l'attitude d'Archie n'avait plus aucune importance. Ce dernier prit une nouvelle chope, et Diana en profita pour serrer légèrement le bras de Cicely afin de la mettre en garde. Il valait mieux ne rien dire, tant qu'elles ne savaient pas pourquoi leur frère était venu les voir. Cicely lui lança un regard d'impatience mais tint sa langue.

Archie dévisagea Diana et fit la moue.

— Je suppose qu'une fois de plus, vous avez fait honte à votre famille ?

— En gagnant la compétition de lancer de dagues ? Eh bien, oui.

Il fronça les sourcils.

— Mais vous serez heureux d'apprendre que j'ai perdu le seul combat à l'épée auquel j'ai participé, précisa-t-elle.

— Qui vous a vaincue ?

— Moi !

La voix de Tom résonna dans la grande salle. Ses

hommes et lui venaient juste de rentrer, après avoir fait galoper leurs chevaux dans le pré. Il enleva son bonnet couvert de neige. Son visage était rougi par le froid, et ses cheveux sombres emmêlés. Malgré cela, Diana fut transpercée par une flèche de désir.

— Qui êtes-vous ? demanda Archie.

— Thomas, vicomte de Bannaster.

À la grande surprise de Diana, son frère ne parut pas surpris. Elle comprit alors que ce n'était pas seulement à cause du tournoi qu'il leur rendait cette visite.

Tom haussa les sourcils, l'air amusé.

— Je ne crois pas que nous ayons été présentés, Winslow.

Archie l'ignora et se tourna de nouveau vers Cicely et elle.

— À quelle heure allons-nous manger ?

Archie fut de mauvaise humeur pendant tout le repas. Quand Diana le questionna sur la santé de son épouse, il répondit par de vagues grognements, sans cesser de manger. Il dardait sur Tom des regards noirs, et elle comprit qu'il n'allait pas tarder à laisser éclater sa colère.

L'impulsivité de Diana lui avait causé des ennuis, mais au moins elle était consciente de ce défaut et s'efforçait de le corriger. Archie ne faisait que ce qu'il voulait, quel que soit le moment. Plus jeune, il se serait beaucoup mieux entendu avec leur père s'il avait su tenir sa langue de temps en temps. À présent, assis entre Cicely et elle, il dévisageait Tom avec hostilité.

Quand il eut fini son dessert, il posa sa cuillère si brusquement que Diana tressaillit. Tom posa discrètement une main sur sa cuisse. Mais s'il croyait la calmer de cette façon, c'est qu'il ignorait l'effet qu'il avait sur elle.

Archie le fixa en étrécissant les yeux.

— J'ai entendu dire que vous étiez ici pour courtiser Cicely, Bannaster. Vous ne m'avez pas demandé la permission.

— Vous n'autorisez pas vos sœurs à vivre sous votre toit, Winslow. Aussi, pourquoi aurais-je demandé votre permission ? C'est le roi qui m'a suggéré de venir ; j'ai considéré que son accord était amplement suffisant. D'autre part, le terme courtiser n'est pas adéquat. Je suis venu voir vos deux sœurs, pour savoir si nous pouvions nous entendre.

Comme le prévoyait Diana, Archie ignora l'allusion au roi Henri.

— Mes deux sœurs ? rugit-il.

Diana tressaillit encore une fois, et un grand silence se fit dans le hall. Elle espéra que Tom n'allait pas parler de leur relation, alors que rien encore n'était décidé.

Tom inclina la tête de côté, l'air perplexe.

— Ces deux jeunes dames ne sont-elles pas à marier ?

Archie regarda autour de lui, comme s'il se rendait compte tout à coup des regards braqués sur lui.

— En effet. Mais Diana…

Il ne termina pas. Diana attendit qu'il déclare qu'elle ressemblait plus à un homme qu'à une femme. C'était son reproche habituel. Mais il n'alla pas plus loin.

Au bout de quelques secondes, il reprit :

— Peu importe laquelle des deux vous convoitez.

Vous n'êtes pas un parti convenable pour les femmes de ma famille.

Le sourire de Tom s'émoussa.

— Je suis vicomte, cousin du roi, et ma fortune dépasse ce que vous pouvez imaginer.

Il balaya du regard la grande salle de Kirkby Keep comme pour en évaluer la valeur, et Archie s'empourpra.

— Je ne vois pas en quoi ces qualités font de moi un parti peu recommandable, conclut Tom.

Archie abattit violemment les mains sur la table.

— Vous savez très bien pourquoi vous ne trouvez pas d'épouse, pourquoi vous avez dû venir dans le nord, loin de Londres. Votre frère était peut-être un crétin, mais vous étiez censé devenir prêtre. Cela n'était sans doute pas assez bien pour vous. Vous avez tué votre aîné pour prendre ce qui lui appartenait. Je n'autoriserai jamais une de mes sœurs à épouser un homme entouré d'un tel scandale !

Diana retint son souffle et posa à son tour la main sur la jambe de Tom, en espérant qu'il parvienne à contenir sa colère. Mais elle oubliait qu'il avait déjà passé six ans à se maîtriser. Il avait reçu beaucoup d'insultes et commis de nombreuses erreurs. Ce qui ne l'avait pourtant pas rendu amer. Il souhaitait toujours avoir une épouse, un avenir, des enfants.

Elle était furieuse pour lui et elle aurait aimé crier à son tour, dire à son frère que le vicomte défunt était non seulement un crétin, mais bien pire encore. Une brute et un violeur. Si Archie voulait déclencher un scandale, elle pouvait l'aider en révélant devant tout le monde la vérité sur la mort du vicomte. Mais la main de Tom couvrit la sienne et la serra gentiment. Il avait endossé le problème à sa place, six ans auparavant, et entendait de toute évidence la protéger encore. Elle se sentit terriblement coupable.

— Vous serez heureux d'apprendre qu'aucune décision concernant un mariage n'a été prise, déclara posément Tom. Cependant, Lady Cicely et moi-même préférons être amis.

— Dans ce cas, elle est moins sotte que je ne le pensais, commenta Archie en se levant. Et Diana ?

Elle crispa les mâchoires, mais Tom lui adressa un sourire.

— Nous verrons.

Il venait d'annoncer devant tous qu'elle seule l'intéressait.

Archie s'empourpra de nouveau.

— Vous ne pouvez pas obliger une femme à…

— En voilà assez ! s'écria Diana, en se levant pour défier son frère. Lord Bannaster est notre invité, et je ne tolérerai pas qu'il soit traité de manière aussi inhospitalière !

Archie la dévisagea avec stupéfaction.

— Vous devez être vraiment désespérée, pour croire que…

Ce fut au tour de Tom de se lever, posant ostensiblement la main sur la poignée de son épée.

— Vous devriez aller vous reposer, Archie, conseilla Diana d'un ton ferme. Vous devez être épuisé par le voyage.

Il ouvrit la bouche pour riposter. Avisant alors tous les regards hostiles fixés sur lui, il renonça.

— Je pense à vous, Diana, déclara-t-il avec raideur.

À vous aussi, Cicely. Je suis votre frère, il est de mon devoir de vous protéger.

Peut-être croyait-il, à sa façon, manifester de la considération pour elles. La menace de scandale n'était pas étrangère à sa réaction, naturellement, car il avait une épouse et un titre à protéger. Mais le Archie d'autrefois, celui qu'elle connaissait, n'aurait jamais admis se soucier du bien-être de ses sœurs. Leur longue séparation l'avait peut-être fait changer, ne serait-ce que légèrement.

Elle lança un coup d'œil à Cicely, avant de reprendre posément :

— Archie, je vous remercie pour votre sollicitude. Je comprends vos objections. Je suis certaine que Cicely et moi réfléchirons soigneusement à votre mise en garde.

Leur dot était entre les mains de leur frère, et il aurait pu évoquer ce sujet pour les soumettre à sa volonté. Il n'en fit rien.

Il se contenta de tourner le dos et de monter l'escalier pour gagner sa chambre.

— Hum, fit Cicely, songeuse. Il s'est considérablement radouci.

Le regard de Tom passa de l'une à l'autre.

— Vous trouvez que son comportement est doux ?

Cicely haussa les épaules, et quitta la table.

— Bonne nuit, Lord Bannaster.

Les sourcils froncés, Diana la suivit des yeux. Il était encore très tôt, elle n'allait jamais se coucher de si bonne heure.

— Je suis prêt à me retirer également, déclara Tom d'un air sombre. Dormez bien, Lady Diana.

Il s'engagea dans l'escalier d'une démarche raide. Diana le regarda, le cœur serré. Archie n'était pas le seul à lui avoir fait du mal.

Et elle ne pouvait pas le laisser souffrir davantage.

Chapitre 20

C'était le milieu de la nuit, et la chambre de Tom n'était éclairée que par les braises qui rougeoyaient dans l'âtre. Diana s'adossa à la porte et attendit. Il n'avait pas dû l'entendre entrer, car il était immobile dans son lit. Elle ne regrettait pas d'être venue. Elle devait être ici, à côté de lui. Elle s'approcha de la cheminée et ajouta des bûches, regardant avec satisfaction les flammes s'élever en vacillant.

Puis elle se redressa et traversa lentement la chambre, tout en laissant sa robe glisser sur ses bras, puis tomber sur le tapis qui recouvrait le sol. Entièrement nue, elle souleva la couverture et se glissa à côté de lui. Dans la pénombre, elle vit ses yeux brillants qui la regardaient.

— Je me demandais quel était ton projet, dit-il, en l'enveloppant d'un regard ardent.

— Oh ! Tom.

Frémissante, elle se blottit dans la chaleur du lit et inspira son odeur masculine et familière.

Il se pressa contre elle, et elle poussa un gémissement de bien-être, comme si une éternité s'était écoulée depuis leur dernière rencontre. Elle l'aimait et ne savait pas ce qu'elle devait faire.

Puis elle sentit sa bouche dans son cou, et le léger baiser qu'il lui donna la fit frissonner. Il traça ensuite un sillon de baisers brûlants sur sa peau et la couvrit de tendres caresses. Ses seins se tendirent, et elle écarta instinctivement les jambes, dans une invitation muette. Il se hissa au-dessus d'elle, sous les couvertures, sans cesser de l'embrasser. Il déposa des baisers sur son ventre, sur ses cuisses, dans ses cheveux soyeux, la faisant frissonner d'impatience.

Elle le caressa à son tour, essayant de l'inciter à la pénétrer, mais il l'ignora et se concentra sur ses propres désirs.

Elle était venue s'offrir à lui par amour, mais le but de Tom était visiblement de lui donner du plaisir.

Elle se raidit lorsque sa bouche s'égara plus bas sur son corps et que ses doigts écartèrent doucement les boucles entre ses jambes.

— Détends-toi, chuchota-t-il.

Elle poussa une exclamation étouffée en sentant son souffle sur cette partie secrète de sa féminité et fut tentée de résister lorsqu'il lui fit écarter les jambes davantage. Puis elle sentit sa langue chaude sur elle et elle ne put contenir un cri d'extase. Inondée de plaisir, elle renversa la tête en arrière, s'arquant pour mieux s'offrir, tandis que la jouissance déferlait.

Une seconde à peine s'écoula, et Tom s'insinua entre ses jambes pour la pénétrer profondément. Elle aimait son ardeur et sa passion. Elle le maintint contre elle, le caressant, lui embrassant le torse, le cou, la bouche. Ils se perdirent l'un en l'autre, étourdis de bonheur.

Tom accéda si rapidement au plaisir suprême qu'elle

se mit à rire, heureuse de savoir que son désir était si fort qu'il ne parvenait plus à se contrôler.

Il se laissa retomber sur elle avec un grognement, et elle éprouva avec bonheur le poids de son corps et la fermeté de ses longs muscles.

— Tu es une sorcière, lui murmura-t-il à l'oreille. Tu me fais perdre la tête.

Elle l'enveloppa de ses bras et de ses jambes avec un soupir de bien-être.

Éperdu de tendresse, Tom roula sur le côté et s'accouda pour mieux la contempler. Il aurait pu la regarder pendant des heures.

— Pourquoi as-tu pris tant de risques pour venir me retrouver cette nuit ?

— Mon frère t'a dit des choses terribles, alors même que tu lui avais déclaré t'intéresser à moi. Il fallait que je vienne.

Elle pensait donc que Winslow représentait un obstacle pour lui ? Il s'efforça de mettre sa déception de côté. C'était le moment de s'armer de patience.

Incapable de rester auprès d'elle sans la toucher, il posa la main sur son sein.

— Nous semblons avoir quelques problèmes avec ton frère, dit-il, en espérant que ce sujet aboutirait à d'autres discussions.

— Archie est plus préoccupé par sa réputation et son orgueil que par le sort de ses sœurs. C'est la seule raison de sa venue au château.

— Je n'en suis pas si sûr. J'ai eu l'impression qu'il ne savait pas comment avouer qu'il était inquiet pour vous.

L'expression de Diana se fit pensive, comme si cette idée l'avait effleurée mais qu'elle l'avait repoussée, par habitude.

— Les gens changent parfois, ajouta-t-il avec douceur.

Elle se tourna sur le côté pour lui faire face. Ses seins effleuraient son torse, et elle posa un bras sur sa taille.

— Nous le savons tous les deux.

— Je ne suis pas sûr que mon frère puisse changer.

Diana se tendit, et il reprit :

— Ne crois pas que je sois encore en colère contre lui. Tout cela est derrière moi, désormais. Je ne veux pas parler de sa mort, mais de ce qu'il a essayé de te faire. Tu étais vierge quand nous avons fait l'amour, je sais donc qu'il n'a pas… Mais cela a dû être terrible pour toi.

— Pourquoi faire resurgir le passé, Tom ? demanda-t-elle en lui caressant le visage. C'est fini.

— Parce que j'ai l'impression que son fantôme se dresse encore entre nous et je ne sais pas comment y remédier autrement qu'en parlant.

Elle l'embrassa tendrement.

— Parfois, tu parles trop.

— Je peux changer. Tu as bien vu que j'étais venu à la messe, l'autre jour.

— Le père Francis a failli tomber à la renverse en te voyant, d'ailleurs ! s'exclama-t-elle en riant. Pourquoi es-tu venu ?

Il haussa les épaules.

— Parce que tu me l'as présenté. Il m'a semblé que c'était un homme bon et généreux, plus intéressé par ses ouailles que par une autorité d'ordre divin. Et tu m'as dit un jour que Dieu n'était pas responsable de mes problèmes. J'ai fini par comprendre que tu avais raison.

Il se laissa retomber sur le dos et fixa le plafond. Diana se blottit contre lui, la tête au creux de son épaule.

— J'ai toujours été prompt à porter un jugement et je ne change pas facilement d'avis, poursuivit-il. Quand j'étais enfant, mon frère me protégeait, par conséquent, je le croyais incapable de faire le mal. J'en ai longtemps été persuadé. Adulte, j'ai continué de me cramponner à mes opinions. Je tenais l'église et les prêtres pour responsables de ce qu'un seul homme m'avait fait subir. Ensuite, lorsque j'ai décidé qu'il fallait que je me marie, que j'aie une épouse et un héritier, j'ai voulu persuader la première femme à mon goût de se soumettre à ma volonté. Et le mot persuader est encore trop doux.

— Les gens changent, répéta Diana.

— Tu nous en as donné la preuve hier soir.

— Que veux-tu dire ?

— Eh bien, quand je suis arrivé ici, tu m'as jeté au fond d'un cachot.

Honteuse, elle enfouit le visage entre ses mains. Mais il les lui prit, les écarta et l'embrassa.

— Hier soir, tu t'es dressée avec indignation contre ton frère pour prendre ma défense. Mais tu as réussi à te contrôler.

— Grâce à toi. Il me semble que je dois aussi te remercier, ou te réprimander, pour le bonheur que tu donnes à Cicely.

Il arqua les sourcils, l'air faussement offensé.

— Je ne sais pas à quoi m'attendre de ta part. Es-tu très fâchée ?

— Elle me paraissait trop heureuse, aujourd'hui. Et elle a fini par m'avouer que tu lui donnerais les moyens financiers de partir d'ici. Tom, après tout ce qu'elle a fait…

— Tu ne veux pas qu'elle soit heureuse ?

— Bien sûr que si, mais…

— Après avoir compris que je ne l'épouserais pas, combien de temps penses-tu qu'elle aurait attendu, pour essayer de te faire chanter, afin d'obtenir ce qu'elle voulait ?

— Eh bien…

— Exactement ! Ce que je lui offre n'est pas très cher payé, pour obtenir qu'elle cesse de nous ennuyer. Avec sa beauté, nous pouvons être sûrs qu'elle trouvera un époux et que nous en serons rapidement débarrassés.

— C'est vrai. Mais elle croit qu'elle a gagné ! s'exclama Diana, agacée.

— Peu importe. En réalité, c'est toi qui as gagné, car tu n'auras plus à te soucier d'elle.

— Comment se fait-il que tu sois devenu si important pour moi ? marmonna-t-elle.

— J'aime être l'homme dont tu as besoin.

Elle tressaillit, et il devina qu'elle n'était sans doute pas prête à entendre ces mots, mais il fallait pourtant qu'il le lui dise.

— Diana, je voudrais demeurer auprès de toi. Je t'aime. Épouse-moi.

Il lui avait fallu beaucoup de réflexion et un certain nombre d'erreurs, pour apprendre à prononcer ces mots correctement. Pour comprendre qu'il fallait être prêt à tout sacrifier, afin de faire entendre ses sentiments.

Les yeux de Diana s'embuèrent de larmes. Ses

secrets rôdaient toujours entre eux, comme une ombre menaçante par un jour de plein soleil.

Avant qu'elle ait pu parler, il lui couvrit la bouche de ses doigts.

— Réfléchis. Je ne te demande pas de me répondre tout de suite.

Elle noua les bras autour de son cou et se serra contre lui.

— Je dois partir, chuchota-t-elle.

Il roula sur lui-même pour la soulever au-dessus de lui et l'embrassa. Elle ne pouvait ignorer qu'il la désirait encore, qu'il la désirerait toujours.

Avec un gémissement alangui, elle pressa le ventre contre son sexe tendu.

— Je ne peux pas m'attarder. Si mon frère se met en tête de venir me parler, il peut le faire à n'importe quelle heure du jour ou de la nuit.

— Alors, pars vite. Mais promets-moi que tu penseras à ma demande et n'oublie pas que je t'aime.

Elle le contempla un moment, à la fois perplexe et attendrie.

— Je te le promets, murmura-t-elle dans un souffle, avant de quitter la chaleur rassurante du lit.

Elle prit sa robe de chambre et la drapa sur elle, mais elle était pieds nus. Comme si, dans sa hâte de venir vers lui, elle n'avait pas songé à son confort.

— Dépêche-toi, tu vas être gelée ! la gronda-t-il gentiment.

Elle lui envoya un baiser du bout des doigts et s'enfuit.

Tom se laissa retomber en soupirant contre les oreillers, les bras derrière la tête. Après avoir été durant tant d'années en colère contre Dieu, il le priait à présent pour qu'un miracle se produise.

Une fois seule dans sa chambre, Diana revêtit sa chemise de nuit la plus chaude et se glissa sous l'édredon en frissonnant. Quand elle se fut un peu réchauffée et qu'elle put réfléchir, elle éprouva un choc.

Tom l'aimait. Il voulait l'épouser. La plupart des femmes auraient probablement sauté de joie et accepté sa demande. Et c'était ce qu'elle aurait aimé faire.

Fermant les yeux, elle roula sur le côté. Les autres femmes n'avaient pas trahi l'homme qu'elles aimaient.

Une fois de plus, le même refrain lui revint en tête. Elle l'avait aidé à laver sa réputation et elle pouvait oublier ce qui s'était passé. Mais pouvait-elle oublier aussi la Ligue ? Le voulait-elle vraiment ?

Elle aimait Tom, cela aurait dû être suffisant. Ce n'était pas lui qui lui demandait de choisir entre son rêve et lui, n'est-ce pas ? Non, c'était elle-même qui s'imposait ce choix.

Tard dans la matinée, juste avant le repas, Tom cessa son entraînement avec ses hommes sur le terrain de joutes. Il avait entendu un bon nombre de plaisanteries affables à propos de sa relation avec Diana. Tous voulaient lui donner des conseils. Ils lui suggéraient en riant de lui écrire un poème, ou bien de partir à cheval dans le vallon pour lui cueillir des fleurs sauvages. « En plein hiver ? » leur avait-il fait remarquer.

— Je suis étonné que Winslow ne soit pas venu

s'entraîner avec nous, dit-il, lorsque Talbot vint l'aider à ôter son armure. Je pensais qu'il voudrait me faire une démonstration de sa force, dans l'espoir que je renonce à courtiser Diana.

— Laissez-lui le temps de s'habituer à vous, messire. Il veut certainement que sa sœur soit heureuse.

— Que pourrait-il faire, s'il ne veut pas de moi comme beau-frère ? Refuser de m'accorder la dot de Diana ? Cela me serait égal. De plus, Diana est une femme, et non une jeune fille. Lorsque nous déciderons de nous marier, il ne pourra pas nous en empêcher.

— Allez-vous attendre le bon plaisir de Lady Diana ? s'enquit Talbot avec un petit sourire.

Tom secoua la tête sans répondre. Comment lui expliquer que plusieurs choix se présentaient à elle ?

Quand il pénétra dans le château afin de se préparer pour le repas, Mary vint à sa rencontre, l'air soucieux. Le sourire de Tom s'évanouit.

— Monsieur le vicomte, avez-vous vu Lady Diana ?

— Elle n'était pas sur le terrain d'entraînement, Mary. J'ai pensé qu'elle avait à faire dans le château, ce matin.

Mary secoua la tête, en se tordant nerveusement les mains.

— Je ne l'ai trouvée nulle part. J'ai parlé à tous les serviteurs, personne ne l'a vue depuis la messe. Je ne l'ai pas vue non plus dans la salle commune.

— Avez-vous interrogé ceux qui travaillent à l'extérieur ?

— Non, répondit-elle, reprenant un peu espoir. Je vais envoyer des valets.

— J'y vais également.

Après avoir interrogé tout le monde en vain pendant une demi-heure, Tom finit par trouver un jeune valet d'écurie qui lui avoua en bégayant que Diana avait pris son cheval pour une promenade.

Il aurait dû se sentir rassuré, mais apparemment Diana était partie depuis des heures. Le vent se levait, et le ciel plombé laissait prévoir des chutes de neige.

— Où est Lord Winslow ?

— Il est parti aussi, messire. Il a dit qu'il allait au village.

— Seul ?

— Deux de ses hommes l'accompagnaient.

Tom éprouva aussitôt un malaise confus. Rien n'obligeait Diana à l'informer de ses déplacements. Mais il ne pouvait croire qu'elle ait pu s'absenter si longtemps sans l'avertir. De plus, en plein cœur de l'hiver.

Et le fait que Winslow soit également introuvable transformait son malaise en colère. Cet homme en arriverait-il à enlever Diana pour les séparer ?

La promenade à cheval apaisa les tourments de Diana. Guider sa monture sur un chemin tortueux et escarpé demandait une concentration qui lui permit de prendre de la distance avec ses problèmes. Elle put rejeter dans un coin de son esprit les pensées qui l'obsédaient.

La journée était froide, le vent lui fouettait les joues, mais l'exercice réchauffa ses muscles engourdis. En outre, le paysage était splendide. La longue vallée remontait en pente douce vers la lande. Elle aperçut çà et là des feux allumés par les paysans dans les champs.

Ils célébraient la Nuit des Rois qui marquait la fin des fêtes de Noël.

Après avoir suivi pendant plusieurs heures le cours de la rivière Swale qui s'enfonçait dans la partie boisée du vallon, elle fit demi-tour pour regagner le château…

C'est alors qu'elle vit quatre hommes vêtus de manteaux sombres venir vers elle. Elle stoppa son cheval et attendit, la main à la taille, sur la poignée de la dague cachée dans sa ceinture. Elle n'avait pas pensé à accrocher une épée à sa selle, car elle ne pensait pas quitter le domaine de Kirkby. Mais, sans même s'en rendre compte, elle avait prolongé sa promenade, s'aventurant plus loin que prévu.

Les hommes la regardaient d'un air sombre. Les pans de leur cape rejetés en arrière laissaient voir leurs cuirasses et leurs bras puissants de guerriers. Elle les toisa en levant le menton.

— Messieurs, est-ce que vous me suivez ?

— Lady Diana ?

Un homme blond se détacha de la petite troupe et se dirigea vers elle avec assurance.

— C'est bien moi, répondit-elle. Que me voulez-vous ?

Il porta une main à sa gorge, et Diana se raidit, les doigts crispés sur son poignard. Que cachait-il sous sa cape ? Il glissa la main sous sa chemise et en sortit un médaillon accroché à une chaîne.

Ces hommes appartenaient à la Ligue de l'Épée.

Elle poussa un profond soupir et se détendit.

— Vous me cherchiez, chevalier ?

— Je suis Sir David, répondit-il, imperturbable. Nous avons reçu votre missive.

Comme il était de coutume dans la Ligue, il ne lui révéla pas son nom de famille.

— Pourquoi êtes-vous venus jusqu'à moi ? Pensez-vous que je n'ai pas rempli ma mission convenablement ?

Tout en parlant, elle espérait qu'il allait nier, déclarer qu'elle avait parfaitement suivi les instructions, et qu'ils étaient prêts à la reprendre parmi eux.

La réponse de Sir David fut différente.

— Nous devons en discuter.

Ce n'était pas bon signe.

— Je suppose que vous ne désirez pas me suivre jusqu'à Kirkby Keep pour vous mettre à l'abri du froid ?

Le chevalier fit signe que non.

— Nous connaissons une ferme, non loin d'ici, dans la vallée. Elle est abandonnée depuis des années.

— Il ne doit pas y faire très chaud.

L'homme esquissa l'ombre d'un sourire.

— Nous y ferons du feu. Acceptez-vous de nous accompagner ?

Elle n'avait pas le choix. Ils s'étaient identifiés et savaient quelle mission on lui avait confiée. Elle les rejoignit et chevaucha en tête avec Sir David.

Une heure s'écoula sans qu'une parole ne soit échangée. Les chevaux grimpaient le long d'un sentier sinueux, à la pente raide. Le silence ne gênait pas Diana, mais une autre femme aurait pu être inquiète de voyager en compagnie de ces quatre hommes taciturnes.

Elle, non. Elle était l'une d'entre eux ; elle était membre de la Ligue. Elle était fière de ce qu'elle avait accompli et ne renoncerait pas à sa mission. Elle voulait aider les gens qui n'avaient personne d'autre vers qui se tourner.

Ils atteignirent enfin le vieux *cottage*. La porte ne tenait plus sur ses gonds, mais les volets étaient fermés et, à l'intérieur, le sol de terre battue était sec. L'un des hommes alluma un feu avec l'amadou et les bûches entreposées près de l'âtre, et les autres allèrent chercher du bois dans la forêt.

Sir David se campa devant la cheminée avec Diana.

— Suis-je autorisée à parler de ma mission devant vos hommes ? demanda-t-elle.

Il acquiesça d'un signe de tête.

— J'apprécierais que vous attendiez leur retour, afin que nous entendions tous ensemble votre récit.

Elle demeura à côté de lui, le regard fixé sur les flammes. Elle se sentait à l'aise avec lui, car ils partageaient le même but. Il était beaucoup plus grand qu'elle ne l'avait cru en le voyant sur son cheval. Ses cheveux balayaient les herbes sèches encore accrochées aux poutres de la maisonnette.

Enfin, les autres revinrent. Ils trouvèrent un tabouret un peu bancal pour elle et deux bancs pour eux. Ils purent enfin s'asseoir et se réchauffer devant le feu.

— Nous avons bien reçu votre missive, dit alors Sir David. Mes supérieurs vous remercient du rapport détaillé que vous nous avez fourni sur Lord Bannaster. Ses tentatives pour s'améliorer sont louables, mais…

— Mais ? répéta Diana.

Avaient-ils découvert qu'elle avait sottement tenté de l'enlever ?

— … Bien que vous nous donniez votre avis sur lui, en vous appuyant sur quantité de détails, la façon dont vous vous exprimez suggère que vous manquez d'objectivité en ce qui le concerne.

Il parut un peu embarrassé, comme s'il devait délivrer un message dont il aurait préféré ne pas devoir discuter.

— Si je vous ai fourni des faits et que vous me croyez, en quoi pouvez-vous dire que je ne suis pas objective ?

— Mes supérieurs craignent que vous n'ayez une relation spéciale avec Lord Bannaster.

Diana le dévisagea, en essayant de ne pas s'offenser et de réfléchir posément à sa réponse.

— C'est le cas, bien que je ne sache pas encore à quoi aboutira cette relation. Voulez-vous dire que c'était évident dans la missive que je vous ai fait parvenir ?

— Non, cependant mes supérieurs craignent…

— Laissez-moi donc répondre à ces craintes. Il est vrai que je suis tombée amoureuse de Lord Bannaster.

Elle était stupéfaite de prononcer ces mots à voix haute devant des inconnus, alors qu'elle ne les avait pas dits à Tom.

— Mais c'est arrivé, parce que je me suis rendu compte que Lord Bannaster était quelqu'un de bien. Il a eu une jeunesse très dure, sa famille voulait qu'il devienne prêtre. Il a ensuite été soupçonné d'avoir tué son frère, un crime abominable, mais qu'il n'a pas commis. Vos supérieurs savent qui a tué le vicomte.

Elle n'évoqua pas sa propre responsabilité dans ce crime, car c'était aux chefs de la Ligue de décider qui devait savoir la vérité à ce sujet.

— Il a dû apprendre brusquement à être vicomte et chevalier, sans y avoir été préparé dans sa jeunesse. Il a commis des erreurs. Nous en avons tous commis. Et il a appris grâce à ces erreurs, il ne s'est pas laissé gagner par l'amertume. C'est un homme déterminé, et un loyal sujet du roi. Savez-vous qu'il est venu en aide à toutes les femmes à qui son frère avait causé du tort ?

Sir David la dévisagea. Un demi-sourire flottait sur ses lèvres. Il approuvait manifestement son attitude, bien qu'elle défende Tom un peu plus qu'il n'était nécessaire. Elle remarqua que deux des hommes se regardaient en hochant la tête.

— Vos arguments sont très convaincants, Lady Diana. Je recommanderai à la Ligue votre rapport sur Lord Bannaster, et ce sera le dernier que nous ferons établir sur lui.

— Le vicomte est digne de confiance, Sir David.

— Comment a-t-il réagi, lorsqu'il a eu connaissance la mission que nous vous avions confiée ?

— Il ne sait rien à ce sujet.

Sir David approuva d'un signe de tête.

— Il fallait qu'il en soit ainsi.

Se frappant la cuisse du plat de la main, il regarda ses hommes.

— Allez vous occuper des chevaux et effacer les traces de notre passage ici. J'ai un dernier message pour Lady Diana et je dois le lui délivrer en privé.

Les trois hommes sortirent du *cottage* sans poser de question. Diana battit des paupières et se retourna vers Sir David qui lui sembla soudain mal à l'aise.

— Quelque chose ne va pas ?

Il soupira et la considéra avec gravité.

— Je ne voulais pas parler devant les autres, car vous avez correctement rempli votre mission pour la Ligue, seulement, à titre personnel, je suis inquiet au sujet de votre relation avec Lord Bannaster. Celle-ci risque d'être affectée par votre mission, et vous pourriez en souffrir. Certains disent que le secret de la Ligue doit être maintenu en toutes circonstances. J'ai cependant entendu parler de mariages parmi les nôtres qui ont périclité à cause d'une observance trop rigide de cette règle du secret, même entre époux. Si vous aimez Lord Bannaster et qu'il vous aime, vous devez réfléchir à ce que vous allez devoir lui dissimuler.

Le cœur de Diana se serra douloureusement. Mais elle devait être forte.

— Je trahirais la Ligue en lui révélant mon appartenance, dit-elle simplement.

Sir David lui répondit, le regard dans les flammes :

— Dans un mariage, les secrets pourrissent et, avec le temps, la situation s'envenime. Le vicomte connaît-il votre engagement dans la Ligue ?

Diana ne fut pas tentée de mentir un seul instant. Si elle voulait être une femme de la Ligue, elle devait dire la vérité.

— Il a deviné que j'en faisais partie, à cause du rôle que j'ai joué dans la mort de son frère. Mais il est le cousin du roi, et il ne…

Sir David leva la main pour lui intimer le silence.

— Je ne mets pas en doute la loyauté de Lord Bannaster. Ma mission vous concerne. En tant qu'homme, et en faisant abstraction de mon appartenance à la Ligue, je vous conseille de réfléchir longuement avant d'épouser un homme qui ignore qu'il a fait l'objet d'une de vos missions. Naturellement, si quelqu'un me demandait ce que je vous ai dit, je nierais avoir prononcé ces paroles.

Un sourire se dessina sur ses lèvres.

Diana ne répondit pas immédiatement. Ses yeux restaient fixés sur les flammes.

— Je vous remercie de votre sincérité, Sir David, finit-elle par dire en se levant. Je réfléchirai à vos paroles. À présent, je dois me remettre en route, avant qu'il ne fasse trop sombre pour voyager.

Quand le feu fut éteint et que le *cottage* eut retrouvé son apparence abandonnée, Diana remonta à cheval. Les quatre hommes la regardèrent avec respect, et elle éprouva de nouveau une fierté mêlée de satisfaction. Elle avait dignement accompli sa mission et ne s'était pas offusquée de devoir répondre à des questions personnelles. Si ses réponses ne convenaient pas à la Ligue, elle avait cependant fait de son mieux. Elle salua Sir David et ses compagnons puis reprit le chemin du château.

Plusieurs heures plus tard, tandis qu'elle approchait du village, elle croisa quelques paysans qui parurent choqués de la voir. Ils venaient visiblement du château, et elle sentit les battements de son cœur accélérer. Elle mit son cheval au trot pour effectuer le court trajet jusqu'au pré communal, entouré de *cottages* de pierres, au-dessus de la Swale.

Deux hommes qui arrivaient manifestement du château parlèrent aux autres, et une femme s'avança d'un pas vif vers Diana. Elle reconnut aussitôt l'épouse du brasseur.

— Je vous souhaite une bonne Nuit des Rois, Matilda.

— Bonne fête à vous aussi, Lady Diana, répondit la femme, légèrement hors d'haleine.

Son visage était pâle et ses pommettes enflammées.

— Pardonnez mon audace, milady, mais en votre absence, une terrible dispute a éclaté à Kirkby Keep. Je crains que votre frère et Lord Bannaster n'en viennent à se battre ! Il paraît que les hommes ont revêtu leurs armures, et que ce n'est pas pour un simple entraînement.

— Merci, Matilda ! s'exclama Diana. Allez dire aux villageois qu'il n'y aura pas de bataille ce soir.

Chapitre 21

Vêtu de ses vêtements les plus chauds, Tom s'apprêtait à partir à la recherche de Winslow et de Diana, quand le baron revint avec ses hommes d'armes. Bouillant de colère, Tom traversa la cour couverte de neige pour se rendre à l'écurie. Il connaissait Diana. Si son frère avait essayé de l'enlever, elle avait dû se débattre. Bon sang, s'il lui avait fait le moindre mal…

Winslow parlait avec ses hommes devant l'écurie, quand il jeta un coup d'œil par-dessus son épaule et le vit se diriger vers lui. Son expression changea, passant de la méfiance à la colère.

— Où est Diana ? demanda Tom.

Winslow se tourna vers lui, les mains sur les hanches, prêt à saisir la garde de son épée.

— De quoi parlez-vous, Bannaster ?

— Personne ne l'a vue de toute la journée. Son valet dit qu'elle est partie seule à cheval, et elle n'est toujours pas rentrée. Comme par hasard, vous êtes parti au même moment.

Winslow regarda ses hommes avec un sourire amusé.

— Elle vous a donc repoussé.

— En quittant sa propre maison ? rétorqua Tom,

incrédule. C'est une femme forte. Si elle ne voulait plus avoir affaire à moi, elle serait venue me le dire en face. D'après moi, vous avez voulu lui imposer votre point de vue.

— Laissez ma sœur tranquille. De toute évidence, vous êtes seul à croire qu'il existe quelque chose entre vous.

Tom éprouva un moment de flottement. Se pouvait-il que Winslow ait raison ? Mais non. Il se rappela la façon dont Diana s'était blottie contre lui la nuit précédente, cherchant du réconfort entre ses bras. Une femme ne s'offrait pas, si elle ne ressentait rien. Ils étaient amoureux, et il devrait le lui faire comprendre.

S'il en avait encore la possibilité.

— Vous vous mêlez de ce qui ne vous regarde pas, Winslow. Diana est adulte, elle mérite de décider de son avenir.

— Il est vrai que vous avez laissé d'autres femmes décider de leur vie, dans le passé ! rétorqua Winslow en ricanant.

Tom lui envoya un coup de poing à la mâchoire, et Winslow tomba à la renverse. Un de ses hommes lui attrapa le bras et le retint, lui évitant de s'affaler dans la neige.

Tom marcha vers lui, sans se préoccuper des hommes qui posèrent aussitôt la main sur leur épée. Certains tirèrent même leur lame du fourreau.

— Je me moque de ce que vous dites de moi, lança Tom. Mais ce que vous avez fait à votre sœur dépasse les limites de la décence.

— Puisque vous m'attaquez, je vous mets au défi de vous défendre comme un chevalier digne de ce nom !

— Je le ferai avec plaisir. Endossez votre armure, baron, car je n'utiliserai pas une lame émoussée. Et je vous obligerai à me révéler où se trouve votre sœur.

Tom tourna les talons et se dirigea vers l'armurerie, un petit bâtiment de bois construit contre le mur d'enceinte, près du terrain de joutes. Une douzaine d'hommes lui emboîtèrent le pas, en échangeant des paroles surexcitées. D'autres ne tarderaient pas à suivre, il le savait.

Talbot le rattrapa en quelques enjambées.

— Messire, est-il raisonnable d'engager ce combat ?

— Tu l'as entendu. Il ne veut pas me dire où se trouve Diana. Si je dois l'humilier devant ses gens pour le faire parler, je n'hésiterai pas.

— Pensez-vous qu'il lui a fait du mal ? demanda Talbot en ouvrant la porte de l'armurerie.

Tom ôta les barres posées devant les volets et ouvrit ceux-ci pour faire entrer de la lumière.

— Il n'est pas fou. Il veut seulement imposer sa volonté. Où se trouve l'armure dont je me suis servi ?

Talbot brandit la cuirasse.

— Ne devriez-vous pas utiliser plus de protections ?

— Je prendrai le hausse-col pour me protéger le cou, et les gantelets. Le reste ne sera pas nécessaire. J'ai entendu parler de la maladresse de Winslow au combat. Cet idiot ne s'entraîne pas suffisamment. Je saurai lui faire dire rapidement tout ce que je veux savoir.

Une fois prêt, Tom sortit à grands pas de l'armurerie, et se figea. Le terrain était entouré de deux ou trois rangs de spectateurs, malgré la neige qui s'était mise à tomber. Des gens traversaient la loge d'entrée et affluaient dans la cour pour assister à l'affrontement. Comment la nouvelle avait-elle pu se répandre aussi vite ?

Winslow attendait déjà sur le terrain et portait plus de protections que lui. Ses bras et ses épaules étaient couverts de plastrons, ses hanches et son abdomen protégés par des parties d'armures. Il parut un peu piteux en le voyant vêtu plus légèrement que lui. Il pinça les lèvres, mais ne dit rien.

Tom tenait son heaume sous son bras.

— Êtes-vous décidé à me dire où se trouve Diana ?

Pour toute réponse, Winslow mit son heaume. Tom fit de même. Talbot lui donna son épée, et le combat commença.

Quand Diana passa sous la loge d'entrée, elle fut étonnée de trouver la cour intérieure déserte. Aucun enfant ne s'amusait à pourchasser des oies ou à faire rouler des cerceaux. Il n'y avait pas de laitière transportant des seaux de lait jusqu'au château. La forge du maréchal-ferrant était silencieuse, les coups de marteau ne résonnaient pas sur l'enclume. La neige tombait doucement, recouvrant tout d'un manteau blanc qui étouffait les bruits.

Une clameur s'éleva soudain au fond de la cour. L'estomac de Diana se contracta. Cela venait du terrain de joutes, mais elle n'entendit pas le bruit des lames s'entrechoquant. Prise de panique à l'idée qu'elle arrivait trop tard, elle lança son cheval au galop et passa devant les écuries sans s'arrêter.

Une foule s'était massée autour du terrain, l'empêchant de voir ce qui s'y passait. Des garçons avaient grimpé sur les arbres près du jardin, et se penchaient pour mieux regarder à travers les branches nues.

Cicely se trouvait dans le jardin des dames. Elle portait un manteau et un capuchon. Diana l'appela.

— Cicely !

Sa sœur abaissa sa capuche couverte de flocons de neige.

— Oh ! c'est toi, dit-elle avec indifférence.

— Que se passe-t-il ?

— Archie et Lord Bannaster vont se battre. J'espère que cela ne durera pas trop longtemps.

— Ils se battent à l'épée ? s'écria Diana. Mais ils vont s'entre-tuer !

— Ne t'inquiète pas. De toute évidence Lord Bannaster est d'une adresse supérieure. Il ne tuera pas Archie.

— Permets-tu que je m'inquiète aussi pour mon frère ? s'exclama Diana, sarcastique. Ou bien du salut de l'âme de Tom, s'il venait à le tuer par accident ? Explique-moi vite la raison de ce combat, que je puisse y mettre fin.

— Archie était furieux, il a dit que Lord Bannaster l'avait offensé et qu'il fallait régler cette affaire sur-le-champ.

— Il s'est forcément passé autre chose, répliqua Diana, stupéfaite. Quelles paroles de Tom ont bien pu provoquer une telle situation ?

Cicely haussa les épaules et se frotta frileusement les bras.

— Tout le monde a passé des heures à te chercher. J'ai appris par quelqu'un que Lord Bannaster soupçonnait Archie de t'avoir enlevée pour t'éloigner de lui. Aussi, quand Archie est revenu, ils ont eu des mots.

Diana la considéra, bouche bée.

— Tom croit que j'ai été enlevée ? Par mon propre frère ?

— À ce que je sais, Archie n'a pas nié. Il a toujours aimé narguer les gens. De plus, tu avais vraiment disparu sans prévenir personne, ajouta Cicely d'un ton désapprobateur. Ce qui n'est pas très respectueux, ne trouves-tu pas ?

Diana hocha la tête en fermant les yeux.

— C'est vrai. Je ne pensais pas être absente si longtemps. J'avais besoin de faire un tour à cheval pour m'éclaircir les idées.

Soudain, elle perçut le bruit inquiétant des lames qui se heurtaient. Une clameur s'éleva parmi les spectateurs, puis il y eut des applaudissements, ponctués par les ahanements des combattants et le cliquetis des épées.

Elle tira sur les rênes et dirigea son cheval vers le terrain de joutes. Quand elle arriva à hauteur de la foule, elle ralentit l'allure mais ne mit pas pied à terre.

— Place ! Faites place ! cria-t-elle.

Les gens qui se trouvaient à l'arrière commencèrent à se tourner vers elle. Ils écarquillèrent les yeux, se mirent à chuchoter et finirent par s'écarter, pour lui laisser le passage. Curieusement, ils semblaient contents et soulagés. Diana comprenait maintenant pourquoi : ils s'étaient inquiétés pour elle. Elle fut émue de leur réaction.

Mais ils ne voulaient sans doute pas qu'elle mette fin au combat qui se livrait sur le terrain. Cela leur fournirait un récit amusant à évoquer entre eux, aux moments les plus rudes de l'hiver.

Tom et Archie se faisaient face en brandissant leur épée, le visage dissimulé sous leur heaume. Il n'était cependant pas difficile de les distinguer l'un de l'autre, à leur allure. Et la neige n'était pas encore assez dense pour les faire disparaître dans des tourbillons de flocons.

— Attendez ! cria-t-elle.

Mais aucun des deux ne l'entendit.

Des murmures excités se répandirent dans la foule. Archie se jeta en avant, visant de la pointe de son épée le cœur de Tom. Diana se tint immobile, figée un instant par la peur. Mais Tom para le coup sans difficulté et abattit le tranchant de son épée sur le casque d'Archie.

Alors, elle avança sur le terrain, les obligeant tous deux à reculer en trébuchant.

Tom fut le premier à ôter son heaume, et un grand sourire apparut sur ses lèvres.

— Diana ! Tu t'es échappée !

Elle lui sourit puis fixa Archie en fronçant les sourcils, tandis qu'il se débarrassait à son tour de son heaume. Elle descendit de sa monture.

— Personne ne m'a retenue prisonnière, même pas mon frère.

Tom fit un pas vers Archie, l'air menaçant.

— Pourquoi diable n'avez-vous pas nié, quand je vous ai accusé ? s'écria-t-il.

— Vous ne méritiez pas que je vous donne une réponse, répondit Archie d'un ton dégagé, en évitant toutefois le regard sévère de Diana. Je voulais régler ce problème entre nous par un combat, une bonne fois pour toutes.

— Et si j'avais été réellement retenue prisonnière ou blessée, s'exclama Diana, vous auriez empêché Tom de venir à mon secours !

Archie eut l'air un peu penaud.

— C'est vrai. Mais vous avez toujours su vous défendre.

Cette réponse la laissa interdite.

— Croyez-vous que j'aie toujours su le faire, même lorsque j'étais une jeune fille ? Croyez-vous que je rêvais d'avoir ce genre de relation avec mon frère ? J'aurais peut-être apprécié que, de temps en temps, vous pensiez à me protéger !

Archie la regarda, puis sa stupéfaction se transforma en colère.

— Que croyez-vous que j'aie fait ? Je voulais vous protéger de cet homme ! Est-ce que vous me remerciez ? Même pas ! Vous voulez que tout se passe selon vos conditions.

Jetant son heaume sur le sol, il lui tourna brusquement le dos.

— De la bière pour tous dans la grande salle ! cria-t-il en s'éloignant.

Il y eut des cris de joie dans la foule qui se dirigea d'un même mouvement vers le château. Diana suivit, et confia son cheval à un valet d'écurie.

— Soignez-le bien, dit-elle avec lassitude. La journée a été longue et fatigante.

— Où étais-tu ? lui demanda Tom en lui prenant le bras. Je crois que tu me dois une explication.

— C'est vrai, admit-elle, en faisant appel à tout son courage.

— Je veux l'entendre tout de suite. Raconte-moi

tout, ajouta-t-il en l'attirant à l'écart, dans le jardin des dames qui se retrouvait à présent désert.

— Ici ?

— Je n'aurai pas la patience d'attendre jusqu'à ce soir, quand nous pourrons nous retrouver en tête à tête. Dis-moi où tu es allée, sans prévenir qui que ce soit.

— Mais ton armure…

— Cela attendra. Parle.

Elle lui prit la main et la pressa entre les siennes.

— J'avais besoin d'être seule pour réfléchir. Il m'arrive souvent d'aller faire un tour à cheval, juste pour prendre mes distances. Je pensais être rentrée pour le repas, mais je me suis éloignée plus que prévu, sans m'en rendre compte.

— C'est tout ? fit-il, décontenancé.

Pendant un moment, elle songea aux conséquences de ce qu'elle allait lui dire. Allait-il l'accepter, accepter ce qui était sa passion, et ce qu'elle lui avait fait au nom de son devoir ?

Il était si bon, si généreux. Elle lui caressa tendrement la joue, en espérant que ce ne serait pas la dernière fois qu'il lui permettait de faire ce geste. Elle avait envie de lui parler de l'amour qu'elle ressentait, mais il y avait d'autres choses qu'il devait savoir avant tout.

— Non, ce n'est pas tout, lui avoua-t-elle.

Elle était partagée entre l'inquiétude, la peur et la résignation. Elle regarda autour d'elle, avec la prudence qu'elle observait depuis qu'elle appartenait à la Ligue. Ils étaient seuls.

— Quatre hommes de la Ligue sont venus à ma rencontre pour me parler de la dernière mission qui m'a été confiée.

Tom la contempla d'un air dubitatif.

— Tu ne m'as parlé que de celle concernant mon frère. Je sais toutefois que la Ligue tient beaucoup à ce que le secret entoure ses actions.

— Oui, et c'est le prétexte que je comptais invoquer pour ne rien te révéler. Mais je ne pourrai pas t'épouser si un tel secret demeure entre nous.

Il lui agrippa les deux mains.

— J'attendais ce moment, ma douce. Dis-moi tout.

— Après... t'avoir enfermé dans le cachot, j'ai reçu un message de la Ligue. Il m'était parvenu en retard à cause du mauvais temps. La Ligue m'informait qu'ils t'avaient envoyé à Kirkby, afin que je puisse faire ta connaissance et t'évaluer.

L'étonnement de Tom se mua en méfiance.

— M'évaluer ? répéta-t-il d'une voix sans timbre.

Diana acquiesça d'un signe de tête, la gorge nouée.

— La Ligue voulait savoir si le roi pouvait avoir confiance en toi. Tu avais commis des erreurs de jugement, et il s'agissait de déterminer s'il était possible que tu sois impliqué dans certains complots le visant.

— Le roi est mon cousin, répondit Tom.

— Oui.

Le vent souleva les pans de sa cape et les boucles retombant sur son front. Mais les flocons qui fondaient sur son visage n'étaient pas aussi froids que la peur qui lui enserrait le cœur.

— Pendant tout ce temps, reprit-il, tu m'as espionné ? Tu ne pensais qu'à accomplir ta mission pour la Ligue ?

Il retira ses mains avec brusquerie.

Elle eut envie de les reprendre ; elle avait l'impression que Tom lui-même lui échappait.

— Non, ce n'est pas cela. Enfin, au début, si, bien sûr. Mais ensuite, j'ai appris à te connaître. N'est-ce pas pour cela que l'on courtise quelqu'un ? ajouta-t-elle, d'une voix qui devenait suppliante.

— Tu veux dire que tu m'as courtisé, afin de mener ta mission à bien ?

— Oh…

Elle enfouit le visage dans les mains.

— Non, mais cela m'a permis de te connaître de mieux en mieux. J'ai appris ainsi que tu étais bon, attentionné, digne de confiance. C'est ce que j'ai dit à la Ligue dans mon message !

— Et qu'as-tu appris sur ma personnalité en partageant mon lit ?

Diana poussa un petit cri de protestation.

— Non ! Tu ne peux pas croire que je me suis servie de toi de cette façon ! Je n'avais pas l'intention d'aller jusque-là. J'essayais de t'éloigner de ma sœur, à cause de… de ce que j'avais fait à ton frère.

— Donc, tu as couché avec moi pour m'éloigner de Cicely. Un petit avantage qui allait avec ta mission, en somme, dit-il, sarcastique.

Elle ne voulait pas pleurer, elle ne devait pas céder aux larmes. Mais celles-ci lui brûlaient les yeux.

— Oh ! Tom, tu sais que ce n'est pas vrai ! Je ne m'exprime pas correctement. Il y a six ans, tu m'as sauvée, et je t'ai bien mal remercié pour cela.

— Je comprends pourquoi tu étais si évasive.

Les yeux dans le vague, il revint sur les événements des dernières semaines, en essayant de les analyser.

— J'étais déchirée ! Pendant six ans, j'ai fait mon devoir pour la Ligue. Je ne savais pas ce que je devais choisir, mais maintenant, je le sais. Je dois te dédommager pour les six années pendant lesquelles des soupçons ont pesé sur toi, à cause de moi. Je ne vois qu'une seule façon de le faire. Je révélerai au roi et à la cour que j'ai tué ton frère en voulant me défendre. Tout le monde saura que tu es innocent.

Il la regarda, plus surpris qu'en colère.

— Diana !

Elle reconnut immédiatement la voix de sa sœur.

Oh ! non ! Ce n'est pas le moment !

— Non, vous ne voyagerez pas avec moi ! s'exclama Archie, exaspéré.

Cicely apparut dans le jardin, tirant sur ses gants. Son regard passa tour à tour de Tom à Archie, puis elle s'adressa à son frère :

— Lord Bannaster et Diana ont décidé de me faire un cadeau, pour célébrer leur prochaine union. Ils m'envoient à Londres et me fournissent tout ce dont j'aurai besoin pour vivre, en attendant de trouver un mari. Je ne veux pas attendre davantage, Archie. Je pars avec vous.

Pourquoi faut-il que Cicely complique tout ? songea Diana, excédée.

Dans le silence qui suivit, elle nota qu'Archie ne savait plus laquelle des deux regarder. Elle eut envie de crier, mais cela n'aurait rien arrangé.

Finalement, Archie se tourna vers elle, interloqué.

— Vous allez vous marier avec lui ? Je croyais que rien n'était encore décidé.

— Je…

Que devait-elle répondre ? Tom lui avait demandé sa main, elle n'avait pas encore donné sa réponse et, maintenant, il risquait fort de retirer sa proposition.

Les bras croisés, Tom les regardait tous les trois, comme s'il attendait le prochain acte d'une pièce.

— Je n'ai pas donné mon accord ! déclara Archie, les dents serrées, en s'adressant à Cicely.

— Je n'en ai pas besoin. J'aurai ma propre maison. N'est-ce pas, Lord Bannaster ?

Tom acquiesça en inclinant la tête.

— Nous avons conclu un accord, je le respecterai.

Maintiendrait-il aussi les mensonges auxquels Diana s'accrochait depuis si longtemps ? Pourquoi faisait-il cela ? Pourquoi continuer de garder le secret, alors qu'elle voulait dire la vérité ?

À moins qu'il ne veuille simplement se débarrasser de Cicely ? Diana ne savait plus que penser.

— Comment comptez-vous vivre ? rugit Archie. Vous ne pouvez pas louer une maison avec l'argent de cet homme. Les gens penseront que vous êtes sa maîtresse. Je refuse. Vous resterez avec moi.

Cicely arqua les sourcils, surprise.

— Eh bien… Quelle aimable invitation, mon cher frère ! Je pourrai donc utiliser cet argent pour m'offrir des vêtements encore plus beaux, afin d'attirer un bel homme, noble et fortuné.

— N'oubliez pas la dot, précisa Tom.

Diana les dévisagea, hébétée. Étaient-ils devenus fous ?

— Vous avez déjà une dot, grommela Archie. Elle est d'ailleurs assez substantielle. J'ai été furieux, en découvrant la générosité de père.

Cicely eut un sourire radieux.

— Bien. Nous voyagerons donc ensemble.

— Et vous, enchaîna Archie en se tournant vers Diana, il n'est pas question que vous épousiez cet homme !

Cet ordre était la goutte d'eau qui faisait déborder le vase. Diana était à bout de patience.

— En voilà assez ! s'écria-t-elle, en posant la main sur la poignée de sa dague, faisant mine de la tirer de son fourreau.

Allait-elle s'en servir contre son frère ? Était-ce ainsi qu'elle voulait vivre ? Toujours lutter contre lui, toujours perdre son sang-froid ? En fin de compte, elle lui ressemblait beaucoup trop.

Elle avait passé sa vie à essayer d'être différente des autres femmes, à obtenir ce qu'elle voulait en se battant comme un homme. Il était temps à présent de redevenir une femme.

— En voilà assez, répéta-t-elle plus calmement, rabaissant la main.

Tom ne dit rien et l'observa en plissant les yeux.

— Archie, je ne me battrai pas contre vous, dit-elle. J'aime Tom Bannaster.

Elle évita de regarder Tom, elle avait bien trop peur de ce qu'elle pouvait découvrir dans ses yeux.

Cicely soupira lourdement, d'un air de profond ennui.

— Mon plus grand désir est de l'épouser, mais j'ignore s'il veut encore que je devienne son épouse. Toute ma vie, j'ai eu l'impression d'être une étrangère dans ma propre famille. Je n'étais pas une femme comme les autres. Tom m'a fait comprendre que ma place était auprès de lui. La réputation qu'on lui a faite est entièrement fausse. Il aurait fait n'importe quoi pour sa famille, il leur est demeuré loyal, alors même que son père et son frère l'avaient trahi. Mais j'ai moi-même commis des actes impardonnables, et je dois avouer…

Tom ne la laissa pas aller plus loin.

— Cela ne concerne en rien Winslow, déclara-t-il d'un ton ferme. Si votre frère a un problème avec moi, ou avec ma réputation, nous pourrons en discuter à la cour du roi Henri.

Pour la première fois, Diana éprouva une lueur d'espoir. Elle posa les yeux sur Tom, sans se soucier de laisser paraître son amour pour lui.

Archie se rembrunit.

— Vous pouvez faire ce que vous voulez, dit-il à Diana. De toute façon, vous n'en faites qu'à votre tête. Je… vous donne ma permission. Je vais être trop occupé désormais pour m'occuper de vous. Mon épouse attend un héritier.

— Quand comptiez-vous nous annoncer la nouvelle ? s'exclama Cicely, exaspérée.

Archie haussa les épaules et tourna les talons sans daigner lui répondre.

Cicely lui emboîta le pas. Tout en s'éloignant, elle jeta un coup d'œil derrière elle et fit un bref signe de tête à Diana. Surprise, celle-ci lui rendit son salut.

Puis, redressant les épaules, elle se tourna vers Tom. Les branches nues craquaient, malmenées par le vent, et le jour s'éteignait, cédant la place au crépuscule. Les flocons de neige tombaient en tourbillonnant. L'atmosphère sinistre du jardin reflétait parfaitement la tristesse qui régnait dans son cœur à l'idée que sa vie s'écoulerait désormais loin de Tom.

— Tu aurais dû me laisser lui dire ce que j'ai fait à ton frère. Il ne sert à rien de retarder le…

— Tu es folle ! s'exclama-t-il, en lui agrippant les bras. Si l'on avait découvert, il y a six ans, que tu avais tué Nicholas, tu aurais terriblement souffert. On t'aurait peut-être condamnée à mort. Crois-tu que ce que tu as dit aujourd'hui pourrait me faire changer d'avis ? Tu ne peux pas croire que je vais te faire punir à cause de ce qui s'est passé entre nous. Tu as bien assez souffert.

Diana ferma les yeux, et des larmes filtrèrent sous ses paupières.

— Oh Tom, dis-moi simplement comment je peux te prouver mon amour.

— Tu l'as déjà prouvé, répondit-il avec douceur.

Quand il la prit dans ses bras, qu'elle se pressa contre la cuirasse qui prouvait qu'il était prêt à se battre pour elle, elle ne put résister aux larmes.

— Je sais que tu as passé ton enfance à vouloir donner des preuves de ta valeur, continua-t-il. Je sais ce que c'est d'être prêt à tout pour obtenir ce que l'on veut. Ce sont des événements extérieurs qui m'ont donné la liberté, mais toi, tu as dû te battre pour réaliser ton rêve. Crois-tu que je n'admire pas cela ? Tu t'es entraînée au maniement des armes, tu as attiré l'attention de la Ligue, tu as saisi ta chance de faire partie de leur société secrète.

— Mais… Je t'ai trahi.

— Au début, cela m'a mis en colère. Et, dans la colère, j'ai prononcé des paroles que je regrette. Tu t'es peut-être servi de moi, au début. De mon côté, j'ai décidé de découvrir tes secrets et de te faire payer les quelques jours que j'avais passé dans les geôles de ton château. Mais je me suis tout de suite senti déchiré, car il y avait chez toi quelque chose qui m'attirait. Pendant trop longtemps, j'ai essayé de me persuader que ce n'était qu'une attraction physique.

— Oh ! J'ai éprouvé exactement les mêmes sentiments, s'écria-t-elle en prenant son visage entre ses mains tremblantes.

— Puis je suis tombé amoureux de toi, poursuivit-il en souriant. J'ai alors oublié que nous étions ennemis et je me suis demandé si nous pouvions avoir un avenir ensemble.

— C'est aussi ce que j'ai pensé, Tom. Je ne savais pas comment donner satisfaction à la Ligue, mais il fallait que je le fasse. Ils sont si importants pour moi que je ne pouvais renoncer.

— Je sais. Et je ne te demanderai jamais de changer.

Diana posa le front sur son épaule, soulagée.

— Finalement, je me suis dit que je pouvais tout arranger dans le rapport que je faisais à la Ligue. Leur dire la vérité sur toi, c'est-à-dire que tu es un homme bon qui a mis à profit ses erreurs pour s'améliorer encore. Mais comment pouvais-je t'avouer cela ? J'aurais été déloyale envers la Ligue si j'avais révélé la mission qui m'était confiée, et déloyale envers toi en gardant le secret. Comment t'épouser, alors qu'un tel secret planait entre nous ? Un mari et sa femme sont censés tout partager. C'est pourquoi, ce matin, j'ai décidé de partir faire une promenade à cheval pour m'éclaircir les idées. Il fallait que je prenne une décision. Tu ne m'avais pas demandé de choisir entre la Ligue et toi, mais je devais le faire. En chemin, j'ai rencontré des hommes de la Ligue venus à ma rencontre. L'un d'eux a eu la bonté de parler avec moi, et de m'exposer les dégâts que pouvaient occasionner les secrets dans un couple. J'ai alors compris que la Ligue n'attendait pas de moi que je sois parfaite. Et ce que je partage avec l'homme que j'aime ne les regarde pas. J'ai repris le chemin du château, et c'est alors que je t'ai découvert en train de te battre avec mon frère... à cause de moi.

Tom se pencha pour l'embrasser, et elle inhala avec délices l'odeur de sa peau. Elle eut l'impression de se retrouver enfin chez elle.

— Je t'aime, Diana, murmura-t-il contre ses lèvres. Tu as prononcé ces mots devant ton frère et ta sœur, mais tu ne me les as pas encore dits, à moi.

— Je t'aime, Tom. Je veux être ton épouse, et porter tes enfants.

— Tout en appartenant à la Ligue ? demanda-t-il en souriant.

— Ils ne sollicitent leurs membres qu'une fois par an. Quand nous aurons des enfants, je refuserai les missions, tant qu'ils seront trop jeunes pour être séparés de moi.

— J'aurai moi aussi à affronter des dangers pour nous protéger ainsi que nos gens, et pour défendre notre façon de vivre. Nous souffrirons tous les deux, car nous nous inquiéterons l'un pour l'autre.

— Mais nous nous retrouverons toujours, en rentrant chez nous.

En proie à un bonheur immense, elle lui entoura le cou de ses bras. Tom la souleva et la serra à l'étouffer. Elle ne s'était jamais sentie chez elle dans sa famille. Son frère l'avait bannie, mais elle s'était trouvé une nouvelle famille à Kirkby Keep. Avec Tom, elle recommencerait.

— Marions-nous au plus vite, dit-il. Je vais tâcher de convaincre le prêtre d'accélérer les choses et de publier les bans dès aujourd'hui.

— Mais tu as aussi un foyer, des gens…

— Je veux avant tout que tu passes du temps parmi tes gens, ceux qui constituent ta famille. Et ne souhaites-tu pas que ton frère et ta sœur participent à notre bonheur ?

— Cicely est déjà heureuse, mais Archie…

— Il t'a donné sa permission, donc sa bénédiction. Et il ne va pas pouvoir repartir tout de suite, avec la neige. Kirkby Keep deviendra un lieu spécial pour nous, celui où nous nous sommes rencontrés et où nous sommes tombés amoureux l'un de l'autre. Nous reviendrons quand tu le voudras. Cela nous changera du château de Bannaster, qui est… légèrement plus grand.

— Comment réagiront tes gens ? Ils ignorent que j'appartiens à la Ligue, mais je devrai continuer de m'entraîner.

— Tu seras la vicomtesse. Tu pourras faire tout ce qui te plaira.

— Les serviteurs auront des raisons de bavarder.

— Qu'ils parlent ! Nous en avons l'habitude. Nous serons ensemble, nous aurons nos enfants et notre amour.

Diana posa le front sur son torse.

— Oui, je ne désire rien d'autre que de passer ma vie entière avec toi.

Tom lui embrassa la tempe, et chuchota :

— Notre nouvelle vie a déjà commencé.

Vous avez aimé ce roman ?
Retrouvez la série « Noces écossaises »
de Gayle Callen :

La méprise du Highlander
Le serment maudit
L'innocente des Highlands

disponible dès à présent sur harlequin.fr

Retrouvez en novembre,
dans votre collection

Victoria

Laura Lee Guhrke
Une lady audacieuse
Série : Les presses du coeur

Londres, 1893

Alors qu'elle s'apprête à déposer une annonce pour trouver un travail dans la gazette locale, Amanda surprend une conversation. Le beau-frère du propriétaire des lieux, James St. Clair, recherche désespérément une solution pour dompter ses terribles jumeaux de dix ans. Un poste parfait en tout point pour la lady éduquée qu'elle est. Exception faite d'un détail : le duc recherche un homme à poigne et non une jeune femme en disgrâce dont le nom est entaché…

Natacha J. Collins
La fugitive et le Highlander

Irlande, 1232

Rory Fraser, ici ? En apercevant le séducteur qui n'a eu de cesse de la charmer la veille durant une réception mondaine, Lorna blêmit. Que fait cet homme à bord du bateau qui vogue vers l'Écosse ? Elle qui pensait être à l'abri de tout faux pas sous la protection de Lady Lucinda Powell, la riche veuve anglaise qui l'a prise à son service comme dame de compagnie, se retrouve confrontée à un danger immédiat. Un homme qui, elle le redoute plus que tout, pourrait être le mercenaire envoyé à sa recherche par la Couronne…

La romance historique n'a jamais été aussi moderne.

HARLEQUIN
www.harlequin.fr

Retrouvez en novembre,
dans votre collection

Victoria

Gayle Callen
La noblesse d'un amour
Série : Les Chevaliers au Cygne

XVe siècle, Angleterre

Anne doit se concentrer sur la dangereuse mission en cours : déjouer un complot ourdi contre le jeune roi Henry couronné depuis peu. Pourtant, son esprit ne cesse de la ramener vers Sir Philip Clifford, qui vient de se joindre à leur diligence pour prêter main-forte à la Ligue, l'organisation secrète qui veille à la sécurité du royaume. Un homme qui lui a confié être seulement enclin à un mariage d'intérêt avec une noble... Tout ce qu'Anne ne sera jamais.

Rosemary Rogers
La belle du Mississippi

Six ans après lui avoir brisé le cœur, à l'aube de la guerre de Sécession, le capitaine Logan est de retour... Et, si Cameron n'a pas oublié l'affront subi autrefois, elle ne peut contenir le trouble que ces retrouvailles éveillent en elle. Pourtant Jackson, lui, ne daigne pas lui accorder la moindre attention et semble davantage préoccupé par le mystérieux message qu'il est venu transmettre au sénateur Campbell. Un message qui, Cameron l'apprend bientôt, la contraint au pire : placer son destin et celui de la plantation d'Elmwood entre les mains de l'homme qui l'a trahie...

Composé et édité par HarperCollins France.

Achevé d'imprimer en août 2019.

CPi
BLACK PRINT

Barcelone

Dépôt légal : septembre 2019.

MIXTE
Papier issu de sources responsables
FSC® C108412
www.fsc.org

Pour limiter l'empreinte environnementale de ses livres, HarperCollins France s'engage à n'utiliser que du papier fabriqué à partir de bois provenant de forêts gérées durablement et de manière responsable.

Imprimé en Espagne.